风止于
秋水，

我止于你

苏小旗———

著

天地出版社 | TIANDI PRESS

图书在版编目（CIP）数据

风止于秋水，我止于你 / 苏小旗著. — 成都： 天地出版社，2021.10

ISBN 978-7-5455-6519-5

Ⅰ.①风… Ⅱ.①苏… Ⅲ.①散文集－中国－当代 Ⅳ.①I267

中国版本图书馆CIP数据核字（2021）第157025号

FENG ZHIYU QIUSHUI, WO ZHIYU NI

风止于秋水，我止于你

出 品 人	杨　政
著　　者	苏小旗
责任编辑	杨　露
装帧设计	焱　玖
内文排版	四川最近文化传播有限公司
责任印制	王学锋

出版发行	天地出版社
	（成都市槐树街2号　邮政编码：610014）
	（北京市方庄芳群园3区3号　邮政编码：100078）
网　　址	http://www.tiandiph.com
电子邮箱	tianditg@163.com
经　　销	新华文轩出版传媒股份有限公司

印　　刷	天津融正印刷有限公司
版　　次	2021年10月第1版
印　　次	2021年10月第1次印刷
开　　本	880mm×1230mm 1/32
印　　张	11.5
字　　数	232千
定　　价	49.8元
书　　号	ISBN 978-7-5455-6519-5

最后，让树成为树，让花成为花

自从开始玩儿木头以后，每天都会有一些时间专注于这上面。

十分静心，十分投入，看着原本朴素无奇的木头在手中慢慢变成盘子和托盘的模样，我知道这块木头前后形状差别中所蕴含着的，就是时间。

在每一个这样专注的时光里，都有一个人陪着我。

说来你可能不会相信，这人，是闻一多。

每当我一个人坐在院子里一点点挖盘子，一点点修形，我脑海里都是闻一多当年于深夜坐在桌前治印的场景。

那是1941年，闻一多全家老少八口搬到昆明司家营时，由于经济状况十分不堪，闻一多全家陷入生活困境。不得已，闻一多开始挂牌治印。

治印，就是刻印章。

闻一多白天要教书，因此只能在晚上坐在桌前，一刀一刀在象牙块上刻印。彼时四下静寂，妻子早已熟睡，只有昏暗的灯光与篆刻时的"咔嗒咔嗒"声与闻一多相伴。

我在做木器时的感受，大体是与之相似的：凝神，专注；笃志，投入；孤独，又不孤独。

自己与自己相处，自己与时光相处。

然而我们之间又有着天壤之别。我玩儿木头，是为爱好与消遣；而闻一多治印，虽也为爱好，此时却成为贫寒生活中的重要经济来源。一个已经在温饱之中，一个还在寻求温饱。

但是，在这天壤之别中，我们的感受又是相似的。我相信，闻一多在专注于治印时，是没有想到金钱的，彼时，他的眼中心里，只有刻刀与文印，只有下刀时走的每一笔。

就这样，在2021年春末夏初的很多个午后，我与闻一多先生跨越重重时光，相遇了。

继而，脑海里又会闪过闻一多先生给妻子写信时的模样，闪过他振臂呼喊的模样，闪过他于深夜回家的路上中枪后倒在地上的模样——所有这一切，真的，仿佛我亲眼见过一样。

尽管我因为闻一多与妻子的书信而大致描述了他的一生，但只要落笔定稿，我从来不会回头看，一次都不会。

我太了解我自己了。每写完一个人物，他们就已经在我生命中永存了，甚至成了我生命的一部分。

我想说的是，从某种程度上来讲，我写的每一个人物，其实都与我们这些普通人一样。

在我写的这些文人里，我最爱的是朱生豪。他情信中纯真可爱的孩子气，和小男孩般的调皮，都会将我心中轻快甜蜜的爱意唤起。尽管日常生活中，他是一个寡言无趣的男人，但越是这样，越会让我觉出他的可爱。

他在三十二岁时就去世了，只留下他的挚爱宋清如和独子。读罢他们的故事，空寂寥，独悲伤。

他们的故事，好像到这里就结束了。

不是的。宋清如还要继续生活下去——这是我最关心，也最担忧的地方。直到后来她又和一名男子产生感情，并且又生下一个女儿，我的心才落了地。

相守时的浪漫痴情是真，失爱后的痛彻心扉是真，为人一世，与芸芸众生并无二致，更是真中之真。

使我动心和释然的，不是这么多年他们所受到的羡慕与赞扬，而是最后每一个人都回归了普通人的模样。

世人都说郁达夫多情花心，陆小曼耽于虚荣。照我看来，这些也许都是事实，但另一个事实是，很可能那些每日与我们擦肩而过之后又泯然于众人的他和她，也是这样。

普通人与名人没有什么区别，反过来说，名人与普通人，其实都一样。

把这世间每一个生命的经历记录下来，都是一个故事，就是这个道理。

因此我对这本书中所写的每一个人物，也许会有主观上的描述，但却没有主观上的评价。

我又有什么资格去评价他人呢？他们早已经结束了自己的一生，而我在写完他们的故事后，还得继续尽力好好活呢。

看别人的故事，过好自己的生活。

我们读每一篇文章，每一本书，最终的本质，都应该是这样。正如见树后让它继续成为树，见花后让它继续成为花，但我们的心中，已然是绿树成荫，花开烂漫了。

这就是阅读的意义，也是我写字的意义。

感谢你的阅读。

斯为序。

苏小旗

2021年5月10日

目录
CONTENTS

愿你心中所爱，终有所得，

星河永远炽热滚烫

林觉民&陈意映

一朝风月，万古长青

FENG ZHIYU QIUSHUI,
WO ZHIYU NI

清末的福建闽侯，林家是有名的望族，世居社会名流生活区——三坊七巷内。

其中林氏根枝之一为林孝恂，虽然到他这一代林氏已式微，沦为布衣，但林孝恂勤奋，以光绪年间进士之身列翰林之选，与康有为同科。

林孝恂虽为清朝官员，却能接受西方政法思想，不仅如此，他还十分重视让后代接受新式教育，不分男女，送子侄多人赴日留学。

林孝恂一生育有三子，即林长民、林尹民、林觉民。其中林觉民幼时即过继给弟弟林孝颖。

林长民，曾入日本早稻田大学学习，为民国初年著名政客，1925年参与反奉时兵败身亡，时年四十九岁。也许人们对林长民不甚熟悉，但他有一个非常出名的女儿，即被誉为"民国第一女神"的林徽因。

林尹民，曾东渡日本，后入同盟会，1911年在攻打广东督署的战斗中英勇战死，时年二十四岁。为黄花岗七十二烈士之一。

林觉民，字意洞，号抖飞，又号天外生。留学日本期间加入同盟会。1911年参加广州起义，转战途中受伤力尽被俘，后从容就义，时年二十四岁。为黄花岗七十二烈士之一。著有给妻子陈意映的永别信《与妻书》。

一

1891年，福建闽侯螺洲的陈元凯，在中得举人两年后，得了一个女儿。

这小女儿娇嫩柔薄，捧在手里却只顾憨睡。陈元凯轻捻女婴那翠葱管似的手指，嗅着这婴孩散发出的乳香，吟出两句诗："佩缤纷其繁饰兮，芳菲菲其弥章。"

这是屈原《离骚》中的两句。紧接着的后两句是："民生各有所乐兮，余独好修以为常。"

这四句诗的意思是：穿戴着多彩缤纷的服饰，菲菲的芳香愈加显著。百姓的生活乐趣多样，我却独独自爱修养，已习以为常。

这几句诗脱口而出后，陈元凯心中极为熨帖：女子娇贵中含素雅，饱读诗书增其芳华；纵使局势动荡，只求得女儿此生养己养心，平安宜适——何不取诗中二字给女儿命名呢？

"佩芳。"陈元凯对着怀中婴孩轻声唤着。

陈元凯对小女儿十分疼爱，这小女儿倒也是十分乖巧可爱。待其牙牙学语之时，陈元凯便开始教其读诗识字。

春日清晨，陈家院中大榕树下薄雾萦绕，那榕树因为年代十分久远，垂下的条条绦藤甚至做得孩童的秋千。

陈元凯望着穿着淡红夹袄的小女儿，轻声唤来她，抱她坐在腿上。

"读书的人怎能没有字呢？哪怕是你这样的一个小丫头。"陈元凯伏下头对小女儿说。小丫头便望着父亲的眼睛咯咯地笑。

女儿爱笑。那笑灿然烂漫，纯净清澈，仿佛可以荡涤人生一切不幸。

"笑意映然，甚好，甚好！"陈元凯捻须开怀大笑，"以后就唤你'意映'可好？"

小丫头望着父亲，依然咯咯地笑。

二

陈元凯中了举人之后，曾进京赴礼部参加考试，不第。于是倒便有了陪伴教导女儿的时光。

意映颖悟聪慧，敏而好学，竟然真的没有辜负父亲的一番期待，年纪尚小，便颇有"芳兰竟体"之气韵。

窗前的意映姑娘展宣纸，微垂头，轻握笔，一笔一画，字迹娟秀工整，一如时光安静从容。溽热的夏，落雨的冬，以意映这沉静的性子，竟然丝毫不觉枯燥。读书写字累了，便莳弄花草，哪怕是凄风冷雨，那院子中的大榕树，看起来也既沉默又壮阔。

壮阔？这个词语从脑中滑过后，意映也反问了自己：一棵树，怎么又能用"壮阔"来形容呢？

雄壮浩大，宏伟开阔方能谓之"壮阔"。李白的"飞流直下三千尺，疑是银河落九天"是壮阔，岑参的"君不见走马川行雪海边，平沙莽莽黄入天"是壮阔，杜牧的"长空澹澹孤鸟没，万古销沉向此中"是壮阔。

只是窗前的一方院子，一棵老榕树，竟然也会给人以"壮阔"之感。足见景之于人，不仅为景，更是一种意境上的荡漾。

人之于世，十足渺弱，终抵不过世间变幻风云。身在尺寸之间，心却可以包容万象，且每一个或细或重的感受，都是如此真实。

少女意映竟然也不知道自己都胡乱想了些什么，独自哂笑了自己一阵子，便又坐于书桌前，温习不知读了多少遍的《红楼梦》。

是的，这本《红楼梦》，陈意映不知看了多少遍。家族的繁盛与没落，大观园里的莺燕嬉语，那些与她一般年纪的女孩子们的诗意美好，朦胧的男女情愫……让她如此沉迷，让她如此深浸其中。终于，在陈意映十四岁时，她决定尝试着为《红楼梦》中的人物作诗一卷。

少女时期的日夜朝夕，安静的陈意映，或捧卷默诵，或吟诗作画，或提笔赋诗。任凭时局风云变幻，独自安然居于老榕下一隅。唯愿岁月静好，生生欢颜。

三

1905年初，陈意映年满十四，已出落得亭亭玉立，面容姣然，性情通澈。

及笄之年的女孩儿，应该出嫁了。陈元凯一直对上门来提亲的人家十分挑剔。不为其他，只因这是自己珍爱的女儿，在他心中不啻珠玉。

男人，必须要有男儿的担当，豁达的胸襟，广阔的眼界，精深的学识，日后方能成大器。作为父亲，陈元凯必须如此远瞩，方能确保女儿将来无虞。

百般筛选之后，陈元凯对林家的儿子林觉民留了意。他曾见过这少年。

彼时林觉民虽为少年，却是大气不懦，才气不庸，说起话来铿锵从容，谈吐之间极为坦然出众。

少时即在养父林孝颖的教导下读书，虽然生于清朝末年，却没把自己读迂腐，反而极具新锐思想，十五岁时随父亲进入了新式学堂学习。

陈元凯对林觉民极为上心。待女儿终于到了及笄之龄，林觉民自然成了最佳人选。

不得不说，陈元凯的判断是有几分准确的。林觉民恰如一棵蓬勃自由的绿树，不惧风雨，生长得不卑不亢，并且极度向往更加富有生命力的土壤和充满着新生希望的广阔世界。

只是可惜，可惜知人，却不知命；窥尽眼前，却猜不出变幻难测的前路。

从此刻起，陈意映一生之欢愉与悲怆，都生生系在了林觉民身上。

四

林觉民生于1887年，生父林孝恂，叔父兼养父林孝颖。

林孝颖被逼娶妻黄氏，对黄氏极为不喜，甚至成婚当天连洞房都没进。因此二人一直无儿无女。林孝颖的哥哥林孝恂深知弟弟的脾性，人之天性无法更改，但他怜恤黄氏孤单，于是便把自己的儿子林觉民过继给林孝颖和黄氏。

黄氏宽厚温和，视林觉民为己出，待他十分呵护用心。林觉民八岁时，养母黄氏去世。

之后林觉民由养父林孝颖一手带大。林孝颖亲自为他讲授国文。林觉民天资聪颖，读书过目不忘，林孝颖对其十分重视，认为只要他肯专心读书，将来一定会出人头地，光宗耀祖。

可那林觉民偏偏意志极强，少年时期就十分厌恶科举考试。

十三岁时，林孝颖令其应考通生，林觉民千般不愿，可父命难违，只得怏怏赴试。林觉民本无意获取功名，进入考场后，只在考卷上潇洒写下"少年不望万户侯"七个字，便交卷离场。

这七个字，令林孝颖既惊又忧。惊的是，"少年不望万户侯"这七个字，明明白白传达出林觉民对眼下社会的不屑，这不屑之中，势必隐夹着对新思想的向往——这个儿子，必然与众不同，很难说将来不会成就一番事业；忧的是，时局纷乱不堪，动荡不安，这株具有如此蓬勃生命力的青树，在昏暗难测的环境中，究竟会如何成长？

林孝颖并没有斥责怨怪，反而对儿子有着隐约的赞赏。于是他选择了接受，宽容地接受。尽管他是一个传统文人，但却不迂腐陈旧。眼下如此之时局，他清楚地看到，林觉民很可能是承上启下的一代。

1902年，十五岁的林觉民从侯官高等小学毕业，考入全闽大学堂文科学习。早在他上高等小学时，就因受到进步教师影响而对西方的"自由""平等"思想非常向往。待到进入全闽大学堂，更常与同学议论时局，认为中国不革命便无法自强。

全闽大学堂曾多次闹学潮，因为林觉民善于言谈，性格刚直，且不畏强暴，在同学中颇具威望，因此每次学潮都会被同学们推为领导。

这个一身正气、满腔热血的青年，很受校长叶肖韩喜欢。他意味深长地对林孝颖说："你的儿子，不是寻常之辈，只须宽容待他，定会养成其刚大浩然之气。"校长的这番话，与之前林孝颖对自己儿子的判断不谋而合。

林觉民为自己取了一个号：抖飞。他希望自己能够如雄姿勃发的大鹏一样，抖动翅膀，穿越重重阻碍，一飞冲天。

五

面对儿子的一腔热血，林孝颖喜忧参半。虽然儿子志向高远，但是革命这条路，腥风血雨，荆棘遍布，如果林觉民在这条路上走得过于决绝，难免有一天白发人送黑发人。于是他做出了一个决定：让林觉民娶妻成家，让妻儿成为他的牵绊，如此，他凡事就会有所顾虑，有所顾虑，就会最大限度地保全自己与妻儿。

对于林觉民与陈意映的亲事，林孝颖与陈元凯一拍即合。虽然二人都是传统文人，为人却都通明开化；虽然自古儿女婚姻都是父母之命媒妁之言，但他们依然尊重儿女自己的意见，因此在定下亲事之前，他们安排了林觉民与陈意映见面。

初见之时，两人便有了同一种感觉。他见她沉静娴雅，她见他英气磊落；他心如鹿撞，她柔情万千。这感觉，是爱情。

包办婚姻，竟然成就了一对绝世眷侣。毫不仓促，终生无悔。

1905年秋，二人成婚，成婚后居住在杨桥巷17号，这是一幢建于清朝中叶带有庭院的老屋。

老屋庭院坐西朝东，三进，四周有风火墙。一进与二进之间有一长廊，廊两旁种有翠竹。三进大厅两旁各有前后厢房。天井两旁为自成院落的南北院。林觉民与陈意映即居住在西南隅的二层小楼上。一楼为一厅一房，厅房之前有小天井，卧房窗外花台，种有蜡梅。

二人为自己居住的小楼命名为"双栖楼"。双宿双栖，生死相依。是为二人恩爱之明证。

他志向高远，有担当有魄力，她知书达礼，贤淑温和；他对她既欣赏又疼惜，她对他既崇拜又仰慕。

世间男女，如何才可相处恩爱久长？答曰：女人对男人有崇拜之心，男人待女人有怜惜之意。

林觉民与陈意映，秋末的书桌前，寒冬的梅树下，柔软的床榻上，二人坦露心迹，无话不说，愈相处情愈深。

如果说之前对陈意映，林觉民还带有一些兄长对妹妹的怜爱的话，无数次深入的交流后让他发现，这个女人真真万分难得，她对时事的见解，对自己的支持，已经超越了夫妻关系，堪称自己志同道合的挚友。

林觉民深为自己感到幸运。他对友人说："意映的性情与偏好，都与我相同。这真真是一个天真烂漫的女子，此生得之，我何其有幸！"

而相处之中，林觉民的思想意志也震撼着她。她理解他，无条件支持他。自己的丈夫是一个堂堂的热血男儿，他愿做一切，只愿国好，而她愿做一切，只为他好。

人生得此挚爱，夫复何求！

六

有了妻子陈意映的支持，林觉民更加昂然奋进，愈战愈勇。

林觉民不满官立学堂的腐败，与几位学友在城北创办一所私立小学，又在城南创设阅读报所，陈列革命书刊供民众阅览。

林觉民还在家中办女学，在他的动员下，妻子陈意映和堂妹林孟瑜等十余位亲眷入学。林觉民亲自教授国文课程，抨击封建之黑暗与吃人之礼教，并介绍欧美先进国家的社会制度和男女平等情况。在他的劝导下，家中众女眷纷纷撕下缠脚布放脚；在他的鼓励下，还有人进入福州女子师范求学。

一次，林觉民在闽县城内七星庙作《挽救垂亡之中国》的演讲："眼下时局黑暗不堪，大清垂暮之下已苟延残喘。经济凋敝，政治腐败。内，民不聊生；外，强邻虎视。"讲到激动之处，林觉民拍案捶胸，声泪俱下。台下众青年学子无一不热血沸腾，热泪盈眶。同在现场的全闽大学堂的一个学监听罢，不免感慨道："亡大清者，必此辈也！"

1906年，林觉民与陈意映的第一个儿子降生。林觉民守在陈意映身边，疼惜地照护筋疲力尽的妻子，怜爱地看着身边娇弱的婴孩，这不仅是他们爱情的结晶，更是中国民族新的希望。

林觉民为儿子取名为"林伯新"。伯，兄弟排行中的老大；新，寓意新中国，新世界，新生活。

林觉民为国家愿肝脑涂地，由此可见一斑：身为七尺男儿，必为国之振兴而活。

1907年，为了接触先进的文化与人物，在父亲的资助下，林觉民毅然自费留学日本。到日本后不久，林觉民便加入了中国同盟会，成为福建分会的骨干成员。

在日本的一众中国进步青年常常聚首畅谈国内形势。有人悲观失望，有人叹息流泪，林觉民却愤慨地说："中国现在正在危难关头，我们是堂堂七尺男儿，空谈和啼哭又有什么用处呢？是大丈夫，就应该仗义执剑，以死报国，争取从根本上解救祖国，彻底改变国家濒临危亡的现状！"在座青年无不肃然起敬。

在日本，林觉民深切地思念着陈意映。他无法告诉妻子自己正在做什么，他因为隐瞒而愧疚，因为远离而觉亏欠。好在每年夏天都可以回国与陈意映团聚。

他的隐瞒，她心知肚明。她不怨恨，亦不觉他对她有亏欠。她能做的，只有在他离家之时尽心替他照顾好家人，然后便是望眼欲穿地期盼，期盼夏天的到来，期盼林觉民在她醒来便站在她面前。

相思似海深，然，旧事并不如天远，所有美好的相伴，所有耳边的絮语，反倒都成了热烈的期盼。

七

1911年1月底，中国同盟会在香港成立了统筹部，开始策动广州起义。赵声、黄兴分别任统筹部的正、副部长。

林觉民得知后，毅然从日本回国参加广州起义。黄兴见到林觉民，高兴地说："意洞来，天赞我也！运筹帷幄，何可一日无君。"

根据同盟会的安排，林觉民到福建筹集经费，并召集革命志士。于是是年春天，林觉民回到了家中。

父亲与妻子见到他，无不惊喜意外，却又对他突然归家不甚理解。林觉民解释道："学校在春天放了樱花假，我临时陪同几位日本同学游览江浙风光，因此没来得及写信回来。"

不管怎样，最开心的莫过于陈意映了。她万分欣喜地以为，这次林觉民同以往暑假探亲一样，会与她日夜相守相伴。但这次他却和以往完全不一样，他十分忙碌，经常出门与人相见，然后大家在隐蔽宁静的西禅寺里不知在谋划着什么。

他还在筹募资金。他的解释是用于拯救国家命运。彼时陈意映已怀有身孕，对林觉民的举动难免有些不悦，但她没有怨言，有这样一个为理想而奔走的丈夫，实在是她的骄傲啊！

陈意映甚至拿出自己的嫁妆给林觉民作为经费。当然，她并不知道自己的丈夫竟然在做一件大事，一件让他们从此天人永隔的大事。

林觉民与其他敢死队的成员，是在西禅寺里制作炸药。

当炸药终于准备妥当，如何运输到香港又成了一个严重的问题。林觉民想了一个办法：把炸药装进棺材里，然后找一个女人装成寡妇护送棺材去香港。那么这个寡妇，应该由谁来扮？

林觉民想到了自己的妻子陈意映。但也正因为当时陈意映怀有身孕，林觉民便放弃了这个想法。

在家中待了十余天后，林觉民准备动身去香港。陈意映心中被一种强烈的感觉击中了，这感觉令她不安，令她舍不得林觉民走。

她忍不住哭了起来。她拉住林觉民的衣袖说："你不是答应过我，以后不管去哪儿，都要带上我的吗？"

林觉民当下心中有万般滋味：愧疚，不舍，心疼……却不能展露一丝一毫。他故作轻松地说："我去趟香港就回来，耐心等我几日。"说罢怜惜又温柔地拭去妻子脸上的泪。铁血男儿的满怀柔情，最令人动容动情。

陈意映却哭得更厉害了，虽然她完全不知道，此一别即是永别。

1911年4月24日，广州起义前三天。香港。已为深夜，万籁俱静，唯有临江边的一幢小楼上，灯光久久未熄。

想到自己此去死生未卜，想到自己年老的父亲，想到自己挚爱的妻子和幼子，林觉民思绪翻涌，热泪滚落，不能自已，于是提笔，写下了给父亲和妻子的诀别书。

写到给妻子陈意映的信时，念及往日恩情，念及自己此行很可能与挚爱阴阳两隔，林觉民不禁热泪盈眶，泪水和着笔墨一起落下。

这封信，写在一块方形的手绢上；这封信，是一个热血又深情的男人给妻子最后的爱情独白；这封信，便是后人读之潸然的《与妻书》。

翌日清晨，林觉民将信交于朋友手中，嘱之："我死，幸为转达。"随即与战友们重入广州。在船上林觉民激励战友们："此举若败，死者必多，定能感动同胞。使吾辈虽死之日，犹生之年也，宁有憾哉！宁有憾哉！"

这个男人，不给自己留任何后路。

宁有憾哉，宁有憾哉。这究竟是谁之憾？

是老父默然的宽容与担忧，是挚爱深切的牵念与期盼，是幼子懵懂的成长与父亲的缺失——更是自己不能尽为人子为人夫为人父之责的憾。

自此我于战火纷飞中鲜血溅飞，你于双栖楼日夜企盼；我于黄土之下以泥销骨，你于梅花树下悲泣不已；我归于黄泉心不死，你活于世间，失魂盼相见。

八

1911年4月27日下午，同盟会敢死队员臂上缠白布，脚穿树胶鞋，将生死抛之于脑后，一路奋战，闯入总督衙门。

由于谋划协调不周，原计划的十路人马，最后只有黄兴所率的第一路义军毅然举事，当林觉民等人攻入总督府，两广总督张鸣岐早已闻风而逃。起义军举火焚烧了总督衙门，遭遇清水师提督李准亲率的援军。

在激烈的巷战中，林觉民被一颗流弹击中腹部，力竭被俘。

林觉民在水师提督衙门受审。审问他的，正是两广总督张鸣岐与水师提督李准。张鸣岐命林觉民跪，林觉民不跪。他身戴镣铐，不惧不怕，气宇轩昂，坐地侃侃而谈。

他与清朝官员谈论世界形势和革命道理，他说："只要革除暴政，建立共和，能使国家安强，则吾死瞑目矣！"说到痛处，林觉民激动之情难抑，把身上的镣铐抖得哐哐作响。

他的言行使在场清吏深为动容。李准下令去掉镣铐，搬来椅子让他坐下来讲，始终未曾打断。林觉民因伤虚弱，到后来无法言语，仍向李准要了纸笔，以书代语。当林觉民口含血痰无法吐出时，李准亲自手捧痰盂送到林觉民面前。

李准动了恻隐之心，觉得可以留下林觉民为清廷所用；对革命党人恨之入骨的张鸣岐这样评价林觉民："惜哉，林觉民！面貌如玉，肝肠如铁，心地光明如雪，真算得奇男子。"

张鸣岐深知以林觉民之坚定意志，根本不会归顺清廷，他若不死，留给革命党人，则后患无穷。

此后，林觉民被关押数日，水米不进，以绝食抗议。

几日之后的黄昏，林觉民被押赴广州天字码头。林觉民面不改色，泰然自若，从容就义，年仅二十四岁。

九

广州起义之后，陈意映之父陈元凯恰在广州候补知县，最先获得消息。林觉民被处决之时，他深恐清廷会株连林觉民的亲属，忙派人连夜赶回闽县，假借林觉民之话，让林家人到其他地方躲避。

于是怀孕八个月的陈意映与林孝颖连夜回到娘家大光里。但大光里也并不是安全的地方，之后陈意映又搬到娘家附近一处旧屋。

屋子地处偏僻，幸未暴露。

陈意映千般担心万分惦念，林觉民却始终没有半点消息。直至某夜，有人敲响了那偏僻屋子的大门。

是林觉民的战友，辗转打听到了他们的住处，冒着极大的风险将林觉民的两封信从门下塞了进去，轻轻叩响大门之后，便离开了。

心神难定的陈意映慌乱地打开信，就着昏黄的灯光落下目光，只见开头一句："意映卿卿如晤：吾今以此书与汝永别矣！吾作此书时，尚是世中一人；汝看此书时，吾已成为阴间一鬼。"

陈意映当即如万箭穿心，泪如雨下，悲痛不已。

她想一目十行，却偏偏放不过每一个字，如果，如果……是不是我不看这封信，觉民便会是依然活着？眼前的每一个字，都如一把尖锐的刀子，每读一个字，心便被狠狠剜下一块。陈意映因为眼睛不断有泪涌出而模糊了眼前的字字句句，仿佛已经失去身上所有的力量，颤抖的双手甚至承受不了一方手绢的重量。

读着这封《与妻书》，陈意映一次次被巨大的悲伤袭中，直至读到"吾居九泉之下，遥闻汝哭声，当哭相和也"时，陈意映昏厥了过去。

世间挚爱，莫过如此。我长泪当歌，你闻之以泪相和，纵然相隔生死，纵然相隔阴阳，纵然你奈何桥上徘徊又徘徊，纵然你弃下无数孟婆汤。

陈意映清醒之后，见公公林孝颖与儿子林伯新围在自己身旁。

灯光之下的林孝颖更加苍老了。读了林觉民留给他的《禀父书》后，林孝颖仰天痛哭，丧子之痛，之惨，之烈，若不是亲身经历，便无人能够感同身受。

陈意映真的希望这是一场梦啊！是不是梦醒了觉民就会回来了，如往常一样，目光淳和温柔，为我拭去脸颊上的泪？可那方绝命手绢，就明明白白地摆在几案上啊！

陈意映痛哭，仿佛人生跌入无穷无尽的黑暗般痛哭。她将头向床头猛地撞去——除了死，她无法解救自己，唯一的心愿就是随觉民同去。

陈意映的举动吓坏了林孝颖，更是吓哭了年幼的林伯新，林孝颖拉着孙子，跪在了陈意映面前，泪流满面。他说："如今觉民以身赴死，林家恳请你念在腹中孩子的分上，断断不能寻死啊！"

泪眼中看着跪在眼前的老人，听着儿子哭着喊"妈妈"，陈意映闭目痛哭。生不可生，死无可死。这活着的每一刻，都被巨大的哀伤吞噬。此前因为心有所盼，日日皆可期待；如今人死身亡，时时皆如凌迟。

遭受重大打击的陈意映始终难抑悲伤，提前生下第二个儿子。

当第二个儿子生出来后，陈意映仿佛用尽了毕生的力气，甚至有那么一瞬间，她分辨不出自己究竟是活着还是死了。

只有她一个人，一个人独走在阴阳交界处。她路过双栖楼，路过庭院中的梅花树。一路上薄雾缭绕不散，隐约见得前面，是一株苍老的榕树，那巨大的绦丝，甚至可以做孩童的秋千。

榕树边上的人影，是觉民吗？

觉民？你可知道我小时候，是怎样来形容这棵老榕树的吗？壮阔，壮阔——是啊，这个词，又怎能用来形容一棵树呢？可如今，这个词，又怎么不能让我用来形容你呢？为了国家民族的阔大而悲壮赴死——一躯的肉体之身，怎么会有如此之壮烈英勇的意志？又怎么会如青山大河一样壮阔？

觉民，我理解你，但我依然怨念你。我一直告诉自己，你的所为，是不能以对错来评定的——但我就是怨念你。若说大，世间之人万万千千，无一不是向死而生，为国为民，实属可歌可泣；若说小，我的世界只缱绻于你一人，纵然也是向死而生，但是为我为你，这才是真正属于我的、自私的一己之念。

曾经，曾经。如今，如今。

君埋泉下泥销骨，我寄人间雪满头。

你曾经说过，与其让你先死，不如让我先死。你说，这是因为怕我瘦弱的身体无法承担失去你的悲痛。但你，毕竟是走在我前面了。觉民，带我一起吧觉民。

那人影依然隐在薄雾之中，无论意映怎样靠近，却始终走不到他面前。但她心里就是知道，那人，是对着她笑的，直到与老榕树消隐在雾中。

陈意映筋疲力尽地睁开双眼，眼泪一滴又一滴落在枕上。

觉民，追随你的这条路，我走得太艰难。

依照林觉民的遗愿，第二个儿子取名林仲新。

陈意映仿佛完成了此生最后一个任务似的，从此以后，每天死去一点，未及两年，抑郁而终，与林觉民终得泉下团圆。年仅二十二岁。

他们的大儿子林伯新，于九岁时病逝。二儿子林仲新，由林觉民之养父林孝颖独自抚养成人。

尾语

林觉民是林徽因的亲叔叔，林觉民去世的时候，林徽因七岁。

林觉民牺牲后，其父林孝颖将闽县老宅出卖避难。买主叫谢銮恩，他带着十一岁的孙女住进杨桥巷17号。这个小女孩叫谢婉莹，即后来的冰心。

童安格写过一首歌，叫《诀别》，是以林觉民的口吻。歌里说：方寸心，只愿天下情侣，不再有泪如你。

后来齐豫也唱过一首歌，《觉》，是以陈意映的口吻。作曲是郭子，填词是齐豫和许常德。

觉

当我回首我的梦

我不得不相信

刹那即永恒

……

你的不得不舍和遗弃都是守真情的坚持

我留守着数不完的夜和载沉载浮的凌迟

谁给你选择的权利让你就这样地离去

谁把我无止境的付出都化成纸上的一个名字

……

林觉民与陈意映，一朝风月，万古长青。

附: 与妻书

意映卿卿如晤:

吾今以此书与汝永别矣! 吾作此书时, 尚是世中一人; 汝看此书时, 吾已成为阴间一鬼。吾作此书, 泪珠和笔墨齐下, 不能竟书而欲搁笔。又恐汝不察吾衷, 谓吾忍舍汝而死, 谓吾不知汝之不欲吾死也, 故遂忍悲为汝言之。

吾至爱汝! 即此爱汝一念, 使吾勇于就死也! 吾自遇汝以来, 常愿天下有情人都成眷属, 然遍地腥云, 满街狼犬, 称心快意, 几家能彀? 司马青衫, 吾不能学太上之忘情也。语云, 仁者 "老吾老以及人之老, 幼吾幼以及人之幼"。吾充吾爱汝之心, 助天下人爱其所爱, 所以敢先汝而死, 不顾汝也。汝体吾此心, 于悲啼之余, 亦以天下人为念, 当亦乐牺牲吾身与汝身之福利, 为天下人谋永福也。汝其勿悲。

汝忆否? 四五年前某夕, 吾尝语曰: "与使吾先死也, 无宁汝先吾而死。" 汝初闻言而怒, 后经吾婉解, 虽不谓吾言为是, 而亦无辞相答。吾之意盖谓以汝之弱, 必不能禁失吾之悲, 吾先死留苦与汝, 吾心不忍, 故宁请汝先死, 吾担悲也。嗟夫, 谁知吾卒先汝而死乎!

吾真真不能忘汝也! 回忆后街之屋, 入门穿廊, 过前后厅, 又三四折, 有小厅, 厅旁一室为吾与汝双栖之所。初婚三四个月, 适冬之望日前后, 窗外疏梅筛月影, 依稀掩映, 吾与汝并肩携手, 低低切切, 何事不语,何情不诉！及今思之，空余泪痕！又回忆六七年前，吾之逃家复归也，汝泣告我："望今后有远行，必以告妾，妾愿随君行。"吾亦既许汝矣。前十余日回家，即欲乘便以此行之事语汝，及与汝相对，又不能启口；且以汝之有身也，更恐不胜悲，故惟日日呼酒买醉。嗟夫！当时余心之悲，盖不能以寸管形容之。

吾诚愿与汝相守以死，第以今日事势观之，天灾可以死，盗贼可以死，瓜分之日可以死，奸官污吏虐民可以死，吾辈处今日之中国，国中无地无时不可以死！到那时使吾眼睁睁看汝死，或使汝眼睁睁看我死，吾能之乎！抑汝能之乎！即可不死，而离散不相见，徒使两地眼成穿而骨化石，试问古来几曾见破镜能重圆，则较死为苦也。将奈之何？今日吾与汝幸双健；天下人不当死而死，与不愿离而离者，不可数计；钟情如我辈者，能忍之乎？此吾所以敢率性就死不顾汝也！吾今死无余憾，国事成不成，自有同志者在。依新已五岁，转眼成人，汝其善抚之，使之肖我。汝腹中之物，吾疑其女也，女必像汝，吾心甚慰；或又是男，则亦教其以父志为志，则我死后，尚有二意洞在也，甚幸甚幸！

吾家后日当甚贫，贫无所苦，清静过日而已。

吾今与汝无言矣！吾居九泉之下，遥闻汝哭声，当哭相和也。吾平日不信有鬼，今则又望其真有。今人又言心电感应有道，吾亦望其言是实，则吾之死，吾灵尚依依旁汝也，汝不必以无侣悲！

吾生平未尝以吾所志语汝，是吾不是处。然语之，又恐汝日日为吾担忧。吾牺牲百死而不辞，而使汝担忧，的的非吾所忍。吾爱汝至，所以为汝谋者惟恐未尽。汝幸而偶我，又何不幸而生今日之中国！吾幸而得汝，又何不幸而生今日之中国，卒不忍独善其身！嗟夫！巾短情长，所未尽者尚有万千，汝可摹拟得之。吾今不能见汝矣！汝不能舍吾，其时时于梦中寻我乎！一恸！

辛亥三月念六夜四鼓，意洞手书。

家中诸母皆通文，有不解处，望请其指教。当尽吾意为幸。

闻一多&高孝贞

一切都是为你

一

1922年1月2日。湖北蕲水县（现黄冈浠水县）巴河镇。

望天湖畔的闻家大院张灯结彩，喜气洋洋。男人们挂灯的挂灯，挂红绸花的挂红绸花，女人们贴喜字的贴喜字，贴喜联的贴喜联，所有人都很忙碌，尤其是闻家老爷与夫人，更是忙不停歇，从后厨到大门院，非得一一审过才算放心。

人人脸上都洋溢着欣喜，却唯独不见新郎的身影。

闻夫人心中不免着急起来，这明明是儿子的大喜之日，此时应该理发换新衣，等着迎新娘进门，却偏偏不见了踪影。

她知道儿子躲在哪里，径直向儿子的书房走去。果然，闻夫人一进书房，便看到儿子正伏在案前读书。

"家骅，"闻夫人说道，"娘知道你痴迷读书，但也要分日子才对。今天是你的大喜之日，你看你头发未理，新衣也未换，还像个新郎的样子吗？"

青年并不说话，也不回头，依然以沉默的后背相对。

这时几个亲戚也来到了书房，一看到青年还在不慌不忙地读书，便说道："果真是'醉书'之人，这书比新娘子还重要吗？"说罢便去拉青年，青年虽未说话，却极不情愿地被他们拉起。

"唉。"看着儿子被人们拉了出去，闻夫人轻轻叹了一口气。

她知道儿子对这门婚事并不同意，正因为怕儿子悔婚，才特意赶在他去美国读书之前把婚事办了，毕竟那是儿子幼时便定下的婚约，如今眼看儿子要到美国去，未来谁说得准？若是出了什么变故，怎么向亲家交代？只有赶紧把婚结了，才不至于日后夜长梦多。

众人将青年拉出，为他洗发理发，又为他换上一身新衣，总算让他看起来像个新郎官的模样。

过了不久闻家大门口便传来热闹的唢呐声，同时鞭炮齐鸣，孩子们都欢呼着跑在花轿旁边。

花轿停在闻家大门口，老妈子掀起轿帘，一位身着红缎棉喜服、头上盖着红色盖帘的女子弯腰从轿中走了下来，手扶住老妈子的胳膊，走进了闻家大门。

"新娘子来喽！新娘子来喽！"孩子们跟在新娘子后面欢呼道。

这时众人才发现，新娘都进了院门，却不见新郎。

几个年轻的小伙子又跑到书房，果然，青年不知什么时候又躲进了书房读书，大家七手八脚地把大红绸花戴在青年身上，连拉带拽将他拖出书房，将之推进前厅。

青年满脸不悦，简单地举行了婚礼之后，便又躲进了书房。

按理说闻家在当地也算是书香门第的大户，婚礼应该按照传统习俗来，不该举办得这样简单，但这是青年勉强同意结婚后提出的条件。

青年提出了三个条件：一不祭祖，二不行跪拜礼，三不闹新房。若是有一条不同意，他都不会成婚。

闻老爷闻夫人做出了妥协，三个条件都可以答应你。你不祭祖，我们祭；跪拜礼可以不行，改为鞠躬；新房可以稍微闹一下，但不会过火。如此，你还有何话可说？

青年只得同意完婚。

这婚结得却是心不甘情不愿，甚至在婚礼前一周，他还满心苦恼地写道："你看！又是一个新年——好可怕的新年！——张着牙戟齿锯的大嘴招呼你上前；你退既不能，进又白白地往死嘴里钻！"

二

青年名叫闻家骅，结婚时已经给自己改了名字，叫闻一多。

闻一多出生于1899年11月24日，那是光绪二十五年，已经处于晚清末期的中国维新变法失败，频频遭受东西方列强入侵，中国陷在内忧外患的水深火热之中。

闻一多幼时即爱好古典诗词和美术，父亲见他聪慧认真，在五岁时便把他送入私塾启蒙，十岁时送到武昌两湖师范校附属高等小学就读。

闻一多求知之心非常强烈，常常读书读到如痴如醉废寝忘食，成绩在学校里也是遥遥领先，1912年，刚刚十三岁的闻一多便以复试鄂籍第一名的成绩考入北京清华留美预备学校。

消息传来，有一人心中相当欢跃，当即找亲戚做了媒人，要与闻家结成儿女亲家。

这人叫高承烈，有一女叫高孝贞，比闻一多小四岁。高承烈的夫人与闻一多的母亲为堂姐妹，闻一多称其为十姨妈。

高家本为大族，在明朝时立有战功，受到过皇帝的召见和奖赏。高承烈的父亲在西北地区做过道台一类的官，高承烈曾任广东饶平县知事、绥远盐务局局长等职。虽然家境在他这一代便开始衰落，但因为高承烈常年在外，见多识广，思想开明，因此对自己的女儿也是十分重视，不仅不给女儿缠足，还将其送至女子学堂读书。

闻一多小时高承烈便对其十分喜爱，每次见了闻一多都是赞赏有加，夸奖闻一多文章与字写得好。此次听闻闻一多考入北京清华留美预备学校，便有了将女儿高孝贞嫁与他的念头。

高孝贞的母亲有些犹豫。因为自己的堂姐、闻一多的母亲比较严厉，她生怕将来自己的女儿嫁过去后过得不开心，高承烈却不以为意，说道："女子嫁的是丈夫，与婆婆能生活多少年？还不是与丈夫共同生活时间更长。"

闻高两家门当户对，结了亲家后又是亲上加亲，因此闻一多的父母便开开心心地答应了。

按照封建习俗，定了亲的男女在成婚之前是不能见面的，但闻一多却曾与高孝贞有过一面之缘。

那日里，九岁的高孝贞正在舅舅家同几个姐妹玩耍，忽然进来一个男孩，身着棉袍马褂，头戴一顶瓜皮帽，还没等高孝贞细看，舅妈便一把将她拉至屋内。

高孝贞不解，舅妈告诉她，来者正是与她定了亲的男孩子。

闻一多也注意到了被舅妈拉进屋里的女孩，心里还觉得奇怪，为什么女孩看到自己便被她的舅妈拉走躲了起来。

彼时闻一多也只有十三岁，对自己已经定亲之事也十分懵懂，他与高孝贞一样，心中也是不解。

但是在清华就读的十年，对闻一多一生的影响甚为巨大。

三

当时，清华留美预备学校为庚款学校，即由美国退还庚子赔偿款办的学校，教育方式皆参照美国学校。考入清华留美预备学校的学子们要在清华学习十年，然后再到美国学习五年。

闻一多入校时的姓名为"闻多"，恰巧与英文单词widow（寡妇）谐音，于是同学们就给他起了不雅的绰号，在朋友的建议下，闻一多将"闻多"改成"闻一多"。

在清华的时候，闻一多学习刻苦，成绩优异，兴趣广泛，喜读古代诗集、诗话、史书、笔记等，并开始在《清华周刊》上发表读书笔记。

来到清华留美预备学校的第七年，即1919年，北京广大青年学生上街游行示威，五四运动爆发。

刚开始，街头请愿的学生中并无清华留美预备学校的学生。第二天，学生们在学校饭厅门前看到了一首手抄岳飞的《满江红》。

这正是那天夜里闻一多怀着满腹激情手书并贴在饭厅门口的，清华学子们也正是吟诵着这首《满江红》加入了如火如荼的五四运动中。

闻一多性格单纯而热烈，毅然投入到这场伟大的斗争中之后，开始发表演说，创作新诗，成为五四新文艺园中的拓荒者之一。

对于接受了新思想新观念的五四新青年闻一多而言，他一向主张自由恋爱与妇女解放，因此当1921年年底收到父母催他回家完婚的信后，他陷入了极大的苦恼之中。

闻一多如他的诗一样，激情满怀，热情浪漫，认为只有男女间恋爱的情感，才是最高、最真的情感，而这种"父母之命，媒妁之言"的盲婚哑嫁，简直是极为糟糠的习俗。

闻一多对这门娃娃亲非常反感，便拒绝了父亲的要求。父亲考虑到闻一多马上要结束在清华的学习而到美国去，担心儿子变心，便五次三番去信执意要闻一多回家成亲，甚至让闻一多的堂兄特意到清华去说服他。

禁不住全家人的苦口婆心狂轰滥炸，闻一多只能勉强同意，同时提出不祭祖、不行跪拜礼、不闹新房的条件，在父母做了妥协后，闻一多于无奈中回到了家乡。

回到家后，闻一多非常痛苦，甚至夜不能眠。到了成婚那日，闻一多是下定决心不理发不迎接新娘的，于是家人生拉硬拽才让他亲自参加了自己的婚礼。

这对闻一多而言，与受刑并无二致。

四

新婚之夜，四下里静谧无声，只有喜烛的火舌闪闪跳跃。十九岁的新娘穿着一身喜气的红缎衣裳孤独地坐在床边，很久了，头上的盖头依然没有人掀开。甚至不能用失落来形容高孝贞的感受，而是伤心。

出嫁是女子一生的大事，这一天过后，自己便盘起发髻嫁为人妇，从此夫唱妇随，生儿育女，像中国千千万万女人一样开始全新的家庭生活。

她倒是想相随，可哪里有新郎在新婚之夜连洞房都不肯入的

风止于秋水，

我止于你

道理？

高孝贞面容端庄，温婉淑德，她是官宦人家的宝贝女儿，却在人生最重要的日子受此冷落，她不免流下眼泪，心中生出对自己的怜惜。

而躲在书房的闻一多是没有怜惜的，他只有苦恼和沮丧，只能以这样的方式消极反抗父母为他包办的婚姻，他甚至在给弟弟的信中说："我不肯结婚，逼迫我结婚，不肯养子，逼迫我养子……宋诗人林和靖以梅为妻，以鹤为子。我将以诗为妻，以画为子……家庭是一把铁链，捆着我的手，捆着我的脚，捆着我的喉咙，还捆着我的脑筋，我不把它摆脱了，撞碎了，我将永远没有自由，永远没有生命！"

第二天闻一多起了个大早，准备好迎接"新婚妻子"的责问，没想到高孝贞却对昨晚之事只字未提。父母知道闻一多新婚之夜竟然将高孝贞一人冷落在新房而独宿时，未免心中恼火，高孝贞却温和地替闻一多解释道："公公婆婆误会他了，他昨天喝了不少的酒，因为怕影响我休息，才到书房去睡的。"

高孝贞的这番回答很是让闻一多感到意外，但他依然待她不是很热情。本来闻一多想在婚后便返回清华，父母却强烈反对，在父母的要求下，闻一多只能留在家中与新婚妻子共度"蜜月"。

在外人看来，蜜月应该是甜蜜无间的，只有闻一多和高孝贞知道，整个蜜月期间二人几乎都不曾说过话，闻一多整日把自己关在书房，把所有心思都放在了学问研究上，高孝贞只不过是在每日的孤独里打发着时间。

她心里清楚，闻一多是新青年，接受的是新教育新思想，而自己只是一个在传统礼教中成长的普通女子，这样大的落差，也难怪他对自己不满意。但她也无计可施，只能尽量不去招惹他，期待着总有一天他会改变对自己的看法。

闻一多在自己的蜜月期完成了一篇洋洋两万余字的论文《律诗的研究》，随后便从老家回到了清华，继续他的学习，为到美国留学做准备。

此次返回清华后，闻一多收到了一位女同学的表白。坦诚地说，这对深受包办婚姻之苦的闻一多来说是个机会。

这一届青年处于社会变革之中，甚至处于新旧制度的残酷博弈之中，一方面是对父母的孝，另一方面是反抗旧习俗的勇敢，这两者在他们心中激烈地冲撞，成为他们最苦恼的问题之一。

面对女同学的表白信，闻一多心动了。但仅仅是动了一下，他犹豫了。

是的，他向往自由恋爱，哪怕最后不能走入婚姻，那也是新时代青年对自由追求的收获之一。作为诗人，闻一多对爱情更是有着美丽的期许。他曾经在诗中这样描写爱情："仿佛一簇白云，蒙蒙漠漠，拥着一只紫氅朱冠的仙鹤。"可是这种对爱情纯美的向往，被包办婚姻的陋习砸得粉碎。

但是他不能接受女同学的表白，因为他已经有了妻子，尽管他对她没有感情，更不用提爱，但说到底，她是他的妻子。

他开始反省自己的这段婚姻。毫无疑问，他是包办婚姻的受害者，但她又何尝不是呢？甚至她所承受的"害"比他还要多。作为一个男人，还可以胸怀壮志，可以有抱负，有事业，但是作为一个深受传统礼法和旧习俗浸染的女人，她除了他自己，可以说是一无所有。

闻一多是诗人，是浪漫的、情感炽烈的诗人，但他更是一个男人，是一个富有责任感重情义的男人。

他拒绝了女同学的表白。同时，他心中也打定了主意，提笔给父母写了一封信：

"我之此次归娶，纯以恐为两大人增忧。我自揣此举，诚为一大牺牲，然为我大人牺牲，是我应当并且心愿的。如今我所敢求于两大人者只此让我妇早归求学一事耳。大人爱子心切，当不致藐视此请也……如两大人必固执俗见，我敢冒不孝之名，谓两大人为麻木不仁也。"

闻一多在信中表达的意思非常明确：我此次回家成婚，是我个人的牺牲，因为父母而牺牲自我，我心甘情愿。但我有一个请求，请将我的妻子送去读书，如果父母固执不肯让她去，那么儿子我也敢冒着不孝的名义，说父母是麻木不仁的。

闻老爷和夫人还是了解自己这个儿子的，并且也不是思想迂腐之人，看了信后，他们征求了高孝贞自己的意思。

高孝贞眼睛一下子变亮了，使劲儿点了点头，说自己愿意。

这并不是假话。从成婚到蜜月，从蜜月到他离家，她深刻感受到了他对自己的不满甚至是轻待，她心中明白，他是当代新青年，自己也必须跟得上他才行，否则此后天高地远，二人差距也将如同天地般巨大。她甚至对他有些感激，感谢他给自己求学读书的机会，给自己能够跟得上他的机会，给自己脱胎换骨的机会。

她当然同意了，只有提高自己的学识，缩小自己和他精神与思想的差距，他才会转变对自己的态度。

于是闻一多的父母将高孝贞送到武昌女子职业学校学习。在学校里高孝贞读书识字，学习非常认真，她越来越意识到，在当下，没有什么比夫妻两个人一同进步更有意义的事了。

1922年7月，闻一多赴美留学。

五

闻一多先后在美国芝加哥美术学院、科罗拉多大学美术学院和纽约艺术青年联盟学习。

那时的闻一多完全沉浸在绘画之中，长发披散在颈后，穿着一件画室披衣，东一块红，西一块绿，水渍油痕纵横，揩鼻涕是它，抹桌子是它，擦手遮雨全是它。

闻一多的各科成绩都非常优秀，得到了最优名誉奖。

这次留美经历让他开阔了眼界。在美国，女孩同样有受高等教育的权利，这与当时中国妇女的地位完全是天壤之别。但这次留美经历，也让敏感的闻一多很痛苦。

这个痛苦来自美国人对中国人毫不遮掩的歧视。

当时很多在美华侨都是以替美国人洗衣为生，一年四季不分春秋冬夏，他们的手都是泡在水中，洗着，搓着，还要时不时受到衣服主人的呵斥与怒骂，闻一多深为中国同胞所受到的侮辱而愤怒，写下了饱含悲愤之情的《洗衣歌》。

作为中国留学生，闻一多不仅经常被美国人问"你的爸爸是洗衣工吗？"这样充满污辱意味的话，也亲身经历了美国人对中国人的歧视。

当时的中国人甚至被拒绝进入理发馆，这激起了中国学生的极大不满。经过投诉后美国终于允许中国人进入理发馆，但理发馆的主人却只接受他们晚上来理发，白天不接待。

还有一次，科罗拉多大学一个学生自办的刊物上发表了一首美国学生写的诗，在这首诗中，美国学生说中国人的面孔活像狮身人面像，整天板着脸，面无表情，永远不知道他们心中在想什么。这让闻一多既愤怒又痛苦。

泱泱华夏上下五千年，灿烂文明源远流长，千年文化一脉相承，可却被美国人嘲笑至此、歧视至此，任何一个有志的爱国青年都会心怀愤怒，更何况闻一多是一位诗人。

诗人是需要天赋的。诗人的天赋是什么？是爱，是爱他的祖国，爱祖国的人民。对于闻一多来说，尤其如此。

有些中国留学生说："国家是腐败的，到处丑恶，不值得爱。"闻一多便会反驳道："不对，只要是你的祖国，再丑，再恶，也要爱她。"

闻一多开始想家。但他想的又不是家，而是中国的山川，中国的草木，中国的鸟兽，中国的屋宇，中国的人。

他每天看到太阳都会想起家乡，因为太阳升起的方向是东方。

闻一多将爱国之情写进了诗中。在美国期间，他创作了《七子之歌》（组诗），分别是《澳门》《香港》《台湾》《威海卫》《广州湾》《九龙》《旅顺，大连》。

闻一多将对家乡对祖国的思念写进了信中。在信中，他非常关心高孝贞的学习，时时刻刻鼓励她要有志气，要成为一个有学问、有本事的人。他以美国著名女诗人海德夫人的成就为例，对高孝贞说："女人并不是不能造大学问、有大本事，我们美术学院的教员多半是女人。女人并不弱于男人。外国女人是这样，中国女人何尝不是这样呢？"

高孝贞越来越了解自己的丈夫了。他单纯而热烈，刚直而重情，堪称自己的良师益友。在丈夫的鼓励下，高孝贞学习的劲头更足了，她也十分争气，在学校努力学习，接受新知识和新思想，成绩十分优异。

在那个见字如面的年代，文字是表达内心与情感的最佳方式，随着两个人往来的书信越来越多，感情也发生了微妙的变化。

闻一多越来越依恋妻子，每天都盼望着她的信，因为独在异乡为异客，因为思想上的共同进步，爱情的种子已然悄悄在闻一多心中扎根发芽。

闻一多为妻子高孝贞写了很多情诗，其中最为著名的便是组诗《红豆》。他在诗中说：

有两样东西，

我总想撇开，

却又总舍不得：

我的生命，

同为了爱人儿的相思。

相思枕上的长夜，

怎样的厌厌难尽啊！

但这才是岁岁年年中之一夜，

大海里的一个波涛。

爱人啊！

叫我又怎样泅过这时间之海？

相思枕上度长夜，在诉尽相思之情的书信中，高孝贞的心是甜的，她知道，丈夫终于接受了自己。

六

按照规定，闻一多应该在美国学习五年，但三年后，闻一多便回国了。

双脚刚踏上祖国的土地，闻一多便亲眼见到前一天因为五卅运动而留在上海街头的血迹，闻一多和同学们回到住处后瘫躺在床上，压抑得无法呼吸。

原来现在的祖国，并不是如闻一多自己所写的"一簇鲜花"。

闻一多之所以提前离开美国，一方面是他民族情感方面的原因，另一方面就是他是一个喜爱家庭，并享受家庭生活的人。他回国时是1925年，那时他已经有了大女儿。

回到国内后，闻一多与徐志摩、朱湘等一起倡导了新诗格律化运动，并先后在北京、上海、武汉、南京、青岛等地的学校任教。

1932年，闻一多离开青岛，回到母校清华大学任中国文学系教授，从事中国古典文学的研究。

高孝贞带着儿女亦跟随闻一多来到清华，一家人居住在清华新建的西式教授宿舍，新南院72号。

闻一多与家人居住的是新南院最大的寓所之一，房间很多，生活条件很是优越，甚至有专门的保姆。

彼时的闻一多慢慢放下诗人的身份，开始专心致志地研究学问。作为中国古代文学学者，闻一多在清华任教的六年得到了学界的认可。

高孝贞全心全意支持丈夫的事业，每天悉心照顾儿女，精心打理丈夫的生活起居，闻一多越来越觉得自己与妻子分不开了。

留美的几年里，他与妻子的心慢慢靠近，情感慢慢相融，回到中国后两人先后有了几个儿女，感情愈加真挚深厚，只是之前闻一多因为生计不得不辗转几地，现在一家人终于能够生活在一起，终于过上了安定的日子。

闻一多薪水不菲，每月可有三百四十元，要知道，当时北平一户普通人家每月生活费用平均只需要三十元左右，他们住房宽敞，环境幽美，儿女绕膝，这真是高孝贞一生中最幸福的时光。

闻一多每天除了教书便是坐在书房中研究学问，一坐，便坐到深夜。

丈夫的专注让她觉得心中非常安稳。她感谢上天，感谢上天没有让丈夫嫌弃自己，而是给了自己与他共同进步的机会；她感谢丈夫，他以这样孜孜不倦的态度做学问，赚钱养家，也为儿女树立了榜样。

闻一多也喜爱儿女们，每个周六晚上都会带上全家去礼堂看电影，春秋假日则带着全家逛颐和园，游北海，或者参观故宫和动物园，一家人其乐融融，幸福而温馨。

书房是只属于闻一多的小小世界。书房宽敞明亮，除了窗下的一张书桌，四壁都是书橱，直顶天花板。

窗外种着密密的青竹，每到夜晚，月照竹影落，风吹竹叶响，若是下起雨来，雨滴噼啪打在竹叶上，则为天籁。

闻一多对窗前的青竹甚是喜爱，每每做学问做累了，便起身到院中的竹林中走一走，歇一歇，再抽上一支烟，可谓人生大自在之时刻。

这样的生活让闻一多内心充实并喜悦，妻子勤劳贤淑，儿女天真欢乐，闻一多于人生中第一次知道什么是幸福。

生活在此情此景中的闻一多说："人世间最美妙的音乐，莫过于夜阑人静，微闻妻室儿女从榻上传来的停匀的一波一波的鼾声，那时节我真个领略到'上帝在天，世上一片宁谧安详'的意境。"

新月在天，爱人在侧，青竹在窗外，古诗在久远的过去，只愿今夕不是今夕，而在世世代代。

七

1937年7月7日，七七事变爆发，全面抗战由此开始。闻一多一家结束了"一方书桌，三尺讲台，小楼庭院，妻儿围绕"的安逸生活，开始了流亡生涯。

此时高孝贞正带着两个儿子在老家湖北探亲，炮声一响，一家人分隔两地。高孝贞心里十分焦急，给丈夫发了一份又一份加急电报，催促他带着另外三个孩子回湖北。

在北平的闻一多也心乱如麻，接连给高孝贞写了几封家书。他在信中说：

"这时他们都出去了，我一个人在屋里，静极了，我在想你，我亲爱的妻。我不晓得我是这样无用的人，我就如同落了魂一样。我什么也不能做。前回我骂一个学生为恋爱问题读书不努力，今天才知道我自己也一样。这几天忧国忧民，然而心里最不快的，是你不在我身边。亲爱的，我不怕死，只要我俩死在一起。"

高孝贞读懂了丈夫的深情，然而话是这样说，但无论如何，她都盼望丈夫能够尽快带着孩子们回到自己身边。无论如何，一家人都要在一起，越是艰难时期，越应该在一起。

之后，闻一多带着三个年幼的孩子开始返乡。他们在拥挤不堪、臭气冲天的车厢与船舱里辗转，一路上辛苦疲惫，担惊受怕，然而他们顾不了许多——逃亡的人太多了，甚至搭乘火车时只能先把孩子从车窗塞进去。一路上流离转徙，狼狈仓皇，最后，闻一多一家终于在武汉团圆，但因为离开清华时闻一多将全部财产留下，一点细软未带，此时全家陷入了经济最困难的时期。

战火摧毁了太多人的生活，但摧毁不了教育。1937年11月，北京大学、清华大学、南开大学在湖南长沙组成的长沙临时大学正式上课。1938年2月，长沙临时大学开始迁往昆明，组成西南联合大学。

作为清华大学的教授，闻一多跟随其他老师带着两百多名学生一起迁往昆明。因为当时内地交通十分困难，因此他们决定徒步前往昆明。

高孝贞不同意。"日本的飞机就在天上炸着，人家都是一家人在一起，这时候你一个人走，出了事情怎么办？"高孝贞问。

"所有决定到西南联合大学的教授哪一个不是暂且放下妻子跟着学校跑？太多学校毁于敌手，学校资源必须保住，中国教育也必须挽救，除了把学校迁往内地，目前还没有更好的法子。"闻一多说道。

高孝贞依然不同意，丈夫说的她可以理解，但她还是放心不下。在这样战火纷飞的时代，说不定哪天一出门就成了最后的告别，这样危险且关键的时刻，只有一家人守在一起才最安全，也最令她放心。

闻一多又何尝不是这样想，但他从清华回来时没带钱，也没带细软，难不成让妻子和孩子们跟着自己一起徒步到云南？

这时恰逢闻一多的老朋友顾毓琇邀请他参加正在组建的"战时教育问题研究委员会"。这对高孝贞来说是个好消息，她劝说闻一多接受这份工作，这样就可以留在武汉，一家人不必分离。

但闻一多拒绝了。他未接受这份工作，也不会放弃西南联大。

几乎从未跟闻一多红过脸的高孝贞这次是真生气了，只是闷着头流眼泪，不吃饭，也不说话。

1938年农历新年前，闻一多与其他教授和学生们准备启程了。

那天天还没亮闻一多便起了床，他想与妻子儿女告个别。高孝贞不理他，只是将脸转过去，背对着他。

闻一多知道妻子气还没消，也不敢再扰她，便把老大叫醒，跟他说爸爸要走了，之后又叫醒老二，等到叫到老三时，闻一多却已声音哽咽，再也说不出来话。

孩子们都睡得迷迷糊糊，并不知道发生了什么，只记得那天早上爸爸走了，妈妈一直没理他，爸爸走的时候她甚至都没转过脸看他一眼，依然躺在那里一动不动。但是妈妈哭了。

八

　　这一年，十一名教师——包括闻一多等五名教授——带着二百八十多名学生组成"湘黔滇旅行团"，踏上了前往昆明的路，无数图书和仪器也通过船只从沦陷区运出来。

　　师生们以脚为车，以步为尺，丈量着深爱着的国家的土地；长江纤夫以血肉之躯，拉着一艘艘满载书籍的货船。所有人都一步步艰难前行，通向有着希望和光亮的远方，哪怕光亮微弱，希望渺茫，但只要有前方，就有中国的未来。

　　一路上众人背着行囊，彼此鼓励，互相帮助，他们在路上读到了最真实的中国，这份真实与他们坐在课堂里甚至在生活中感受到的都完全不一样。

　　闻一多也是此时才知道，原来真实的中国，并不是美好的想象和诗句，无数生活在底层的贫苦民众处于水深火热之中。行至最落后的地区的时候，师生们只能每夜与猪鸡同住。这次深入民间的经历，将使闻一多的人生发生脱胎换骨的变化。

　　从长沙到昆明，一千七百多公里，师生们整整走了六十八天。在旅途中闻一多始终牵挂着妻子高孝贞，每每想到离家之前都没能与妻子道别，心里便酸涩难忍。途中他写了封信给妻子，恳请她的原谅。

一路上都没有收到妻子的回信。闻一多本来情感丰富，对妻儿负有责任感，时逢战乱，离家千里，多时收不到家中的消息，他又不能返乡确认，心中未免越来越焦急，他甚至在信中问妻子为何此次狠心至此，连一封信一句话都不曾回复。

高孝贞还是没有理会他。

快到昆明时，闻一多再次给妻子写信，他在信中说：

"这里清华、北大、南开三个学校的教职员，不下数百人，谁不抛开妻子跟着学校跑？你或者怪了我没有就汉口的事，但是我一生不愿做官，也实在不是做官的人，你不应该勉强一个人做他不愿做也不能做的事。我不知道这封信写给你，有用没有。如果你真是不能回心转意，我又有什么办法？儿女们又小，他们不懂，我有苦向谁说去？"

在信的结尾，他又说：

"我们马上就要到达昆明，如果你马上就发信到昆明，那样我一到昆明，就可以看到你的信。不然，你就当我已经死了，以后也不必写信来。"

高孝贞看了这封信后，心立刻软了下来。之前她的不理会确实是因为心中有气。时值战乱，无论如何一家人都应该守在一起，这样人心才会安稳。时局不稳，人心再不稳，那岂不是整日都活在惶恐与担忧之中？你一个人远在千里之外，我又怎能不牵挂？

高孝贞的这份气，就是来自对丈夫的心疼，一千七百多公里啊，活生生靠一双脚走着去啊，一路上颠沛流离且不去说它，到处是战争，是轰炸机，一个不小心，谁知道此生是否还有再见面的机会？

作为男人，闻一多对自己已经相当有耐心了，一而再再而三地来信道歉、解释，想着他长途奔波，一路劳顿，心里还这样记挂着自己和孩子，高孝贞更加心疼了，她又何尝不记挂和想念丈夫呢？

1938年4月28日，闻一多一行人行走湘黔滇三省，终于到达了昆明。

在到达昆明的当天，闻一多便看到了妻子的信，不仅妻子写了信，连孩子们也给他写了信，闻一多兴奋极了，马上提笔给妻子写信，在信中他说："我的身体实在不坏，经过了这次锻炼之后，自然更好了。现在是满面红光，能吃能睡，走起路来，健步如飞。"

一边是武汉，一边是昆明，两边牵挂彼此的人，终于放心了。

九

闻一多到达昆明后不久，高孝贞带着孩子们用闻一多攒下来的钱做盘缠，与闻一多的弟弟一家从武汉赶往昆明。

闻一多得知后，写了一封信寄到贵阳朋友处，请其转交给行经贵阳的高孝贞。他在信中说：

"这些时一想到你们就心惊肉跳，现在总算离开了危险地带，我心里稍安一点。但一想到你们在路上受苦，我就心痛。想来想去，真对不住你，向来没有同你出过远门，这回又给我逃脱了，如何叫你不恨我？过去的事无法挽救，从今以后，我一定要专心侍奉你，做你的奴仆。"

高孝贞对此是深感安慰的，在她看来，路途奔波算什么，舟车劳顿算什么，一路上的危险算什么，只要一家人守在一起，就是人间最令人踏实的幸福，她恨不得能马上飞到丈夫身边。

但是，西南联大的生活是异常艰苦的。当时西南联大的校长是梅贻琦，他请同在昆明的林徽因、梁思成夫妇为联大设计校舍，不久，一所一流的大学建筑被设计出来了。但当时的联大根本没有多少经费，于是，设计稿上的高楼变成了矮楼，变成了平房，砖墙变成了土墙，建筑物的屋顶，除图书馆、食堂用青瓦，部分办公室和教室用铁皮外，其他建筑一律覆盖茅草。

教学楼尚且如此，更不用说闻一多一家的住处了。在昆明的几年里，为了逃避日军轰炸，闻一多一家搬了八次家，每次的住处都既狭小又阴暗。即便是在这种情况下，闻一多一家住在昆明北郊陈家营的时候，听闻华罗庚正在因为租住的房子被炸毁而一筹莫展时，闻一多就主动找到华罗庚，真诚地邀请他和家人到自己家同住。

于是，和华家十几口人便挤在一个狭小的空间内，房当中用布帘隔开，直到华罗庚重新找到住处。

在昆明的日子，与在清华园的日子可谓是地上天下。

当时联大教授的薪资都打七折发放，这使得本来就微薄的薪水更加不够用。而闻一多从清华逃难出来时一分钱没带，战争时期物价不断上涨，更使得闻家生活捉襟见肘，异常贫苦。

身为家庭主妇的高孝贞，辛苦地操持着一大家人的生活，可是巧妇难为无米之炊，他们常在半段炊烟中度日，饭碗里更是见不到荤腥，常吃些白菜帮和豆渣，如果能吃上一顿豆腐，就算是改善生活了。

在司家营住的时候，村外有一条小河，高孝贞便经常带着孩子们下河捞些小鱼小虾，后来她还开了块荒地，种上些蔬菜。

在这种情境下，闻一多的治学环境也相当艰难。家里没有家具，闻一多便把装煤油桶的四只木箱改成了写字桌。为了节省一点烧热水的木炭，闻一多每天早晨到河边用冷水洗脸。他还会带孩子们去稻田里逮蚂蚱回来烧了吃，并风趣地对儿女们说："蚂蚱当虾米，豆腐当白肉。"

那些艰苦的日子，令闻一多的子女们刻骨铭心。

即便这样，他们的生活依然无法得到保障，最后闻一多不得不靠典当为生。闻一多有一件狐皮大衣，这是他唯一御寒的衣物。闻一多瞒着妻子，到典当行把大衣换成了钱。

那时已是昆明的寒冬，昆明被称为"春城"，可是冬天仍然接近零度，没了大衣御寒的闻一多很快病倒了，发起高烧。

在高孝贞的追问下，闻一多才不得不说实话。谁知道高孝贞一下子火了，边为他敷湿毛巾边数落他："你是家里的主心骨，顶梁柱，你倒下了，我们怎么办？再穷，你也不能把那件唯一的大衣典当换钱，怎么就不知道心疼自己？不知道心疼也就算了，万一你有什么好歹，你让我们娘儿几个怎么办？你就不能为我们想想吗？"

说着说着，高孝贞哭了，这眼泪中，既有埋怨，又有心疼。

之后，高孝贞让大儿子将大衣赎回来。闻一多没有阻拦，可是心里难过得无法言语，深深觉得欠了妻子太多。

此后为了多赚钱，闻一多除了在联大上课，平时还到昆华中学兼课，后被当局勒令终止，罪名是"向学生散布民主自由思想"。

有人以优厚的稿酬让闻一多写文章，但闻一多以不写违背自己意志的文章为由拒绝了。美国一所大学邀他前去讲学，并承诺可以携带家眷，可是闻一多舍不得离开，他舍不得离开自己多灾多难的祖国，做不到在祖国大好河山遭受侵略者蹂躏之际离她而去。

后来同在联大教书的朱自清对他说："你何不根据自己的特长，挂牌治印呢？"

闻一多早年赴美学的就是艺术，虽然回国后转向学术研究，但一直没有放弃绘画、篆刻方面的爱好，到昆明后他也曾给一些单位和个人刻过印章，得到大家的交口称赞。

闻一多认真考虑了朱自清的建议，认为非常可行，操刀治印，既是自食其力的雅事，又可以利用业余时间去做，是改善全家贫苦生活最好的办法。于是他决定挂牌治印，朱自清也把一瓶藏了很多年的印油送给了闻一多。

白天，闻一多拎着一个旧书袋，步行几十里地到学校上课，同时也要忙于学术研究；夜深人静之时，闻一多便坐在桌前，就着昏暗的灯光治印。

高孝贞和孩子们已经睡了，屋子里只有闻一多"咔嗒咔嗒"的刻印声。刻的时间久了，闻一多眼睛花了，手指磨出水疱，磨出老茧。高孝贞看在眼里，疼在心里。为了全家的生活，丈夫吃了太多的苦。

她对闻一多说："你把刻刀拿来，我给你缠上毛线，这样手就会少疼一些。"

为了省钱，闻一多还决定戒烟。当他把这个决定告诉高孝贞后，高孝贞坚决反对，她说："你这辈子除了茶和烟，还有什么嗜好？现在你这样辛苦劳累，根本没有可以享受的东西，累的时候喝口茶抽口烟就是最大的享受了，为什么对自己那么苛刻？我无论如何也是不会同意的，再困难，我也会把你的烟茶钱省出来。"

妻子的这一席话差点让闻一多落下泪来，世人皆言"贫贱夫妻百事哀"，可妻子却常常想到自己的不易。生活虽然贫苦，她待自己的心却如寒冬中炽热的火。他又何尝不知道妻子的不易，又何尝不心疼她呢？

闻一多过去抽的是纸烟，后来虽然没有戒烟，但也改了烟的品种，改抽用烟叶卷的卷烟和旱烟，但这些烟的性子太烈，闻一多常常抽得猛咳。

高孝贞开始想办法。她到农村集市上买嫩烟叶，喷上酒和糖水，切成细细的烟丝，再滴几滴香油，然后在温火上烤干。她把这种自制的烟丝拿给闻一多尝。

闻一多仔细把烟丝装在烟斗里，哪怕露出一丝，他都会小心地把它塞进烟斗里。妻子为他点上火，闻一多试抽了几口后，甚是觉得美味，憨笑着对妻子说："夫人亲手为我炮制的烟丝，味道是相当不错啊！"

就这样，这对当初深受包办婚姻折磨的夫妻，在昆明艰苦无比的生活中相濡以沫，互相扶持，互相照顾，建立了更加深厚并难以割舍的感情。

这种感情，早已远远超越了爱情，甚至超越了亲情，那是一种于患难中见真情、于贫苦中相体恤、于寸步难行的艰难中坚定结伴同行的感情；这种感情，已经深深镌刻在他们的骨子里，奔流在他们的血液中，永不停歇，生生不息。

十

在昆明的八年中，闻一多从未放弃过学术研究，也从未放弃过为自己最爱的祖国争取自由，他从一个著名的诗人和学者，发展成一个为爱国民主运动奔走呼号的民主斗士，并于1944年加入中国民主同盟。对于这些，高孝贞都给了他力所能及的支持。

闻一多越来越受青年学生的拥护和爱戴，对于这些常来家里的学生，高孝贞就像对待自己的子女一样，给予了母亲般的关爱和照顾。

由于闻一多的才学和声望，许多会议和活动都由他发起，于是高孝贞便帮丈夫挨家挨户通知其他人。这个当年令闻一多不甚满意的妻子，如今已经成了闻一多的革命伴侣。

一次，闻一多对暂时借住在家里的学生彭兰、张世英夫妇说："一个人要善于培植感情，无论是夫妇、兄弟、朋友还是子女，经过曲折人生培养出来的感情，才是永远回味无穷的。"

他还曾夸赞另一个不弃糟糠之妻的学生季镇淮，说道："只有对感情忠诚的人，才能尝到感情的滋味。他未来的家庭一定比较幸福。"

闻一多的这些话，又何尝不是因自己的亲身经历而发出的感慨呢？他正是那个善于培养感情的人，是那个虽然不满包办婚姻，却依然督促妻子进步，并且从未有过抛弃糟糠之妻行为的忠诚之人。

而结果也正如他自己所说：未来的家庭生活一定比较幸福。在这样的清贫的幸福之中，全家人都没有放弃过对祖国重获新生的希望。

终于，1945年8月15日，日本宣布无条件投降。所有人都欣喜若狂，不管认识不认识，大家都互相点头握手，有人拿出炮仗来放，还有人喝起酒，高兴得摔酒瓶。唯独不见闻一多。

此时他正坐在理发店里，请理发师傅为他剃去长须。理发师傅劝他说："老爷子啊，你这胡须这么好，剃了怕是太可惜了。"闻一多说："不可惜！抗战胜利了，刮掉！"

原来早在抗战初期，闻一多便立下誓言：抗战不胜利，绝不剃胡子。

几年过去了，闻一多胸前黑须盈尺。如今抗战终于胜利了，闻一多第一件事就是剃掉胡须。祖国不再被践踏，他也要还自己一个清净。

胡须一剃掉，刚才还称呼闻一多"老爷子"的理发师傅愣住了，这哪里是老爷子啊，明明是一个正值壮年的中年男人啊！

1946年5月4日，西南联大正式宣布结束，师生们陆续离昆北上，闻一多和家人也开始计划回老家。5月6日，闻一多带全家人到宿舍门口，为先行回京的吴晗送行，他对吴晗说："回到清华园，先去看看我旧居的竹子，看长得多高了，我们北平见！"

都说离别是令人忧愁的，而眼前的离别，却是令人欣喜且充满希望的，只是大家都没有想到，闻一多再也没能离开昆明，再也没能回到清华看望他一直以来心心念念的竹子。

十一

西南联大的学生们大部分已经撤离，教授们也纷纷北上回乡，闻一多一家仍然留在昆明。

其实早在1946年3月，闻一多便被反动特务列入了"黑名单"中。

1946年3月17日，西南联大为在"一二·一"惨案中牺牲的学生举行公葬活动，闻一多高举大旗走在队伍的最前面，怒发冲冠，犹如一头怒狮。

在安葬仪式上，闻一多发表演讲，吼道："我们要惩凶，凶手们跑到天涯，我们追到天涯；这一代追不了，下一代继续追。血的债是要用血来偿的！"

从那以后，闻一多家附近就布满了特务，扬言要花四十万元买闻一多的头。甚至曾经有一位穿着灰色长袍的女特务拿着一本《圣经》闯入闻一多的家，威胁道："闻一多，你还不改悔，你的

'多'字是两个'夕'字，再不悔改，你就危在旦夕了！"

闻一多从不惧怕，但中共地下组织和朋友们都担心他的安危，劝他早点走，学生们也曾请他一道走，以便大家掩护他。

闻一多拒绝了。他说："我不能离开苦难的人民，昆明还有很多工作等着我做。"

当时闻一多是昆明爱国民主运动中的重要人物，昆明离不开他，他也离不开昆明。

他的决定不仅仅关乎他自己，还关系到妻子儿女。但他在做这些决定前，都是与妻子高孝贞认真商量过的，高孝贞支持丈夫的决定，她太了解丈夫了，一颗火热的赤子之心时刻跳动着，愈是历经苦难，愈是跳得铿锵有力。

1946年6月，华罗庚准备离开昆明到苏联访问，他放不下好朋友闻一多，临走的前夕他对闻一多说："情况这样紧张，大家都走了，你要多加小心才是啊！"

闻一多笃定淡然地说道："形势愈是紧张，我愈应该把责任担当起来。民不畏死，奈何以死惧之，难道我们还不如古时候的文人？"

华罗庚郑重地点点头，拍了拍闻一多的肩膀，离开了昆明。

1946年7月11日，西南联大最后一批学生离开了昆明，就在当晚，国民党暗杀伟大的爱国主义者李公朴。

消息传到闻一多这里，他立刻起身要去看望受重伤的李公朴，高孝贞将他拦了下来，劝他说，天已经这么晚了，外边势必不安全，要去，也得等天亮了再去。

第二天天未亮，李公朴便已经去世了。闻一多悲痛至极，抚尸痛哭。

李公朴被暗杀后，从内线传来可靠的消息："黑名单"里第二名就是闻一多！

但闻一多却依然视死如归，毫不惧怕。这使高孝贞担心到了极点，她含着泪劝说丈夫不要再出门，若是他有什么意外，留下她与孩子们怎么办？她只愿他平安，贫困与苦难都不算什么，她只要他平安。

闻一多对妻子说："事已至此，我不出则诸事停顿，何以对死者？"高孝贞当然深知丈夫的脾性，也知道自己无论如何是劝不住的，从内心深处来讲，她也支持丈夫的决定，但从个人的私心来说，她不愿让他冒任何风险，毕竟现在丈夫已然成了反动特务的眼中钉。

高孝贞不得不让步，不再劝阻丈夫出门，只求他多加小心，只求他要顾念自己的平安，顾念妻子儿女。

7月15日，昆明学联在云南大学至公堂召开"李公朴遇难经过"报告会，闻一多坚持要参加。

亲友们一再劝阻，闻一多坚持，他说："李先生尸骨未寒，我们这些做朋友的都不出席，怎么对得起死者？如果因为国民党的一枪就畏缩不前，以后还有谁愿意参加爱国民主运动？"

高孝贞苦苦哀求："你可以去，但为了自己安全着想，一定不要发言，一定不要发言。我跟孩子们都在家里等着你。"

闻一多同意了，当日的悼念大会也没有安排闻一多发言，情况也如众人所料，当天国民党当局派来大批特务混在人群中窥视察看。

当时参加大会的有一千多人，只有闻一多一个教授。

在悼念大会上，李公朴的夫人张曼筠讲述了李公朴的生平和遇害经过，闻一多再也控制不住自己，不顾一切地走上讲台，发表即席演讲，即闻一多的最后一次演讲。

闻一多愤慨激昂地说："今天，在这里有特务没有？你们站出来，你是个好汉的话，有理由，站出来讲！凭什么要杀害李先生？……你们杀死一个李公朴，会有千百万个李公朴站起来！"

最后闻一多庄严宣告："我们不怕死，我们有牺牲精神，我们准备随时像李先生一样，前脚跨出大门，后脚就不准备再跨进大门！"

在场群众深深被闻一多的精神感染，场下爆发出雷鸣般的掌声，经久不息。

就在闻一多演讲时，那个女特务又来了，她扔下了一封信，就是给闻一多的。

悼念大会结束后，众多学生簇拥着闻一多，把他送到家里。闻一多一进家门，便对女儿说："你妈妈呢？看，爸爸平安回来了，你们放心了吧。"

看到丈夫平安回来，高孝贞一颗高高悬着的心方才放下。

闻一多把拐杖挂在门上，打开那封女特务留下的信。那是一封恐吓信，说闻一多已经命在旦夕。闻一多十分镇定，看完就把信揉成一团扔在纸篓里。

下午1点，闻一多说要去民主周刊社参加记者招待会，高孝贞那颗刚刚放下的心又悬了起来，她多么想恳请丈夫不要再去了。一封又一封的恐吓信，李公朴也已经遇难，丈夫却依然这样经常出门奔走呼号，安全怕是真无法保证啊。

而她又知道自己拗不过丈夫，她也无法阻止，于是让大儿子闻立鹤护送父亲出门。

闻一多离开家后，高孝贞跟孩子们好像什么都没发生一样各做各事。孩子们到邻居家玩扑克，高孝贞在院子里走来走去，边走边织毛衣。

一切看起来都十分正常，但每个人都心知肚明，大家都在担心闻一多，妻子担心丈夫，孩子担心父亲，大家只是故作镇静罢了，大家都是心不在焉地做着手里的事，心里却是万分焦急。

每个人都只有一个念头，那就是盼望闻一多能够平安归来。

下午5点，高孝贞估计记者招待会应该结束了，于是他让闻立鹤去接父亲。

民主周刊社离闻一多家只有两百多米，拐过一个丁字路口就到了。彼时街上行人稀少，闻立鹤一路行至民主周刊社门口，等到父亲出来后，一同回家。

父子二人拿着一份报纸边走边看，眼看离家只有十几步的距离了，父子俩都暗暗松了一口气。

这十几米，大概是高孝贞这一生跟丈夫之间最远的距离，甚至远过当年他在美国、她在湖北，远过他在昆明、她在家乡。

那些是地理上的距离，而这次，是生死之间的距离。

5点多钟，街上传来一阵枪声。

一听到枪响，所有人都明白了。大家都向门外冲去。高孝贞的血仿佛都涌到了头顶，跑得踉踉跄跄，她似乎已经承受不住自己的身体，明明浑身有使不尽的力气却一点儿都用不上，她太想马上跑到丈夫和儿子身边了，可迈出的每一步都如同踩在棉花上。

闻一多父子一横一竖躺在血泊里。高孝贞扑到丈夫身边跪了下来，她想伸手去摸丈夫，她想紧紧抱住丈夫，可是丈夫满脸满身都是鲜血，并且鲜血依然像泉水一样汩汩流出。

高孝贞的泪水夺眶而出，一滴滴砸在地上，融在丈夫的鲜血中。她唤着丈夫和儿子的名字，只见闻一多嘴唇微动一下，便再没有任何反应。

闻一多身中十几枪，满身枪眼，其中头部就中了三枪。闻立鹤身中五枪。后经过抢救，闻立鹤保住了性命，但腿部落下了残疾。

闻一多不幸遇难，年仅四十七岁。

十二

高孝贞与丈夫闻一多分隔阴阳两地。

那个因为不满包办婚姻而不出门迎娶自己，连举行仪式都是被人拉出来的丈夫，那个在美国也不忘来信鼓励自己好好学习嘱咐自己提高思想并且最终没有抛弃自己的丈夫，那个对自己并没有一见钟情却在后来与自己相濡以沫的丈夫，那个与自己一起经历了生活各种磨难互相搀扶的丈夫，那个写信向自己表达关心牵挂并认错的丈夫，那个为了生活而在深夜油灯下治印的丈夫，那个自己一生挚爱的丈夫，再也回不来了。

高孝贞陷入巨大的悲痛之中，天空与生活都变成了灰色，她甚至几次想随丈夫而去，随那个自己倾注了一生爱恋与真情的丈夫而去。

但是她不能。她必须活着，忍着悲痛艰难地活着。她要把孩子们养育成人，她要继承丈夫的遗志，替他完成他没有完成的事业。

1948年，即闻一多遇害两年后，高孝贞改名为高真，她的家成了中共的秘密联络点。之后，她冒着生命危险穿越国统区，投身到解放区。

闻一多曾在信中说：

"妹：今天早晨起来拔了半天草，心里想到等你回来看着高兴。荷花也放了苞，大概也是要等你回来开。一切都是为你！"

一切都是为你。高孝贞又何尝不是。

1983年11月，高孝贞女士病逝，享年八十岁。

朱自清&陈竹隐

谢谢你给我力量

FENG ZHIYU QIUSHUI,
WO ZHIYU NI

南宋诗人韩淲有词，名为《点绛唇》：

竹隐高深，夏凉日有清风度。芒衣绳屦。鹤发空相顾。

翠扑流烟，又向溪翁去。青山路。要当同住。长占无尘处。

此词意境幽清静谧，又淡寂孤洁，别有一番"心知此意而静言"之意味。

"竹，韧而不折，隐而不喧，竹隐，竹隐，好名！"念及此，陈正新猛地拍了下木桌，桌上茶盏也似恍然一惊，颤了几颤，洒出些茶汤以示赞叹。

仲夏此日，陈正新又得一女，排行十二，名为竹隐。

一

陈家为老派书香门第，至陈正新这一代家道已败落。家贫偏枝叶旺，得了子女十二个，这种状况下，只能靠陈正新夫妇教些散馆和在估衣铺做工赚得些许收入来维持家中生计。

日子虽然清苦，但陈正新对子女的教育却从不懈怠，小女儿陈竹隐八岁时即被他送到私塾读书，在陈正新看来，读书本不应分男女，哪怕只是仅能识文断字，日后生活中也可有读书赏诗的乐趣。

人生实苦，实在不该连这些可以获得些许安慰与快乐的基本技能也剥夺，不管生活怎样拮据，也不能在孩子读书这件事上省。

竹隐年纪虽小，对父亲的心意却是心知肚明，因此在私塾中她总是最用功最刻苦的那一个。供自己读书的钱来之不易，一天学一首诗也是学，一天学五首诗也是学，后者明显更对得起自己读书花的钱。

不仅如此，陈竹隐的哥哥们也经常从外面带回些《小说月报》《东方杂志》等报刊给她看。

新旧同习，古今通看，陈竹隐的少女时代就是在这种对知识的追求与吸收中度过的，因此到十几岁时，她已经比同龄女孩多了些可贵的文雅才气。

加之竹隐长相干净清秀，兰心蕙质，在众人之中俨然林中之翠竹，花中之菡萏。

十六岁那年，陈竹隐的母亲身患重病，因家贫而一拖再拖未予医治，到后来无药可医，留下十二个子女，撒手人寰。陈正新悲痛难当，缠绵于病榻，不久后也追随妻子而去。

彼时兄姊们该成家的成家，该嫁人的嫁人，陈竹隐也已经十六岁，寄居谁家都不方便。好在双亲尽失的陈竹隐并未因此困顿茫然，悲伤过后她痛定思痛，感念父亲将她送进私塾读书之举，为了不辜负父亲的期望，陈竹隐决心积极备考，并于翌年考入四川省立第一女子师范学校。

由此，年仅十七岁的陈竹隐开始了独自一人到社会打拼闯荡的生活。

二

在四川省立第一女子师范学校中，陈竹隐努力上进，聪颖好学。

经历过丧父丧母之痛的陈竹隐深知人情冷暖，若不自立，生活重担没有人替自己扛；若不坚忍，未来生活没有人可以相帮。

指望任何人，在陈竹隐看来都是罪过。她独立的人生过早开始了，那么她便欣然接受，生出了自己的人生自己说了算的主张。

陈竹隐也算是生而逢时，彼时正值五四新思潮在全国广泛传播，受到无数新青年推崇，陈竹隐也是这些新青年中的一员。

作为女子师范学校品学兼优的学生，陈竹隐与其他志趣相投的同学也积极践行着五四新文化运动的新思想，她率先剪短了头发，成了引领成都风潮的新女性。

与她一起剪短头发的，还有她的同学李倩云和秦德君，她们的行为在学校乃至社会上引起了轩然大波。

秦德君回忆说："我们有幸生在这个新旧交替的时代，作为受过教育的女子，自然应该成为新女性。我们平时里学业繁忙，天刚蒙蒙亮就要起床，点油灯梳长辫，要做早操上自习吃早饭，实在过于匆忙。寸金寸光阴，我们剪掉长发，自然会省出许多时间，这些时间，更值得用来学习和参加活动。"

经过四年女子师范学校的学习，陈竹隐的思想越来越进步，对现实和自身的认知越来越深，她不甘心始终待在一方天地之中，她要走出四川。

从女子师范学校毕业后，陈竹隐考入了青岛电话局做接线生。很快，她就发现每天的生活非常单调，除了电话的接拨就没有其他事可做，她不想就这样荒废下去，她想寻找新天地。

于是陈竹隐边工作边复习，一年后考入了北平艺术学院。在北平艺术学院，陈竹隐师从齐白石、萧子泉、寿石工等人，专攻工笔画，同时兼学昆曲。

国画与昆曲皆为大美，此中自有一番开阔天地与玲珑世界，有着深厚文化底蕴的陈竹隐潜心学习，勤奋练画唱戏，更加多才多艺。

1929年，陈竹隐从北平艺术学院毕业了，有着一颗不安分的心的她并没有从事与自己专业有关的工作，而是到了北平第二救济院工作。

北平第二救济院是民国时期北平的重要政府社会救济机关，旨在为鳏寡孤独及其他社会弱势群体提供救助与帮扶。由于父母早早亡逝之故，陈竹隐对院中的孤儿尤为怜惜，但工作不久后，她便发现院长竟然私下里克扣孤儿们的口粮，陈竹隐慨然与院长争辩，最后闹翻，陈竹隐愤然辞职。

之后，她到"红豆馆"继续深习昆曲，师从溥侗。溥侗为晚清贵族，擅长琴棋书画，尤精通昆曲，晚年他开设红豆馆，教授学校学生、闺中淑女或是学者夫人习唱昆曲。

长相清秀、天性活泼、多才多艺的陈竹隐很快就引起了溥侗的注意。

溥侗了解到，陈竹隐父母双亡，孤身一人漂泊于北平，但在这位姑娘身上却丝毫看不到自怨自艾，相反，她身上流露出来的是乐观向上，是勇敢侠义，是对未来的热烈期盼。

一个孤女能有如此坚忍之心，实在珍贵。最重要的是，陈竹隐已经二十五六，却依然单身。溥侗笑着拈了拈银须，心里的算盘轻轻打了几下，生出一计。

1930年春日某天，溥侗带陈竹隐和几个女学生参加饭局，席间，陈竹隐注意到了一位先生。

那位先生身材不高，身着米黄色绸大褂，白净的脸上架着一副圆眼镜，甚是文雅正派。

让陈竹隐忍住笑的是，这位看上去通身还算气派的先生，脚上竟然穿着一双老式的"双梁鞋"，实在是土气得很。

直到后来她才知道，原来溥侗安排此次饭局的目的，就是为了她与这位先生的相见。

此人就是她未来的丈夫，朱自清。

三

此次相见，朱自清对陈竹隐印象竟然出奇地好，回去之后便开始给陈竹隐写信。

收到朱自清来信的陈竹隐有些惊喜，却也不意外，毕竟女子都是敏感的，在当日饭局上，她不仅感受到了朱自清对自己的关注，甚至也隐约明白了老师安排此次饭局的目的。

其实在此之前，她便多少读过一些朱自清的文章，未见面之前，她对他的文章是喜欢的，对他是敬佩的；相见之下，对方一表人才，儒雅不凡，温润如玉，倒是十分符合之前她对他的想象。

看出些端倪的同学笑道："哎呀，穿一双'双梁鞋'，土气得很，要是我才不要呢。"

陈竹隐听了这话心中竟然有些不快，钱财易得，才华难遇，要是让我嫁给一个窝囊废似的纨绔子弟，我还不愿意呢。

到底是川妹子，陈竹隐性情非常爽利，收到朱自清的来信，便大大方方地给他回信，这自然让朱自清欣喜不已。

其实就在认识陈竹隐之前，朱自清还拒绝了不少媒人的好意，打定了此生独居的主意。

朱自清已经有过一次婚姻，妻子武钟谦1929年因肺部感染去世，留下六个孩子。

朱自清与武钟谦虽为包办婚姻，但夫妻二人却感情甚笃，相爱相敬。朱自清对武钟谦非常满意，她性情温良，勤劳朴素，把家里打理得温暖舒服。

武钟谦心里满是朱自清和孩子，唯独没有自己，在生下与朱自清的第六个孩子后，由于长久劳累，她瘦得皮包骨，患了病也舍不得花钱治疗，最后带着对夫君和孩子的惦念离开了人世，时年仅三十二岁。

妻子去世后，朱自清悲痛欲绝，发誓不再娶妻，他写诗说道："此生应寂寞，随分弄丹铅。双梁惹人嫌，美文在心间。"

因为爱妻离去而内心黯淡的朱自清全部心思都扑到了文学与写作上，但是尚有六个幼儿需要养活，朱自清一个大男人，面对这么多孩子简直束手无策，生活上备感艰难，只能请朋友们帮忙照顾。

照顾这么多孩子，一日两日尚可，时间长了，朋友们也觉得有些为难，于是纷纷劝朱自清续弦，但朱自清根本没有此心，便一次又一次婉拒了朋友们的好意。

直到溥侗得知了朱自清的情况后，为他与陈竹隐安排了一场双方都不知情的"相亲会"。

饭局之后溥侗捅破了窗户纸，而朱自清，确实已经对陈竹隐有了奇妙的感觉。

朱自清的文字既朴实自然，又华美细腻，一个对文字有着如此优质感觉并擅于运用的男人写就的情书，又有几人能够不被打动呢？

在朱自清写给陈竹隐的第一封信中，他称对方为"竹隐女士"，落款为"朱自清"；一周后的第二封信里，他则称她为"竹隐弟"，落款为"自清"；在第五封信里，他则更为亲切地称她"隐弟"，落款里也只剩了一个"清"。

感情升温如此之快，是朱自清自己也未想到的。他并无意将去世的武钟谦与陈竹隐相比，但陈竹隐确实带给他从未有过的体验。

她一头短发，活泼爽利，开朗大方，巧兮倩兮，在他面前既有少女的羞涩，又有小女儿般的憨顽，如同荷叶上灵动的水珠，剔透而多彩。

朱自清深深被她吸引着。

尽管文人的情书在他人看来是腻人的肉麻，但在当事人看来，陈竹隐感受到的只有那份炽热与心动。

朱自清向陈竹隐发出了邀约，想请她吃饭，陈竹隐欣然同意。

此次二人单独相见，更加促进了双方的感情，陈竹隐发现这个极善遣词造句的男人，在面对自己时竟然这样腼腆，着实有着几分未经情事的少男的可爱。

此后二人来往更多了，除了通信，朱自清还经常进城看望住在中南海的陈竹隐，他们像年轻情侣一样，一起吃饭看电影，同游瀛台、居仁堂、怀仁堂，在波光潋滟的中南海边漫步。

甚至他们会约在清晨去钓鱼，一次陈竹隐钓到一条半尺长的鱼，还请朱自清喝了鱼汤。

一个晴朗的秋日，朱自清特别想念陈竹隐，于是他穿过大半个北平，约陈竹隐同游西山。

北平的秋天秋高气爽，西山里红叶飒飒，农人田夫，皆悠然自得。朱自清与陈竹隐兴致很高，赏枫叶，听山泉，一种甜蜜愉悦的情感，慢慢在二人之间生出。

之后，朱自清收到一封陈竹隐的信。信封里除了一片红叶，什么都没有。敏感细腻如朱自清，又怎能不知道红叶代表的含义呢，他的心霎时跳得如小鹿一般。

"红叶一片寄相思"，此时，这片红叶照亮了朱自清布满阴霾的星空，也照亮了他冷寂已久的心房。

于是朱自清提起笔，写了三首旧体诗赠予陈竹隐：

文书不放此身闲，秋叶空教红满山。

片片逢君相寄与，始知天意未全悭。

薜荔丹枫各自妍，缤纷更看锦丝缠。

遥知素手安排处，定费灵心几折旋。

经年离索黯萦魂，飒飒西风昼掩门。

此日开缄应自诧，些须秋色胜春温。

朱自清第一次尝到自由恋爱的味道，他已经对陈竹隐深深痴迷。

四

然而，朱自清与前妻的六个孩子，始终是绕不过的最大的难题。说陈竹隐不犹豫，是假的。

与朱自清的感情越升温，陈竹隐越苦恼。一个未嫁过人的姑娘，一过门就要给六个孩子做继母，任谁一时都无法接受。

陈竹隐是新女性，北平多的是青年才俊，想要找个没有婚史的男士结婚并不难，可自己为什么偏偏会爱上一个带着六个孩子生活的男人呢？

那年寒假，矛盾中的陈竹隐开始有意躲着朱自清，感受到意中人犹疑的朱自清写信也变得伤感许多：

"竹隐，这个名字几乎费了我这个假期中所有独处的时间。我不能念出，整个看报也迷迷糊糊的。我相信是个能镇定的人，但是天知道我现在是怎样的扰乱啊。"

要好的友人劝她说："佩弦是个正派人，文章又写得好，就是交个朋友也是有益的。"

陈竹隐不得不承认，打动她的，正是朱自清的温柔细腻与炽烈痴情，况且自己对他的感情也十分深厚了啊！

在自己躲着他的这段时间里，感情非但没有因为自己的"理智"变淡，反而让她饱受思念的苦。

这段时间，陈竹隐也想了很多，朱自清不仅是一个温柔的爱人，也是位慈爱的父亲，六个子女的成长无时无刻不牵动着他的心，孩子们失去了母亲，此时也远离着父亲，她如何能嫌弃这些无辜而可怜的孩子呢？她既然真心爱他，就应当为他分担责任和压力啊！

陈竹隐犹疑是真犹疑，但透过犹疑这一层，她也是真心喜欢朱自清啊，只是不管哪一个女性，面对横亘在两个人感情之间的六个孩子，心里都会产生巨大的压力。

朱自清对自己炽烈的爱和深情，让这个率真的川妹子决定接受他。

1931年5月16日，两人正式订婚。

订婚之后，朱自清说："十六那晚上是很可纪念的，我们决定了一件大事，谢谢你！想送你一个戒指，下星期六可以一同去看。"

之后朱自清便带着未婚妻挑选了戒指，当把戒指戴在陈竹隐手上时，朱自清的心全然被甜蜜包围了，然而不久，就生出即将分离的忧伤。

因为在那一年的8月，朱自清就要到英国留学，进修语言学和英国文学，为期一年。

1931年8月，朱自清登上了前往英国的游轮，带着他对知识的渴求和对未婚妻的爱，开始了为期一年的游学。

这一年对朱自清而言，可以说是相当充实的，白天学习做学问，晚上写信给陈竹隐：

"亲爱的宝妹，我生平没有尝过这种滋味，很害怕真的会整个儿变成你的俘虏呢！"

"你不要笑，我这一星期的日子真不好过，就因为你的信。我有种种的设想，但我随时打破我的设想。我想你是不是太忙，顾不到这远在万里外的我吧。不是生我的气吧？也许我的信写得不好吧？……我的满腔的情热，在无字句处寄托着……这些夜都不大睡得好，梦中似乎见一个女人，但也不大清白。隐，你知不知道，你影响我是这般大呢！"

"祝你快快活活的，在白天与黑夜！有什么有趣的消息，你一定还愿意说给我，因为我是你的清。"

一年的时间，就在写信盼信之间漫长又飞快地过去了。当陈竹隐焦急地在归国的游轮前张望时，朱自清已经悄悄站在了她身边。他轻轻抱住她，两颗心终于紧紧贴在了一起，它们好像在对彼此诉说着自己的诺言：此生，永远相依，永不分离。

　　1932年8月4日，朱自清与陈竹隐在上海杏花楼酒家举行了婚礼。婚礼很低调，宾客却都是大家：茅盾、叶圣陶、夏丏尊、王伯祥、万光寿、丰子恺……在他们的见证下，朱自清与陈竹隐结为了夫妻。

　　那年，朱自清三十四岁，陈竹隐二十八岁。

　　五

　　初婚的女人没有不想在婚后享受如胶似漆的二人世界的，但陈竹隐婚前就已经很明白，自己一成婚便要当母亲，同时要照顾几个孩子，于是一结婚，陈竹隐便投到了烦琐且庞杂的家务事中。

　　而婚后，担任清华大学中国文学系主任的朱自清则将全副身心都投入到了工作中去。

　　一开始，陈竹隐并不能适应这样的生活。一个五四运动后的新女性，一个兴趣广泛的女子，却被孩子和家务活捆绑得结结实实，完全挤不出一点儿自己的时间，每天围着灶炉和缝纫机，守着丈夫和孩子，光这一大家子的饮食起居，就足以让她忙不过来了。

婚后第二年，陈竹隐生下了儿子朱乔森。这下陈竹隐的压力更大了。

好不容易适应了这样的生活，陈竹隐却发现日子一天比一天平淡，好像她与朱自清恋爱时的甜蜜，正在一点点流走。

她突然发现，原来很多事并不是你事先做好准备，一切就都会按照你的准备来发展的，婚后的生活，远比她想象的要艰难许多。她甚至感到力不从心。

更令她心凉的，不是永远干不完的家务，不是孩子们永远的哭喊叫闹，而是这些时候，朱自清都是待在自己清静的小天地里研究学问。

他不再陪她谈天说地，不再带她散步游玩，甚至连一句宽心的安慰都没有，更不用说帮帮她了。

她已经记不清自己多久没有画过画，多久没有听过昆曲，多久没有看过电影了。

尽管彼时朱自清因为工作也是十分忙碌，但她心中的积怨还是越来越多，却又没有什么由头发作，只能每日看着他忙碌的身影长吁短叹。

某日中午，陈竹隐的好友宁太太来访，好不容易暂时忙完一切的陈竹隐终于可以松口气，与好友说说话聊聊天了。

陈竹隐很是兴奋，她们聊从前的事，聊画画，聊昆曲，聊共同的朋友们，聊当下的时尚，对于陈竹隐来说，这简直是婚后一次难得的放松时光，可对于朱自清来说，却是令人觉得心烦的聒噪。

他需要安静的环境工作，需要安静的环境休息，两个女人兴致勃勃地说话，让他心里很是不悦。

看着朱自清沉下来的脸，陈竹隐再也忍不住心中的委屈，终于爆发了。

争吵过后的两人开始冷战。陈竹隐开始怀念婚前的日子。朱自清则想起了亡妻武钟谦。

武钟谦与陈竹隐是完全不同的女人。

武钟谦在世时，凡事都以朱自清为先，在他读书写作时，为了给他提供一个安静的环境，她常常会把孩子们哄走，而陈竹隐不仅带不好孩子，还约了朋友来家里谈天说地，两相对比之下，朱自清异常怀念武钟谦。

六

武钟谦与朱自清同岁，是名医武威三的女儿，两人在十四岁那年定了亲。

1916年，中学毕业的朱自清成功考入北京大学预科，第二年，朱自清与武钟谦成婚。

作为旧式女子，武钟谦为自己嫁得这样一个夫君而欢喜不已，自是一心一意待夫君，而朱自清也没有嫌弃武钟谦，两人感情一直很好。

婚后朱自清到北京求学，武钟谦待在家中与公婆一起生活。彼时朱自清的父亲朱鸿钧卸任，生活渐绌，家境渐衰，只能靠典当度日。

武钟谦在娘家时是父母的掌上明珠，她性情温婉，爱笑，但是在朱家已经颓唐的环境中，武钟谦的笑却成了罪，公公朱鸿钧甚至把自己丢职之事怪到武钟谦头上——自这个儿媳进门，自己便霉运连连。因此他看到武钟谦的笑便觉得格外刺眼，常常对她恶语相向，冷嘲热讽，甚至还曾将她赶回娘家过。

这不仅让武钟谦越来越不敢笑，甚至只能将自己关在房间里不敢出门，常常独自垂泪，性格越来越忧郁。

但她从不对朱自清讲，她实在是不忍心因为自己而影响他的学业啊！

朱自清也发现了妻子的变化，却因为自己在北京而帮不上什么忙。

1922年，本来与父亲不和的朱自清到台州任教，将妻子孩子一同接了过来。

虽然做姑娘时是千金大小姐，但在丈夫面前她是好妻子，在孩子面前是好母亲。

武钟谦朴素娴静，每天早上都会把朱自清送到大门口，一直到看不见他的背影才回屋。她非常勤劳，烧饭洗衣，做家务带孩子，把家里打理得既舒服又温暖，不需要朱自清操一点点心。

夫妻两个也经历过兵荒马乱，在这段经历中，全家老小全靠武钟谦一人。这让朱自清一直觉得愧对妻子。

生下第六个孩子后，武钟谦便病了，她不放在心上，直到后来她病得起不来床，到医院检查才发现肺上烂了个大窟窿，医生劝她去西山静养，可她丢不下孩子，又舍不得花钱。

1929年她带着孩子回扬州休养，临走前她拉着朱自清的手哭着说："还不知能不能再见？"

武钟谦回到扬州一个月便去世了，到底未能见到夫君最后一面。

夜风拂柳，明月孤洁。想起种种往事，朱自清心伤神黯，夜里辗转难眠，于是提起笔，给武钟谦写了一封信：《给亡妇》。

在这篇文章中，朱自清说了几个孩子的情况，也表达了对亡妻的深深怀念：

"除了孩子，你心里只有我。"

"你在我家受了许多气，又因为我家的缘故受你家里的气，你都忍着。这全为的是我，我知道。"

"我们在一起住，算来也还不到五个年头。无论日子怎么坏，无论是离是合，你从来没有对我发过脾气，连一句怨言也没有——别说怨我，就是怨命也没有过。老实说，我的脾气可不大好，迁怒的事儿有的是。那些时候你往往抽噎着流眼泪，从不回嘴，也不号啕。"

"不过我也只信得过你一个人，有些话我只和你一个人说，因为世界上只你一个人真关心我，真同情我。你不但为我吃苦，更为我分苦；我之有我现在的精神，大半是你给我培养着的。"

这封信写得朱自清泪流满面，都说言为心声，信中字字句句皆为真心。

难得的是，朱自清并不是一个只活在过去的人，亡者再好，再令人怀念，也是阴阳相隔，当他以纸笔倾吐过情绪以后，他想到了眼前人。

是的，陈竹隐与武钟谦完全不同，她活泼率真，既坚忍又有自己的想法，用武钟谦的优点与之相比，是对她极不公平的。

武钟谦待孩子们好，因为那是自己亲生的，而陈竹隐待孩子们好，却全是出于一种情意甚至是精神。

情意，是她对自己的爱，因为爱自己，才会将自己与武钟谦的孩子们视为己出；精神，是她伟大母性的彰显，因为怜惜孩子们小小年纪就失去母亲，她一个从没当过妈妈的女人用稚嫩的肩膀担下了一切。

有了自己的孩子后，她更加忙碌，并且对孩子也越来越好，自己又有什么资格不满呢？

想到这里，朱自清满心愧疚，眼角甚至泛起了泪光。

在模糊的目光中，他仿佛看到武钟谦就站在自己面前，像以前身体好时一样，面色红润，微微笑着。她没有说话，他却读懂了她要说的全部的话：

"佩弦，谢谢你对我的惦念与爱。更谢谢竹隐妹妹对孩子们的照顾与付出。"

"佩弦，你我二人夫妻一世，情缘已然了结，竹隐妹妹才是那个与你携手余生的人，纵然此后人生不会万里无云，但有她在你身边，我便十分心安。不能与君白首固然是遗憾，但这遗憾会化为我对你们的佑护，这便是我最大的圆满。"

想到这世间有两个女人爱他顾他，全心全意为了他，为了孩子们，为了这个家，朱自清心里突然澄明了起来，竹隐并没有错，真正错的人，是他自己。

七

遇到矛盾与问题后，有人想到逃避，比如陈竹隐；有人则以反思来从根部解决问题，来重新正视夫妻关系，比如朱自清。

当朱自清与陈竹隐说了自己的反思后，陈竹隐的第一反应竟然不是高兴，而是委屈得痛哭起来。

朱自清只觉得心里一阵阵疼惜，也是在这一刻，他才突然醒悟：原来真正的爱情，必以心疼做基底，否则就只是荷尔蒙的短暂燃烧而已。

而他对武钟谦的心疼，来得太晚了，才让那么擅长隐忍的她忍出疾病，最终因操劳过度离开人世。而竹隐，又凭什么也为他隐忍呢？即便她要隐忍，他也是不会允许的啊！

他将陈竹隐抱在怀里，二人终于敞开心扉，朱自清承认了自己一直以来都在忽视妻子的内心感受的事实，陈竹隐也如实地倾诉了自己内心对情感的需求。

虽然人们都说"知易行难"，但在朱自清身上，"行"，实践得十分妥帖且彻底。

以后只要他有时间，一定会陪妻子说话、散步，偶尔还会邀她去看电影，陪她去听戏，他也会找时间带着孩子们玩儿，只为给妻子留出时间和空间让她做自己喜欢做的事。

朱自清的行动化解了陈竹隐心中的埋怨与不满，甚至让她也开始反省自己。因为只要人开始以正确的心态做事，心理上便不再有任何失衡，相反，还会愿意为了对方而做得更多一些。

就这样，夫妻两人互相支持，互相谅解，朱自清的创作热情也越来越高，作品也越来越多。

后来，陈竹隐又生下一个儿子。虽然朱自清有教书的固定收入，还有稿费，但文人是赚不到什么大钱的，更何况要养活一大家子，这些钱，是远远不够的。

陈竹隐不得不精打细算。陈竹隐宁可委屈自己，也不会委屈孩子，更不会委屈朱自清。

朱自清一直有胃疼的毛病，由于写作，又长期饮食不规律，因此朱自清的胃病越来越严重。当时朱自清每个月的工资只够买三袋白面，每次陈竹隐都先可着朱自清和孩子们吃，粮食不够了，自己就吃些粗粮。

即便如此，日子还是过得捉襟见肘。没办法，陈竹隐还曾到医院卖过血，而这，朱自清是不知道的。

她为这个家所做的一切，不仅朱自清，连他与武钟谦的几个孩子，也是看在眼里的。在他们看来，陈竹隐与亲生母亲没有任何区别，他们与她感情深厚，并且对她十分敬重。

养恩大于生恩，自古以来，莫不如是。

八

在历史的洪流面前，个人永远渺小如尘埃，不管你是洁净如水的孩子，还是心如明镜的赤子；不管是仅求温饱安稳的苍苍烝民，还是名垂青史的贤士大家。

1937年7月7日，卢沟桥事变爆发。9月，清华大学、北京大学、南开大学三所高校迁至长沙，成立了长沙临时大学。后来长沙又遭日军突袭，1938年，长沙临时大学继续向南前往昆明，闻一多等人带领学生组成湘黔滇旅行团，步行一千七百多公里赶到昆明。

朱自清则与冯友兰等十余人坐汽车由长沙到桂林，经南宁、龙州，出镇南关（今友谊关），再由河内乘滇越火车入滇，终于于3月14日到达昆明。一路上，朱自清将家人全部带在身边。

到了昆明后，因为物质紧缺，朱自清一家的生活更加窘迫了，陈竹隐竭尽全力精打细算，省吃俭用，一方面要照顾朱自清的胃病，一方面不能让孩子们营养跟不上。这个时候，最见一个妈妈的神奇功力。

本来朱自清在西南联大担任中国文学系主任，后来因为健康原因辞去主任之职，但他对于教授的"宋诗""文辞研究"等课程仍然极为认真负责。

1939年，因为生活条件太差，又因为缺乏营养，朱自清患了痢疾，即便在这种情况下，他依然带着病坚持为学生批改作文。

夜已经很深了，孩子们都睡着了，陈竹隐却怎样也无法入睡，她实在是担心朱自清的身体。

她蹑手蹑脚走到朱自清身边，对他说："佩弦，该休息了，这样下去，你的身体吃不消啊。"

朱自清头也没抬地说："没事儿，我答应明天要发给学生的，你先睡，不用等我。"

陈竹隐还想再说什么，想了想，还是没有说。她太了解他了，工作若不做完，他是没有心思做任何事的。

那一夜朱自清的书桌旁放着马桶，始终没能入睡的陈竹隐默默给他数着，那天夜里，朱自清拉了三十多次肚子。

第二天天刚亮，朱自清勉强吃了几口粥后就带着讲义上课去了。

见朱自清脸色蜡黄，眼眶凹陷，整个人都脱了相，陈竹隐担心极了，她知道她说什么他都不会听，直到晚上朱自清拖着疲惫的身子回到家里，她的一颗心才算是落了地。

在昆明的日子里，朱自清的家几度搬迁，一次比一次偏远。

到了1940年，因为昆明物价昂贵，生活艰难，再怎么节衣缩食，生活依然难以为继，为了不拖累丈夫，陈竹隐经过深思熟虑后，毅然决定带着孩子们回物价便宜的成都老家居住。

尽管陈竹隐担心朱自清，怕自己离开后他的生活没有规律，胃病更加严重，可昆明的生活明显已经支撑不下去了，只有暂时分离，才是最好的办法。

临走前陈竹隐千叮咛万嘱咐，要朱自清一定要注意身体。

朱自清说："真正辛苦的人是你啊！只恨我不能替你分担半点，我心中有愧啊！"

其实，国难当头，又何来谁比谁更容易？

为了表达对妻子的谢意与爱意，朱自清为妻子写了一首《妇难为》：

妇詈翻成幼妇辞，却怜今日妇难为。

米盐价逐春潮涨，奴仆星争皎月奇。

长伺家公狙喜怒，剩看稚子色寒饥。

闲嗔薄愬犹论罪，安得诗人是女儿。

回到成都后，陈竹隐托人在四川大学图书馆找了一份工作，一边工作赚钱一边照顾孩子们，想念丈夫时，就会拿出一卷挂轴，那是朱自清刚刚南下时写给她的诗：

勒住群山一径分，乍行幽谷忽千云。

刚肠也学青峰样，百折千回却忆君。

半年后，朱自清辗转从昆明来到成都，一家人终于暂得团聚。此后纵然前路不甚平坦，但只要一家人在一起，每个人就都仿佛被注满了勇往直前的勇气。

九

朱自清来到成都两个月后，成都物价开始疯涨，不出多时，几乎与昆明相当。

朱自清还要负担扬州家人的生活，生活之拮据可以想见，多亏一些朋友的接济，他们的生活才勉强维持下去。

即便如此，朱自清依然勉力工作，在国文教材上依然多有创获。

1941年秋，朱自清又独自一人返滇，那时他与陈竹隐最小的女儿，还没到一岁。

众多好友也都劝朱自清不要再在昆明与成都两地之间奔波了，干脆留在成都与家人一起生活。其实以朱自清当时的处境来看，这是最合理的安排。

而他想要留在成都，也并不是难事，当时四川大学、燕京大学和齐鲁大学都有意聘请他执教。

但朱自清最终还是不愿意离开清华大学，他宁愿饿肚子，宁愿冒风尘，也要与清华在一起。

那是一段相当清苦的日子。昆明的冬天寒冷，朱自清袍子已破，无法穿出去见人，于是他买了一个赶马人的毛毡披风裹身御寒。

因为劳累，因为胃病的长期折磨，四十多岁的朱自清显得过于苍老。而远在成都的陈竹隐，住着茅屋，生活贫穷萧然。

因为放心不下陈竹隐和孩子们，朱自清经常用节衣缩食省下来的钱做路费，回成都看望他们。

一次陈竹隐的三个孩子都患了重疾，朱自清卖掉一个砚台和碑帖，才凑足路费于暑假赶回成都探望。

就连当年朱自清从英国回来送给陈竹隐的珍贵的礼物——一台留声机，也被典当掉换成了路费。

敌国外患，烽鼓不熄，百姓颠沛流离，困苦苟生。大家都在艰难地等待，等待抗战胜利的曙光，等待家人的团聚，等待人生真正的自由。

十

1945年，无数中国战士们的马革裹尸，终于换来了抗战胜利。狂喜之余的朱自清却依然有担忧，他对陈竹隐说，抗战是胜利了，可千万别打内战啊！

1946年，西南联大解散。朱自清回到成都，准备带全家回到北平。岂料当年7月，闻一多被刺杀身亡。朱自清极为震惊与悲愤。

朱自清与闻一多同事多年，虽性格截然不同，但他对闻一多为人为学都非常尊敬，得知闻一多被害，朱自清于悲愤中接连写了两篇悼念文章。

"唉！他是不甘心的，我们也不甘心的。"他说。

回到清华以后，朱自清最重要的事情就是主持整理并编辑《闻一多全集》。在这件事上，花费了他大量的精力，直到他去世。

彼时朱自清的胃病已经恶化，一回到北平，陈竹隐便到清华校医院取药，每天蹲在砂锅前为他煎药。在饮食上陈竹隐更是注意，饭桌上特别为朱自清做的菜，其余人都不吃。

作为一个文人，朱自清骨子里的正气与傲气，始终没有消失过。

1947年，为抗议国民党当局任意逮捕群众，朱自清在《十三教授宣言》上签了名。

1948年6月18日，朱自清在《抗议美国扶日政策并拒绝领美援面粉宣言》上签字，提笔时，他愤然而道："宁可贫病而死，也不接受这种侮辱性的施舍！"

彼时朱自清身体已经十分羸弱，体重已不足三十九公斤。但他依然不失骨气，依然出席各种活动。

参加《闻一多全集》编辑会，参加闻一多遇难两周年纪念会，甚至到后来他行动已经不便，也拄着手杖出席座谈会。

很快，朱自清的身体便江河日下，不得已住进了医院。住院的这段时间，一直是陈竹隐悉心照顾着他。那是他们夫妻二人少有的能够单独相处的时光。世界又仿佛只剩下他们两个人了。

"我的身体不行了，"朱自清说，"悔不该那次在昆明拉痢疾还熬夜，使身体太亏了。"

"要说我现在最想吃的最怀念的，还是当年你用你钓来的一尺半的鱼熬的鱼汤，可惜哦，现在是什么也吃不了了。"

"竹隐，我是在拒绝美援面粉的文件上签过名的，我们家以后不买国民党配给的美国面粉。"

"竹隐，这么多年，实在是辛苦你了。有你，这个家才能这么完整，孩子们才能这么懂事这么好，你不容易啊竹隐，我心里对你，实在是愧疚。"

陈竹隐就那样轻轻拍着他的手背，他说什么，她便听什么，有时听得笑了起来，有时听得两眼泛出泪花。

1948年8月12日，一代文学巨擘朱自清因严重胃病去世，年仅五十岁。那年，陈竹隐四十五岁。

十一

朱自清去世后，陈竹隐悲痛欲绝，泪作挽联念丈夫：

十七年患难夫妻，何期中道崩颓，撒手人寰成永诀；

八九岁可怜儿女，岂意鬌龄失怙，伤心此日恨长流。

陈竹隐一如她的名字：竹，韧而不折，隐而不喧。悲痛过后，她将悲伤深深埋在心底，打定主意要将最年幼的几个孩子抚养成人。

尽管生活中已经没有了那个可以与她一同分担重任的人，没有了那个可以在她疲惫时将她拥入怀中的人，但她依然是妈妈，仅此一点，便足以支撑她坚强地走好余生每一步。

此后，陈竹隐一边工作，一边带孩子，一边参与《朱自清全集》的编撰工作。

在她余下的四十多年里，她陪伴着孩子们成人、成才，给予他们从不求回报的母爱和温暖。

1990年6月29日，八十七岁的陈竹隐溘然长逝。在阔别了四十二年后，她终于与朱自清团聚了。

尾语

陈竹隐辞世七年后，子女搬家时发现其在世时曾用过的一只小箱子，当他们打开箱子时，映入他们眼帘的，是当年朱自清写给陈竹隐的七十五封情书。

那年，朱自清在情书里写：

"隐：一见你的眼睛，我便清醒起来，我更喜欢看你那晕红的双腮，黄昏的霞彩似的，谢谢你给我力量。"

朱湘&刘霓君

愿再尝尝爱情的美味

···

FENG ZHIYU QIUSHUI,
WO ZHIYU NI

同治九年（1870），已经通过童试的书生朱延熙再次通过乡试，成为举人。

朱延熙胸有鸿鹄之志，此后一直积极备考会试，其间父母为其娶妻余氏，待到十五年后朱延熙终于考中进士时，余氏已因生子后染病去世多年。

考中进士后，朱延熙便入选翰林院庶吉士，与八十七名同科进士一道接受了为期三年的特殊训练。

朱延熙是会试中的第二名翰林，为人性善敦厚，在受训的三年里以出众的才华与笃行的品德赢得了庶吉士部教习的赏识。获知朱延熙发妻已去世多年后，这位教习便也不拘于俗见，将自己的女儿嫁与朱延熙。

此教习是晚清重臣张之洞的二哥张之清，因此朱延熙迎娶张之洞侄女张氏之事，一时被传为佳话。

婚后二人生儿育女，夫唱妇随。朱延熙历任江西学台、湖北盐运使等职。为官期间，朱延熙洁身自好，两袖清风，与江西刘姓盐运使私交甚笃。

好巧不巧，1903年，这两位盐运使的夫人竟然先后有了身孕，于是二人约定，若是一男一女，两家便结为亲家。

1904年，朱延熙夫人张氏诞下一个麟儿，而江西刘姓盐运使则添了个千金。至此，指腹为婚，便成为板上钉钉之事。

彼时朱延熙已经是近天命之年，官场仕途得志，家中人丁兴旺，朱延熙望着怀中最小的儿子，不禁心中感慨。

当时朱延熙居于湖南沅陵，为了纪念这个小儿子的出生地，他便为其取名"湘"，字"子沅"，而与朱湘指腹为婚的女孩，则取名刘彩云。

作为曾受到皇帝"功高九万里，道台十三春"嘉奖的朱延熙，实在是希望于湖湘出生的幼子朱湘能够浸润湘沅之灵气，追慕屈子之遗风，成为卓尔不群、学贯中西的有用之才。

只是前人不知后世事，在幼子朱湘身上寄寓了浓浓祝福与高远期待的朱延熙并不知道，此后滚滚红尘沧海桑田，朱湘最终演绎了一段清高文人的凄楚爱情与人生悲剧。

一

朱湘自小聪颖善感，因为是朱延熙老来得子，在家中备受宠爱。

朱家为书香门第，藏书甚多，受到如此文化气息熏染，朱湘很早便开始识字，两三岁便可以背诵一些简单的诗词。

成年后的朱湘曾经无数次试图回忆那段生命初期的岁月，却总觉模糊难辨。对于他来说，也许人生最幸福的时光便是在那时，却偏偏因为年纪太小而无从拾忆。

朱湘刚满三岁时，他的母亲张氏便因病去世了，从此以后，朱湘所有关于幸福的感受与体验，都被封锁在了生命之初的深深岁月里。

母亲的去世成为朱湘一生都无法修复的伤痕。没有受到过母爱滋养的人生大都是没有心灵归属的，甚至会失去与生俱来的童真，失去感受真实的爱的能力。

没有人告诉小朱湘该怎么做，于是他更加把精力倾注在了书本之上。

读书在某种程度上纾解了小朱湘失去母亲后的痛苦感受，却也让他因此变得更加拘谨沉静，更加疏远世事人情。

他甚至不知道该如何与家中兄弟姐妹相处，也从来不与他们玩耍。

在兄弟姐妹眼中，这个最小的弟弟怕是读书读痴了，寡言少语不说，连玩耍都不会，只知每天捧着一本书，一个字一个字地啃读着，哪怕同一本书他已经看了无数遍。

朱湘五岁时，父亲朱延熙在家中宴客，小朱湘觉得这样正式的场合，须穿戴得体文雅才好，只是他翻遍衣箱，也不知道穿哪一件最为合适，末了，他为自己找了一件棉马褂，站在镜前看了又看，觉得确实颇具文雅之气。

当他满心欢喜出现在宴席之上时，在场所有人都笑了。兄姐边笑边说："他是穿了件棉马褂吗？""真是读书读痴了吗？五月天却穿着棉马褂？"

小朱湘便是在那时知道什么叫尴尬的。原来，尴尬就是脸上好像被人来回扇了几个巴掌，热辣辣地疼，就是恨不得借着蚂蚁出入的砖缝消失。

因为这件事，小朱湘被兄姐们嘲笑了很久，兄姐还给他取了"五傻子"的绰号。

那天晚上，小朱湘躲在被子里哭了很久。已经是五月天，小朱湘被不透气的被子捂得生出密汗，却依然不愿意将头探到被子外。那外面的世界，不是他想要的。

小朱湘从来没有像此时这样想念自己的母亲。如果母亲还在，一定会为自己挑选合适的衣服吧？一定会训斥讥笑自己的兄姐们吧？

原来没有了母亲的孩子，哪怕身享富贵，哪怕衣食无忧，内心也是注定一生飘零无依的。

早慧敏感的孩子本应该更加被人间的美好眷顾，而小朱湘的心门，却在那天晚上彻底关闭了。

从此以后，朱湘极少笑，也极少说话，只是常常看着天上的云和树上的鸟发呆。他想弄明白什么，却不知道究竟该弄明白什么。

幼小的朱湘并不知道，在他还什么都不懂得的时候所受到的精神创伤和感到的恐惧，将会影响他的一生。

二

朱湘正式接受教育，是在他六岁的时候。读书出身的朱延熙十分重视这件事，精心挑选了《龙文鞭影》作为朱湘的第一部书。

小朱湘望着眼前的这本《龙文鞭影》，感觉甚是惊喜，即便从小喜爱读书如他，之前读的也不过是些《三字经》《百家姓》《千字文》等，仅"龙文鞭影"四字，便让他觉得这本书似有无限奥妙。

朱延熙一板一眼地对小朱湘说："这'龙文'二字，即古时良马之名，良马见鞭影则疾驰，因此名之'龙文鞭影'，那么子沅可知这四字放在一起又是何道理？"

小朱湘鼓足了劲儿想，却也实在想不出个所以然，朱延熙看着他努力而又窘迫的样子，笑着对他说："你年纪尚小，不明白也实属正常。马须鞭笞方奋蹄，而良马则是见到鞭的影子便疾驰而去了，此可谓逸而功倍，只要读好背熟此书，便可获大益。"

有了父亲的支持和鼓励，小朱湘读书更加勤勉，父亲也对这个嗜书如痴的小儿子寄寓了希望，在他七岁时便送他进了私塾改良式的小学。从那开始，小朱湘陆续接触了《诗经》《四书》《左传》等经典书籍，这些书籍为朱湘打下了深厚的文学根基。

风止于秋水，

我止于你

朱湘十岁时，父亲朱延熙对官场生出厌倦之心，便告老还乡，回到故乡百草林。

家乡的自然风景与纯粹的风土人情令小朱湘感到焕然一新，就在属于他儿童的纯真隐约被唤醒时，父亲朱延熙去世了。那年小朱湘十一岁，却已经是失去双亲的孩子。

这是小朱湘第一次直接面对死亡。母亲去世的时候他才三岁，不懂人事，亦不知愁苦，母亲缺席所带来的缺憾，只是在他长大的过程中才慢慢彰显出来，无人疼爱，无人庇护，无人悉心照料。

但毕竟还有父亲，尽管他不知疼爱，不懂庇护，不会照料，但终归算是小朱湘人生的一个起点和感情的归宿。

现在父亲就那样躺在那里，身着气派的寿衣，嘴里含着铜钱。父亲头顶的长明灯真的是长明不熄的吗？

小朱湘看着父亲，觉得那就是自己的父亲，但又不是自己的父亲，他自己竟然也叫不准了，唯一的感受，就是他人生的起点和归宿都没了。虽然他上有兄姐，但是以他与他们的关系来看，他就是一个孤儿。

母亲是张之洞的侄女又怎样，父亲为举人翰林又怎样，自己是朱家的血脉又怎样，系着风筝的那根线断了，风筝便再无根无源，只能孤零零飘飞在这它不曾熟悉的人间。

父亲去世后，家中兄长为了家财争夺不休，几近断了兄弟间的情分，不谙世事的朱湘好像隐约明白兄长们为何这样，又想不明白既为手足，又为何这样。

对于朱湘来说，他对百草林是深深眷恋的。当年他跟随父亲回到这里，经过简单修缮的土木结构的家宅虽然不是什么深宅大院，却也有三十多间房屋。

他亲见父亲指挥下人将代表他一生荣耀的"甲第逢春"的匾额挂在上堂之上，他轻轻读着两边楹联上的字：风高才万里，道在十三经。

百草林的山山水水唤醒了他心中属于孩子的本真，他常徒步去离家几里外的书馆里读书，也常常读书读到馆中只剩他一个人。

曾经有一次，朱湘发现馆里只有自己时，心中生出了寂寞与孤单的恐惧，便踏上熟悉的小路，向家中奔去。

他记得他一路上心中都有些忐忑，他记得他终于看到了土地庙，看到了土地庙前一棵树下的茶摊，看到了路边的那条小河，看到了自家田亩的山坡。当他终于看到了家里前院的场地，看到有庄丁在打谷，悬着的一颗小心脏才落了地。

这里承载着他童年最天真快乐的时光，甚至是他一生中最快乐的时光，然而，毕竟一去不能复返了。

分割完家产后，兄长们四散离去，因为朱湘尚未成年，因此只能由大他二十几岁的大哥收留。不久，朱湘便跟着大哥离开了此后让他魂牵梦萦的百草林，到南京生活与读书去了。

三

毫无疑问，相对于百草林，南京是一个更为广阔丰富的世界，但是对于朱湘来说，南京只不过是他暂居的一个屋檐——他已经没有家了，从此以后，世界各地，天涯海角，都只是一方屋檐。

都说"长兄如父"，这有些道理，但又不全有道理。长兄也只是承了父亲的严厉与威严罢了，至于父亲的慈爱与温暖，则是全不在其中的。

朱湘本就敏感脆弱，加之双亲早逝，他比任何人都渴望得到爱与关怀，渴望得到陪伴与呵护，然而大哥能够给予的，只有严肃的教育，甚至责罚。

朱湘本来与大哥感情就不怎样深厚，如此一来，朱湘便更加沉默孤僻了。

他从不与同龄人玩耍，他害怕别人看他的眼光、对他的评价，他极希望得到他人的赞赏与夸奖，但因为过度敏感，甚至有时一句完全与他无关的话，他也会往自己身上联想，他的自尊心变得越来越强，心理愈加敏感脆弱。

他得不到关爱，亦不知如何关爱他人，与人相处也就越来越痛苦，于是最后干脆就待在自己的世界里算了。

在他的世界里，有书，有画，有文学，有无岸无崖的创作欲望，而那个在他世界之外的同属于他人格中一部分的"社会人朱湘"，则成了由强烈的自尊支撑起来的坚硬铁衣。

只是这看似坚不可摧的"铁衣"，已经被多舛的命运与残酷的现实击打得凹凸不平，伤痕累累了。

好在大哥深知读书对一个人的重要性，对于供朱湘读书这件事，大哥还是愿意尽自己之力的。

就读于南京第四师范附属小学的朱湘在当时算是一个奇才，十三岁便发表了第一篇小说《一只鹦鹉》，这更让朱湘对文学创作充满了憧憬与激情，写作成了他宣泄压抑于内心深处的情感的方法。

之后，朱湘考入南京工业学校预科；再之后，考入清华留美预备学校，那是1921年，朱湘十七岁。

在班里，朱湘年纪是最小的，却是最有才华的。

这个极为自尊且极具傲气的少年在清华园里第一次感到了自由，开始接触新文学新思想的他决计自此以后活成自己，真正的自己，不假的自己。

朱湘加入了清华文学社，并开始创作新诗。很明显，成为一个诗人比成为一个小说家更加适合朱湘。敏感的天性，双亲早逝的变故，寄人篱下的经历，在百草林被唤醒的纯真烂漫，这些都化为了朱湘笔下忧愁、细腻、真粹与浪漫的诗意。

他与饶孟侃、孙大雨和杨世恩并称为"清华四子"。他的诗受到了杂志社的青睐。1922年，他开始在郑振铎主持的《小说月报》上发表诗歌与译文，并加入了文学研究会。

在清华园中，朱湘声名大噪，锋芒毕露，一身诗意，可谓一时意气风发。

不过，在朱湘内心，始终刻意回避着一件令他不愿面对也让他不安的事，那就是父亲朱延熙与那位江西刘姓盐运使早年指腹为婚为他订下的亲事。

孤傲叛逆如朱湘，无论如何也接受不了这样的旧式婚姻，作为新时代青年，朱湘坚持认为，爱，必须源于真正的自由，源于双方自由的意愿，指腹为婚，岂不荒唐得可笑？

朱湘本以为父亲早逝，自己也进入了清华读书，就可以摆脱旧式娃娃亲的束缚，却没想到大哥三天两头写信给他，催促他回家完婚。

朱湘拒绝之心坚定，屡次让大哥解除婚约，但大哥并不同意，他认为婚姻本就是父母之命，指腹为婚在先，如今对方没有任何过错却毁婚，朱家的名声何在？

但无论如何——不管朱家名声将如何，不管刘家女儿是何模样、是何性情，朱湘都打定了必须解除婚约的主意。

只是他没有想到，在最后一次寄出自己的拒绝信后，大哥竟然将那个从未见过面的未婚妻带到了自己身边。

四

被指腹为婚给朱湘的姑娘，叫刘彩云，与朱湘同岁。

1922年，十八岁的朱湘已经成为清华园中的四大才子之一，而同岁的刘彩云，早就到了该嫁人的年纪。于是刘家找到朱湘的大哥，望朱家尽早履行婚约。

某日，下课回到住处的朱湘一推开门，便看到已经等候自己多时的大哥，与之同在的，还有一个个头不高，脸上依然带着稚嫩气息的姑娘。

刘彩云早就听说自己未来的夫君才华横溢，小小年纪便考上了清华留美预科班，心中自然充满仰慕，此番千里迢迢从湖南来到北京，相见之下，朱湘的挺拔傲然之气，更加令她心动。

然而令她没有想到的是，眼前的青年却连正眼都未看自己一眼，满脸冷漠，甚至嫌恶。任大哥怎样苦口婆心相劝，他都始终不发一言。

最后他硬邦邦地留下一句"包办婚姻是封建糟粕，早该弃之，弟不能从命"，便拂袖而去了。

刘彩云满心的期待与欢喜瞬时成为被击碎的冰块，落了满地。她又羞愧又窘迫，又无助又茫然，她转头看向朱湘的大哥。

朱湘的大哥只是坐在那里，重重叹着气。无奈之下，她只能返回湖南老家。

彼时的朱湘有热切的理想，有炽热的创作欲望，有自己诗意的诗歌世界，更有因不满清华一系列严苛制度而生发的抗争精神。

当时清华有一项规定，学生早餐时需要点名，朱湘对这样死板僵硬的规章制度深恶痛绝，拒绝遵守，故意多次不到，缺席二十七次之多，最后终于因积累满三次大过而被清华开除。

这如同一枚重磅炸弹在清华学子中炸开，轰动全校，众人哗然。这么多年来，因此原因被开除的，朱湘是第一人。

因为不满学校制度而故意违反之，导致被开除，简直匪夷所思，有好事者想要看看朱湘的反应，却只见朱湘依旧若无其事地在清华园中孤傲地徘徊，众人不禁啧啧称奇，称朱湘为"怪人""奇人"。

对于自己被清华开除这件事，朱湘十分不以为意，他甚至认为清华矫揉造作了。他做出此番惊世骇俗的举动，并非要惊世骇俗，背后怨责甚至屈服，都不符合朱湘的本性。

后来他在给友人的信中写道："你问我为何离开清华，我可以简单回答一句：清华生活是非人的，人生是奋斗的，而清华只有钻分数；人生是变换的，而清华只有单调；人生是热辣辣的，而清华是隔靴搔痒。我投身社会之后，怪现象虽然目击耳闻了许多，但这些正是真的人生。至于清华中最高尚的生活，都逃不过一个假，矫揉。"

如此看来，竟然不是清华开除了朱湘，而是朱湘开除了清华。

离开清华时，朱湘依然记得初进清华时的心志：自此以后，将自己活成自己，真正的自己，不假的自己。

这份真，是朱湘作为诗人的天性和他年纪轻轻便历经诸多艰难世事后的反抗，是他强烈的自尊被冷酷的现实打击挤压后的外刚实脆，更是他此生悲剧的根源。

五

1923年，还有半年便可以留美的朱湘被清华开除后，只身一人来到上海。在上海，朱湘体会到了生存之不易。才华无法御寒，诗歌更不能果腹，朱湘只能靠做些零工养活自己，与此同时，他也没有放弃写诗。

在上海那段颠沛流离的日子里，再苦再难，朱湘也没有开口向任何人求助，倔强固执如他，自尊敏感如他，宁可饿死，也不会卑微地求人，更不会屈从。

但是在上海，朱湘的心，为一个女人软了。

在与大哥的通信中，他得知与自己指腹为婚的刘彩云在父亲去世后被兄嫂逐出家门，孤身一人来到上海，靠在纱厂做女工维持生计。朱湘仿佛觉得自己内心深处狠狠地被砸了一下。

婚姻被包办，并不是她的错；自己拒绝了她，更不是她的错。但是可悲的人们啊，思想依然如此封建顽固，女大未嫁，倒成了她的错。

哥嫂绝情，父死便将妹逐出家门，从此以后，一个弱女子流落异地，无依无靠，孤苦伶仃——想到这里，朱湘未免为自己先前的言行感到懊悔，若不是自己的无情拒绝，她又怎会沦落到如此地步？

他决定去探望刘彩云。

当他站在满脸疲惫的刘彩云面前时，刘彩云愣住了。看到她的那一瞬间，朱湘的心就软了。

虽然之前匆匆见过一面，但除了个子矮小和一张娃娃脸，朱湘对刘彩云再无其他印象。此次相见之下，朱湘才第一次端详起她来。

个子依然矮小，却因为劳累消瘦而多了几分柔弱，娃娃脸上原先的婴儿肥也消失不见。但她的眼睛里是有光的，那光混着惊奇、羞涩与欢喜，定定地望着他。

二人四目相对，久未开言。最后，到底是刘彩云先说了话，她感谢朱湘能来看她。这是两人第一次真正接触。

独在异乡，孤身漂泊，经历相似，这让二人渐生情愫。是依赖，是相惜，是彼此取暖，是互生爱意。

朱湘与刘彩云相爱了。尽管她早在此前就已经是他的"未婚妻"，但现在，她并不是那个与自己指腹为婚的女人，而是自己自由恋爱选择的女人。

他给她改名为"刘霓君"。锦霓为裳，为君做衣。

这份爱情对朱湘来说，犹如艰难生活中的一束剔透玲珑的琥珀光，他在这上面寄寓了美好的生活、美好的未来。当然，这份爱情也给予了他创作的激情，不停地创作，朱湘的收入终于慢慢多了起来，他的生活也因此得到了改善。

他终于决定与刘霓君结婚。

六

1924年，朱湘携刘霓君回到南京完婚。

常年为官的大哥为朱湘举办了风光体面的婚礼，本来是热闹的喜事，却在最后的关头出了岔子。

在婚礼上，双方拜谢父母时，大哥因为是代家长，因此要求朱湘向自己跪拜磕三个头。朱湘不肯，只愿意向大哥三鞠躬。

大哥心中恼火，所谓"长兄为父"，父母双逝之后，是他收留并培养了朱湘，如今朱湘终于成家立业，向自己这个兄长行跪拜之礼，于情于理都不过分。

大哥端严地将道理讲给朱湘听。朱湘说如今已为新时代，封建礼俗那一套，早就过了时，再者，男儿膝下有黄金，上拜天地下拜父母，尽管自己从小受大哥照拂，但二人依然为兄弟，而非父子，因此他愿郑重地向大哥三鞠躬，以示谢意。

当着参加婚礼的众人的面，朱湘这样直驳大哥，令大哥很是下不来台。眼见大哥几近恼羞成怒，新娘子刘霓君不免紧张起来，偷偷拉了拉朱湘的衣袖，暗示他不要再计较，还是向大哥行跪拜之礼为妥。谁知道朱湘并不理会，依然固执地拒绝了大哥的要求。

大哥恼怒至极，拍桌而起，直斥朱湘不孝，对自己不尊。朱湘也并不示弱，为自己据理力争，兄弟二人就这样争吵了起来，甚至将喜烛也打落在地，摔成两截。

这场婚礼，成了兄弟二人决裂的"战场"，从此之后，二人再无来往。也是这场婚礼，让刘霓君第一次见到朱湘骨子里的执拗与不屈服。

婚礼之日当晚，二人便离开了兄长家。婚后二人依然居住在上海，那是一段甜蜜的日子。

对于刘霓君来说，从此人生不必再无助地漂泊，从此身有家心有属，她拿出一个女人全部的情意来照顾丈夫，照顾家。

刘霓君依然在纱厂做女工，工作强度也没有一丝一毫的减少，但刘霓君明显轻盈了许多，每天都无比期待着放工的时刻，她可以在回家的路上摘几朵玉兰花，可以回家洗手做羹汤，虽然饭食简单，里面却含着她的雀跃而温柔的心。

每天晚上坐在床上缝缝补补，望着身边伏案创作的夫君，是她觉得最安定的时刻。她甚至无数次想，就让时间停在此刻吧，什么灯红酒绿的十里洋场，什么流光溢彩的灯火辉煌，这些她统统都不需要，她只要他，只要这方寸居室，她只要他的诗，和他待自己的温情暖意。

朱湘则更为幸福。幼时丧母的他，几乎从来没感受过母爱，刘霓君是他现在生命中最重要的女人，她是他的妻子，却同样给予了她母亲般温暖的怀抱。

夜里他拥抱着她，感受着令他无比依恋的女性肌肤的柔软与温度，他那颗刚硬执拗的心第一次得到爱的滋养，甚至每每想起那样的时光，他都会心颤，都会感动得流下泪水。

谁曾想，当初被朱湘极为厌恶的包办婚姻，如今竟成了自己满足、别人羡慕的天作之合。

这份幸福安稳的生活，让朱湘进入了创作的高峰期。1925年夏天，朱湘的诗集《夏天》问世。这本诗集的名字，是朱湘婚后人生得以转变的经历的缩影。

"命名《夏天》，取青春已过，入了成人期的意思。"他说。

《夏天》一经面市，便引起了诗歌界与众诗人的重视，朱湘也因此与徐志摩相熟，往来甚殷，这使朱湘声名大噪。

朱湘一人回到了北京，与当年"清华四子"的其他三位同住在西单梯子胡同的两间屋子里，不做他事，每天只是作诗、写文章。

同年，朱湘喜获麟儿，取名朱海士，乳名小沅。

孩子的到来带给朱湘无限希望，小小的婴儿，眼眸明亮，通体散发出来的都是新生命的生生不息。但小沅的到来也给本就不富裕的家庭带来了更大的经济压力。

就在这时，当年与朱湘并称"清华四子"的孙大雨建议清华校长曹云祥让朱湘重返清华。

开除朱湘，本就是清华的憾事。朱湘横溢的才华，有目共睹，除去他乖张骄恣的个性，实在为不可多得的人才。

清华到底是惜才的。1926年，清华校方考虑再三，决定为朱湘特开先例，让朱湘再度回到学校，完成学业。

清华此举极大地安慰了朱湘那颗骄矜的心，这是对他朱湘一身才华的肯定，是对他朱湘独特无双的证明，于是在友人的说和下，朱湘回到上海，带着刘霓君和小沅回到了清华。

朱湘始终不知道自己能够回到清华，是得益于孙大雨的求情。

回到清华的朱湘依然笔耕不辍，甚至更为勤奋，每天要写作十几个小时，常常在《诗刊》和《小说月报》上发表作品。

朱湘还与徐志摩、闻一多共同创办了《晨报副刊·诗镌》，并因此成为新月派的中坚诗人。

不久之后，刘霓君又为朱湘生下一个女儿，取名朱雪，乳名小东。

人生至此，朱湘声名鹊起，儿女双全，前途似乎一片光明。然而从小便刻在他骨子里的自尊与孤傲，却始终让他无法与人和现实相融，他一直坚持的"真"，让他活得几近失真。

七

某日朱湘回到家后，刘霓君便觉出他的不对劲来。虽然丈夫的性格确实有些紧促之处，却也很少见他如此满脸沉郁的怒色。在刘霓君小心翼翼地追问之下，朱湘便开始痛斥闻一多。

原来在《晨报副刊·诗镌》4月15日第三期上，闻一多在排版时将自己的《死水》和《黄昏》以及饶孟侃的《捣衣曲》排在了版面上方，而将朱湘的《采莲曲》排在左下角。

这引起了朱湘强烈的不满，骄傲如他，自然认为自己的诗要好过他们的，闻一多此举，让敏感的朱湘觉得他就是嫉妒自己。

刘霓君听罢，柔声细语安慰朱湘，然而她自己也知道这无济于事。与朱湘共同生活这两年中，她已经多次见识到朱湘那已经发展到极致的执拗，他不想做的事，宁可死掉也不会做；让他内心生了疙瘩的人与事，他也定不会忍让，早晚会"还击"回去。

果不其然，4月22日，朱湘在《晨报副刊·诗镌》上声明退出《诗镌》。

不仅如此，当时适逢闻一多刚刚出版《屠龙集》，朱湘马上写了一篇《评君闻一多的诗》，在这篇文章里，朱湘指摘了闻一多作品的短处，竟然洋洋洒洒写了七千字。

朱湘还迁怒于徐志摩，公开说："瞧徐志摩那张尖嘴，就不像是作诗的人。"并评价徐志摩油滑，是一个假诗人，不过凭借学阀的积势以及读众的浅陋在那里招摇。

朱湘的此番举动简直令众人惊愕咋舌，大家从未见过一个人竟然能全然不顾对方的脸面而将自己心中的积怨与不满发挥得如此淋漓尽致。

闻一多尤为愤怒，他说："这位先生的确有神经病，我们都视为同疯狗一般。"

梁实秋也哭笑不得地说："在历史里一个诗人似乎是神圣的，但是一个诗人在隔壁便是个笑话。"

刘霓君也深感无奈，其实朱湘的极度敏感与狭隘心胸，也会影响到他们夫妻的感情，他那强大得不容许任何人小觑的自尊，已经被过于用力的他捏得几近变形与扭曲。

然而，朱湘到底是谁的劝都听不进的。他无谓也不惧这些闲俗滥事，他甚至待他最爱的、最引以为傲的诗都是如此态度：

"我的诗，你们去罢！站得住自然的风雨，你们就生存；站不住，死了也罢。"

他只是抱定自己的骄傲、才华与自尊活在这个他全然融不进的俗世里。在他看来，这便是"众人皆醉我独醒"。

这份几近失真的"真"，让他与社会与人群格格不入，却可以让他成为一个真正的诗人。

1927年，朱湘的诗集《草莽集》问世。相比于《夏天》，《草莽集》有着惊人的进步，受到一众读者热烈的欢迎与钟爱，一时间更使朱湘名声更隆。

因着朱湘《夏天》与《草莽集》两部诗集的成就，朱湘终于得到了公费到美国留学的机会。

其实，彼时他与刘霓君的生活已经是十分清苦，虽然朱湘专注于写诗，也取得了不小的成就，然而毕竟靠写字能赚多少钱呢？

更何况家中两小儿尚幼，生活用度常处于拮据之中，还好此次留美为公费，这让刘霓君看到了希望，她期待夫君能够学成而归，一家四口过上安定正常的生活。

八

1927年8月，朱湘远渡重洋，开始了坎坷的留美生涯。

到美国后，朱湘进入威斯康星州劳伦斯大学学习。某次法文课上，教师让大家阅读都德的小说，其中有一段形容中国人像猴子一般，读到这里时年轻的学生们哄堂大笑，朱湘非常愤怒，对他来说，这不是他个人而是全中国的耻辱，他无法忍受这样的侮辱，当场愤然离去。

后来法文教授多次向朱湘道歉，甚至亲自登门表达歉意，但朱湘不接受，执意坚持宁可放弃学分也要退出劳伦斯大学。此时，距离朱湘进入劳伦斯大学刚三月有余。

朱湘离开劳伦斯大学那天，威斯康星州下了大雪，朱湘提着两只装满书的箱子，坐上了一辆黄色的汽车，头也不回地走了。一如他当年离开清华。这年年底，朱湘转到芝加哥大学。

本来就独在异乡为异客，加之学业的不顺和一再搬家，让从小便在孤单中长大的朱湘再次感受到了孤单，只是这是有着惦念对象的孤单，他想念远在中国的妻子刘霓君，想念两个孩子，每天晚上一闭眼，眼前就是刘霓君为他送行时怀抱小东手牵小沅的画面。

何以寄相思？唯有纸笔情。

每当夜深人静之时，他便伏在案前给妻子写信。而对于刘霓君来说，生活中最开心的事，便是收到丈夫的信。

在信中，朱湘称呼刘霓君为"霓妹""我的爱妻"，内容除了生活上的琐事，就是对她和儿女的牵挂惦念：

"你的奶水不够，务必要请奶妈子。照我这般寄钱，是很够请奶妈子的，千万不要省这几块钱。"

"我的霓妹妹替我带着一男一女，我每月至少总要有中国钱三十块寄给她，才放心。"

"写完这信，晚上做梦，梦到我凫水，落到水里去了；你跳进水里把我救了出来；当时我感激你，爱你的意思，真是说也说不出来，我当时哭醒了，醒来以后，我想起你从前到现在一片对我的真情，心里真是一股说不出的味道。"

"其实信寄到美国来，是掉不了的。不过信虽然掉不了，你用挂号寄来，可见你是极其小心，怕我万一接不到，岂不心里难受？你这样地替我想，我应当怎样爱你敬你。"

"我们的爱情是天长地久，只要把这三年过了，便是夫妻团圆，儿女齐前，那是多么快活的事情。"

或是在晴空阳光之下，或是就着昏黄灯光，总是得在儿女休息时刘霓君才舍得把丈夫的信拿出来，一字一字读过去，一遍又一遍读过去。

风止于秋水，

我止于你

信中的丈夫，仿佛是从倔强执拗性情中抽离的温柔灵魂，他将每一寸思念、每一缕情意都融在字里行间。

丈夫一个人在国外相当不易，刘霓君当然了解，然而更让她心疼的是，为了给自己和孩子们省下些钱，天冷了他舍不得买衣服，拍张纪念照也舍不得，刘霓君常常读着读着，眼泪就会模糊住双眼。

她也知道，因为丈夫为人过于孤僻傲气，甚至是过于自负骄矜，而导致他并无可倾诉交心之人，她和孩子们就是他的全部。况且他在异国他乡，举目无亲，也只有看看她的信，才能减去他的一点寂寞伤感。

于是每次刘霓君都会认认真真地给他回信，她的一字一句都是朱湘在美国奋力活下去的动力。

夫妻二人就这样靠着书信寄托爱与思念，哪怕再细小的琐事，在对方看来都是极有意思的。

朱湘给她讲在芝加哥博物馆的见闻，讲他见到的各种奇异的动物标本，像一个欢快的孩子。

朱湘给她买了发网，在信中把用法详尽地写下来，甚至还把自己挑选发网时所见到的颜色也一一讲给她听。

朱湘告诉她自己翻译的两首中国诗登在了芝加哥大学的《凤凰杂志》上，想让她听了后开心快活。

朱湘说他的心与她是一起的，她信中说伤心话时，他也会难受好多时候，厉害时甚至会哭出来，她若是高兴了，他跟着也快活。

这些信在刘霓君看来简直可爱极了，常常看着看着，嘴角就会露出笑来。

信中的朱湘好似全然抛却了大男子的固执，更懂得反省，也更懂得理解了：

"霓君，我的好妹妹，我从前的脾气实在不好，我知道有许多次是我得罪了你，你千忍万忍忍不住了，才同我吵闹的。不过我的情形你应该也明白，我实在是外面受了许多的气，并且那时一屁股的债，又要筹款出洋，我实在是不知怎样办法是好。我想你总可以饶恕我吧？这次回家之后，我想一定可以过得十分美满，比从前更好。"

"霓君，霓君，你知道我现在是多么爱你啊！我回国以后，要做一个一百分好的丈夫，要做一个一百分好的父亲。"

存活于信中的朱湘的温柔的灵魂，像是在一个无比令人憧憬的理想国度中自由欢快翱翔的鸟，他带着心爱的女人穿梭于和煦温暖的天地之间，他的女人幸福得甚至分不清这究竟是现实还是梦境。

九

朱湘在芝加哥大学的求学经历更为不顺。

朱湘对英文非常擅长，甚至可以用英文写十四行诗，在清华时很得外国教授的赏识，不料在芝加哥大学英文作文课的第一次作业却只得了D，朱湘愤而退课。

因为不满英文老师在校刊上编造某东方学生与某西方学生行为暧昧的逸闻而退出了英文课；因为在课堂上指出德文教师讲课中的错误，教师便有意在课上说"葡萄牙小国都能占中国的澳门"而退出了德文课；因为一位美国女生不愿意与他同座，他又退出了文学课。

朱湘从芝加哥大学退学，于1929年初进入俄亥俄大学。遗憾的是，不管在哪所大学，中国民族都是备受歧视的，朱湘愤怒不已，他坚决不接受任何人对中国的侮辱，于是他放弃美国的学士学位，决定回国。

朱湘在给友人的信中说："我在外国住得越久，越爱祖国，我不是爱的群众，我爱的是新中国的英豪，以及古代的圣贤豪杰……为中国鞠躬尽瘁，是我早已选定了的。"

朱湘的"不爱群众"的爱国之情，正是清华与新月的本色。

1929年9月，朱湘从美国乘船回国。回国后，朱湘到刚成立不久的安徽大学任教，出任文学院教授兼英语系主任，刘霓君与一双儿女共同前往。

在安大，朱湘的月薪有三百元，这在当时是一笔相当丰厚的收入，他终于让妻子和孩子过上了富足的日子。

那段日子是刘霓君婚后最幸福的时光，爱人在侧，儿女双全，经济收入颇丰，物质比先前不知道充足了多少。

时年二十六岁的朱湘也颇有抱负与理想，他在执教期间，为了方便用世界的眼光去介绍外国文学而致力于培养一批翻译人才，他甚至拟订了一个宏伟的计划，一面广揽名师，一面整顿内务，加强课内课外对学生的教授，经常参加学生文学社指导学生，还把从美国带回来的书籍捐赠学校资料室供学生借阅。

此时的朱湘信心百倍，踌躇满志，深受学生好评。但朱湘的人生仿佛受到了诅咒一般，每当他走上通往顺遂的道路时，生活便会猛地拐个大弯，将他抛离得更远。

这个人生理想中的好日子，朱湘与刘霓君只过了一年。一年后，长江洪灾，物价飞涨，安大发不出工资，朱湘与刘霓君的生活又开始捉襟见肘。

彼时刘霓君刚刚产下一子，她没有奶水，因为经济条件太差又买不起奶粉，小儿活活饿了七天后离开人世。

这件事让朱湘痛苦万分，这不就是杜甫诗中所说的"入门闻号哓，幼子饥已卒"吗？

相比于朱湘的痛苦，刘霓君则是心灰意冷，是怨恨，是失望，甚至是绝望。

她开始觉得之前丈夫对她说过的种种，不过是一幅虚幻的图景，她的期望一次又一次破灭，她开始抱怨丈夫的无能，抱怨丈夫的心高气傲，埋怨丈夫因为不肯妥协而使生活陷入窘境，甚至导致了幼子夭折。

朱湘与刘霓君的夫妻关系趋于恶化。生活中接连而来的磨难让朱湘的性格越来越怪异，越来越容易因为小事暴怒，并迁怒于人，越来越无法与人相处。

1932年，朱湘从安大辞职。原因有二。一是朱湘向安大校长推荐友人戴望舒等人一起来安大执教，无端被否。二是安大将他执教下的"英文文学系"改为"英文学系"，这引起了朱湘极大的不满。在朱湘看来，"英文文学系"，讲授用英文来译的世界各国文学，被校方任意删掉一个"文"字，就只能教英国本国的文学了。这违背了当初朱湘"用世界的眼光去介绍外国文学"的教学理念。

事后安大曾对他进行挽留，朱湘却说："教师出卖智力，小工子出卖力气，妓女出卖肉体，其实都是一回事。"

朱湘身上这种始终不肯妥协的背离，一直深深刻在他的骨子里。

痛失幼子，抛弃了工作，与妻子失和，朱湘离开安庆，开始孤身一人漂泊。

十

不肯妥协、始终学不会圆滑的朱湘再也没有找到工作，只能靠赚取稿费为生，可是稿费又能有多少，仅能糊口而已。

穷困潦倒的朱湘四处漂泊，辗转于各地，无奈之下，朱湘只能举债度日，大冬天穿着夹袄的他一收到妻子寄给他的棉袍、皮袍，便立刻拿到邮局当掉，以换取微薄的生活费。

其实在这期间，刘霓君也在寻找朱湘，只是每次都不凑巧。朱湘去青岛，她跟来青岛，朱湘却又去了北平；她赶到北平，朱湘又到杭州去了。夫妻二人就这样不断地失之交臂。

1933年，二人终于在上海相聚。相见那一刹那，二人不禁相拥痛哭，整整一年半的你追我逐，先前的相怨相憎，在那一刻都化为了泪水。

久别重逢后的朱湘待刘霓君特别好，二人在北四川路的俭德公寓租住，在一间局促的房里，他们有了彼此而不再孤单，就像是他们刚刚结婚后的时光。只是那时的房子里，哪怕一粒尘埃都是甜蜜，哪怕一束微光都是希望。

而现在，房子里的一切都是灰扑扑的，尘埃，微光和人，都是这样，甚至连人间烟火气都在慢慢消逝。

夜里，朱湘拥着妻子，想起自己的身世，不禁双泪长流，刘霓君伸出手为他擦泪，自己的眼泪却也掉了下来。

朱湘悲痛地对妻子说："我们不应该生下小沅来，让他在人世间受苦。"继而他又说："恐怕我要去在你前面了！你要替我抚养我们的小沅和小东啊！"

刘霓君望着这个表面极为自尊实则相当自卑且脆弱的男人，除了心疼，除了更用力地拥抱安慰他，还有什么其他法子呢？

此时的朱湘已然完全颓废了，再也生不出哪怕一点的精气神来。刘霓君决计暂时不让朱湘担起生活的重担，她要替他分担。

于是她每天早上6点起来去南京路胜家缝纫公司学绣花，晚上回来烧饭，与朱湘一起吃晚餐。中午她让他去广东店吃鱼生粥，并用节省下来的钱给他买他视为生命的白金龙烟。

只是朱湘的心已经是一片死寂的灰烬了，连一丁点火星都没有了。

十一

1933年12月3日，朱湘买了一盒妻子最爱吃的饴糖，回到家后他剥了一颗糖放到妻子嘴里，然后问她甜不甜。

正在做针线活的刘霓君心里正在为生计发愁，抬头却见丈夫衣衫破旧，面容憔悴，便故意逗他道："不甜。"

本来笑着的朱湘眼神顿时黯淡了下来。是啊，生活已经这样苦了，一颗糖就如抛向大海的一粒沙，又怎么能甜呢？

第二天傍晚，朱湘收拾好小皮箱，对妻子说自己要去一趟南京，便离开了家。朱湘登上了上海开往南京的"吉和"号客轮。他用仅剩的一点钱，买了一张三等船票。

12月5日清晨6点，朱湘走上甲板，从小皮箱里取出一瓶酒，就着寒风痛快地喝了几口。随后朱湘又拿出海涅的诗集，倚着船舷边饮酒边吟诗，直读到自己泪流不止。

当船刚过李白投江的采石矶，朱湘突然纵然一跳，落入寒冷刺骨的滔滔江水之中。客轮急放求生船捞救，朱湘已无踪影。

一个真得近乎失真的诗人最终还是离开了人间，离开了这个不能与他的幻想相符合的真实人间。

尾语

朱湘死后，引起了文坛诗坛无限的哀思和悲痛，这个生前孤傲狷狂、执拗自负，与生活与众人格格不入的诗人死后竟然会有这样大的反响，令人意想不到。

唯一能够解释的，一是朱湘为人性格真的过于鲜明，二是朱湘的诗是真正的诗。

此后，刘霓君将朱湘的遗稿交给朱湘的友人整理，之后郑振铎为之出版。

抗日战争之前刘霓君尚能靠着朱湘的版税生活，抗战之后便只能靠缝纫和刺绣维持生活。

1974年，刘霓君去世，丧葬维艰。

朱生豪&宋清如

醒来觉得甚是爱你

FENG ZHIYU QIUSHUI,
WO ZHIYU NI

一

1929年春天，常熟县栏杆桥日晖坝的宋家请了木匠，准备为女儿们打制家具。这是当地的风俗，女儿到了出嫁的年龄，便要给她们打制家具做嫁妆。

宋家有三个女儿，按理说应该打三套家具，但木匠却被告知只打两套即可。木匠觉得有些奇怪了，同为一个人家的女儿，却为何偏偏厚此薄彼，就算另一个女儿为领养，哪怕是打一套材质差一点的家具，也是应该的。

宋家夫人苦笑着说："师傅想到哪里去了，三个女儿都是亲生骨肉，为她们打制家具的钱家里是早早就备好了的，到了打家具的时候便打得，只是我家二小姐，那个读书读痴了的妮妮，非不要嫁妆，她要拿着她那份嫁妆的钱去读书。"

木匠觉得甚是稀奇，男大当婚女大当嫁，古之习礼，怎么到了这个年代，大姑娘家连嫁妆也不要了，反要去读什么书。

干活的木匠是想不明白的，他只觉得过了一辈子的生活好像有什么地方跟从前不一样了，但对他来说，日子又是一成不变的，因此又觉得没有什么不同，无非是日复一日过日子罢了。以前大清皇帝在的时候是过日子，后来发生了很多事，时局越来越动荡，那又怎么样？不依然是日复一日地过日子？

　　但对于宋家二小姐来说，全然不是这样。她甚至庆幸自己能够生在这样的时代，经过新文化运动和大革命的洗礼，封建伦理道德观念受到了强有力的冲击，妇女解放，人身自由，这些新观念如雨后春笋般在越来越多的人心中生长，作为读过高小和初中的宋家二小姐，头脑中自然已经装满了五湖四海，她才不要被这些被称为嫁妆的家具束缚，更不会重复家乡那些女人的老路，一辈子都守着男人和孩子过日子，她对自己未来的人生充满了新鲜的憧憬，她要走出去，走出常熟的乡村一隅，亲自去实践那些已经在她心中生根发芽的新口号和新观念。

　　家里人被二小姐的想法吓了一跳，苦口婆心地劝说她："女孩子读再多的书，最终不还是要嫁人生子？只是读书，能读出什么名堂？"

　　"我只要读书。"二小姐说。

　　"读书读得疯了吗？"家人继续劝说，"怎么能够忘记祖宗的规矩，怎么对得起圣贤的教训？"

　　"我就是要读书。"二小姐说。

　　"你的嫁妆不要了吗？"宋夫人问她。

　　"把给我做嫁妆的钱用来让我读书好了。"二小姐说。

　　全家人无奈。二小姐虽然文静，可是逆反的心是谁也拗不过的，这是他们早已有过见识的，于是只得退了早在二小姐六岁就为她定好的与江阴县大户华家的婚约，把为二小姐做嫁妆的钱留了下来，请木匠来，给三个女儿打了两套家具。

二

宋家二小姐名清如。她出生前父母已经育有一个姐姐，因此她的出生，多少让盼着男丁的父亲心中有些失望。

值得庆幸的是，宋家蒙祖上荫庇，田亩颇多，在当地也算是富庶大户，因此虽然宋清如后来又有了一弟一妹，生活却很是宽松富裕。

民国初年，乡下缠足的陋习还十分盛行，宋清如也难逃其苦。

《小脚妇》诗中说："五岁六岁才胜衣，阿娘做履命缠足。"在宋清如五岁时，她的母亲便也开始为她缠足。

母亲用热水将小清如的双足洗净，趁脚尚温热时将大脚趾外的其他四趾用力朝脚心拗扭，在脚趾缝间撒上明矾粉，让皮肤收敛，再用布条包裹，裹好后用针线缝合固定，小清如大哭大叫地挣扎着，可是一个小小女童怎么抵抗得了成人的力量呢？无奈，只能哭喊着被她们将双足缠好。

但小清如是不肯屈从的，只要趁大人不在身旁，她便会狠命扯下缠脚布，大人们发现后便要按住她重新缠，殊不知松过后再重新缠，比刚刚缠足时还要疼，小清如哭得更凄惨了。但是只要大人不在身旁，她还是会将缠脚布扯了去，一来二去，小清如的双脚破了皮烂了肉，这种情况下再缠，怕是要感染致病了。

家人只好作罢。这是宋清如生平第一次反抗，也因为此，在宋清如坚持不要嫁妆只要读书时，父母也便由她去了。

虽然家人还是在老式观念主导下生活，但毕竟有一个需要重点培养的儿子，于是宋家便请了一位私塾先生来家里授课，宋清如也因此有了读书的机会。之后，宋清如考上了门槛相当高的苏州女子中学，毕业后，于1932年进入杭州之江文理学院（后改名为之江大学）国文系学习。

三

杭州之美完全超乎宋清如的想象。且不说校园里风景如画，单单是空闲时间与同学们一起去周边的六和塔、云栖等地散步游玩，就足以冲淡她对家乡父母的想念，而使她沉浸在新生活的喜悦之中了。

更令宋清如欣喜的是，经过一段时间的学习，她的文学素养得到很大提升，这令原本就爱写诗的她更加热爱写诗了。

宋清如在第一学期的学习结束后，把自己写的诗向当时最具权威的施蛰存主编的《现代》杂志投了稿。

宋清如本是抱着试试看的态度，没想到不仅诗歌被发表了，她还收到了施蛰存的信。在信中，施蛰存对她的诗赞赏有加，称赞其为"琼枝照眼"，这无疑给了宋清如很大的鼓励。不久之后，宋清如便加入了之江大学的"之江诗社"。

既然报名加入诗社，那势必要拿出作品来的。因为自己发表过诗作，又受过施蛰存的鼓励，宋清如对自己的诗还是有着相当的自信的，她认认真真一丝不苟地写了一首半文半白的"宝塔诗"。

宝塔诗，即每句字数为一、二、三……依次增加，因形似宝塔，故而得名。

宋清如很是为自己花的心思感到满意，作为新加入诗社的成员，这样一首无论内容还是形式都别具一格的诗，绝对是拿得出手的。

那是宋清如第一次参加之江诗社的活动，她交上自己的大作后，满怀期待地等着大家点评，却没想到宝塔诗在会场中传阅了一圈后，大家都向她投来了异样的眼光。

宋清如感到十分尴尬，仿佛一个在大人面前出了丑的孩子，直到后来她才知道，之江诗社只谈旧体诗词创作，并不谈论新诗，因此众人见了这首宝塔诗，才会觉得纳罕，而不知说些什么了。

最后这首宝塔诗到了一个瘦弱年轻人的手中。这个年轻人一言不发，低头看了诗作后，竟然笑了。

宋清如十分确定那并不是嘲笑，而是一种发自内心的如同天真的孩子看到可爱之物的笑，她一看到那无言的一笑，心中的尴尬就慢慢消散了。她好似得到安慰般暗暗松了一口气。

这个年轻人叫朱生豪，是之江大学四年级的学生。

朱生豪的大名，宋清如一入校便听说了。他们说他不善言谈，却成绩出众；他们说他不善交际，却才思敏捷；他们说他性格木讷，却很有主见和责任心，还是多个重要学生社团的骨干。

这人实在是一个奇妙的矛盾体，而那天朱生豪的低头无言一笑，更是化解了宋清如的尴尬，着实让她心里感激了一阵。

这次活动不久后，某天，宋清如的女同学黄源汉交给她一个蓝色封面的小笔记本，说这是朱生豪让她转交的。

小笔记本里有一封朱生毫写给宋清如的信，他在信中对诗社活动是以旧体诗词为主做了些说明，并说自己对新诗也很有兴趣，还写了几首新诗与她交流。

宋清如给朱生豪回了信，一方面与他交流新诗，另一方面，表示自己对旧体诗词也很有兴趣，并写了一些诗词请他修改。

钱锺书曾在《围城》中说男女之间，借书的学问是很大的。因为借了书，是要还的。这一借一还中，一本书作为两次接触的借口，这是男女恋爱的开始。等暧昧情愫慢慢发酵，最后就演变成一场爱情。

相比之下，来往于宋清如与朱生豪之间的蓝色小笔记本所承担的"重任"，比钱锺书这段话中的书要重要得多。

因为这小小笔记本中有信，有言为心声的文字，更有第一次见到宋清如后青年朱生豪的怦然心动。

四

见到宋清如的第一眼，朱生豪就觉得心里亮了。

那个姑娘，短发，头发梳得齐齐整整，干干净净，身上穿着蓝色的竹布褂子，白色的袜子配黑布鞋，自自然然，清清爽爽。她的眼睛明亮又有些好奇，一对小兔牙特别可爱。

拿到她的宝塔诗后，刚看到"奈何天，风丝雨片"，他就笑了，他一下子明白了，这个姑娘为了能够在诗社第一次活动时给大家留下好印象，很是花了一番功夫。

他觉得，自己也得花番功夫才行，因为这样可爱特别的女生，他实在是第一次见到。

朱生豪开始与宋清如书信往来，教她写旧体诗词，指点她的诗作。对于这个"弟子"，朱生豪心里欢喜得很，更何况宋清如古文基础本就不差，这让朱生豪教得更加上心，耐心地为她修改，认真地逐字推敲、逐句润色，甚至进行分析评论，使宋清如获益颇多。

那真是朱生豪一生中最闪亮的日子，无论何时想起宋清如，心里都是小小的甜蜜，甚至当他一个人在日落时分到钱塘江边散步时想到宋清如，还会趁着没人的时候高唱起歌来，一旦有人接近，他便有些羞怯地合了嘴。人人都道他有些奇怪，这并不足为奇，连朱生豪都认为自己是一个"古怪孤独的孩子"。

他的古怪，来自不善与人交往，却可以让信笺上的文字灵动活泼得跳起舞来；来自不善表达，木讷于言辞，却可以在信笺之中将自己的心意表达得可爱又真挚。

他的孤独，则来自从小便深埋他心中的敏感，来自少年时期家庭的不幸与境遇的坎坷，来自母亲在弥留之际握着他的手说的"长大了一定要争气"。

五

朱生豪生于浙江嘉兴，那是1912年2月2日，江南正值冰天雪地，朱生豪一生下就被冻得没有了血色，是早寡的大姑妈朱秀娟解开衣襟将他搂在自己温热的胸怀里，他才慢慢恢复了生气。

其实大姑妈朱秀娟应该是朱生豪的姨母，因为朱生豪母亲朱佩霞是择婿入赘，因此朱生豪没有跟父亲姓"陆"，而是跟母亲姓"朱"，这样排起来，姨妈朱秀娟也就成了他的姑妈。

朱家之前靠经营为生,一度曾颇具规模,但是到了朱生豪这一代家道已经衰落,家境也不再殷实,好在朱生豪是朱家盼了许久才盼来的男丁,因此他也是深得家人喜爱。

幼年时的朱生豪是幸福的。他的家就在河边,他常常坐在窗边看采桑叶的船只荡过,看齐整整的黑羽鸬鹚站在船的两边,看进香时节那些头上插着花的老婆婆和娘娘们。

他家的庭院却是安静得如同远古,听不到一点市廛声音。庭心爽朗,有一棵大柿树,因果子太多而每年不知道被鸟雀吃掉多少,还有几棵柑树,结出的柑子虽酸却鲜美,还有桂花树、石榴树、枇杷树,这些树下,都有小朱生豪和弟弟们为死了的蟋蟀和蜻蜓起的坟。

这童话一般的幼年时光,保留住了朱生豪心底最朴素的纯真,与最本质的快乐。

家里虽然不富裕,但大人们因为家道维艰,希望男孩子们能够多学些学问,长大后重振家业,因此朱生豪从四岁就开始读书认字。

朱家对他是抱有希望的,因为在他出生后曾经有人为他算命,说他是"文昌星"之命。小朱生豪也确实格外聪敏好学,很快就能将《三字经》《千字文》《百家姓》等倒背如流。因此在五岁那年,他就正式进入小学开始读书。

九岁时以甲等第一名从初小毕业,朱生豪考入了嘉兴第一高级小学，因为学校离家比较远，因此他寄住在了大姑妈朱秀娟家。

每到周日，是朱生豪最开心的日子，如同遇赦般跑回自己的家，因为那里有母亲，有叔祖母，那是全世界最温暖的地方。

这样美好的时光并没有持续多久，1922年，朱生豪十岁，他体弱多病的母亲去世了。

朱生豪永远记得母亲去世前的样子。已经昏睡了很久的母亲醒了过来，面色红润，大人说那是回光返照。母亲叮嘱朱生豪和两个弟弟，长大了一定要争气，后来母亲便再说不出话来，只能看着他们，双眼中含着深情，和说不出口的千言万语。

母亲闭上眼睛那一刻，朱生豪和弟弟们悲呼哀哭，连在场的大人都忍不住落下泪来。

两年后，朱生豪的父亲也因病去世，从此以后他彻底住在大姑妈朱秀娟家中。

这一系列变故使朱生豪的精神受到了沉重的打击，从前的欢乐被悲凉与忧愁代替，他变得越来越不爱说话，只是读书，此时他能做的，也是他最想做的，便是母亲临走时说的那句话："长大了一定要争气。"

母亲在去世之前把家里所有金银饰物全部交给了朱生豪的大姑妈朱秀娟，讲定这是专供朱生豪（彼时朱生豪的两个弟弟已经出嗣给朱家其他族人）将来读书之用，朱生豪也正是靠着母亲的这笔遗产读到了大学。

自此，朗朗少年已成人，既有鸿鹄之志，亦兼儿女情长。

六

1932年，朱生豪是之江大学四年级的学生，在之江诗社的活动中，第一次见到了一年级的宋清如，他低头看她的宝塔诗，笑了。

他喜欢这个女孩，他知道；他腼腆害羞，不善言辞，他也知道。

于是他便通过书信的方式与她"说话"，除了指导她写诗，还会说很多很多其他的话，就这样，两个人的接触越来越频密，因为沟通从心灵开始，所以更加契合投缘。

众人都看得出他们对彼此已有情意，朱生豪和宋清如却都没有捅破这层窗户纸。

朱生豪的同学彭重熙调侃朱生豪道："阅人多矣，谁得似长亭树，树若有情时，不会得青青如此。"

朱生豪马上听懂了。因为"青树"是宋清如的绰号，"青青"又与"清清"同音，他不恼，也不气，只是有些脸红地笑了。

"朱生豪，我代你作一首《蝶恋花》送给宋清如可好？"彭重熙笑道。

朱生豪只是笑，并不说话。

"你看其中这样两句如何？"彭重熙说道，"卿是寒梅，我是寒中雪。"

朱生豪只是笑道:"看了这两句,实在是使我脸红。"

谁又知道,朱生豪喜欢宋清如那颗心,早已经蠢蠢欲动,甚至呼之欲出。

1933年上半年,也就是朱生豪大学时代的最后一个学期,除诗社的活动外,两个人有了更多的接触。

宋清如的妹妹来之江大学玩儿,朱生豪陪着她们游玩了岳坟和灵隐寺;朱生豪得了稿费,请宋清如到六和塔下的小饭馆吃了一顿饭。

朱生豪就要毕业了,面对眼前这个自己喜欢的姑娘,他却无论如何也没办法直接表达。离校的日子越临近,朱生豪心中越失落,越不舍。

朱生豪太留恋大学时光了。在这里,他结识了很多良师益友,学到了丰富的知识,对社会与人生都有了更高一层的认识。他在大学时代亲历了轰轰烈烈的抗日救亡运动,更是生出了挽救国家命运的斗志与抱负。

最主要的是,他遇到了宋清如,遇到了这个可以成为自己一生伴侣的知己。

难道宋清如不知道朱生豪对自己的思慕吗?

当然知道。这个男孩聪慧好学,才华满身,他腼腆而可爱,他寡言而纯真,也正是因为她同样爱慕他,才从未拒绝过他的相邀。

终于，在毕业之际，朱生豪写了三首词给宋清如。

其中一首这样说：

> 楚楚身裁可可名，当年意气亦纵横，同游伴侣呼才子，落笔文华洵不群。

> 招落月，唤停云，秋山朗似女儿身，不须耳鬓常厮伴，一笑低头意已倾。

"不须耳鬓常厮伴，一笑低头意已倾"，看到这里，宋清如笑了，这不就是说的他们相识时，他读自己那首宝塔诗时的情形吗？

宋清如轻捻纸张，眼睛落在第三首的最后一句上："刻骨相思始自伤。"终得两情相悦之表白，面临的却是分离。之前在宋清如心中绽起的小小火花，渐渐熄灭了。她放下手稿，怅然若失。

七

毕业后，朱生豪到上海世界书局工作，他借住在人家的亭子间里，开始以孩童般纯真的心和可以生出花的妙笔与宋清如通信。他在信中写尽一切，他的生活，他住的亭子间，他看的书和电影，他对人生、爱情、社会的看法，他眼中大上海的风情，还有他对宋清如的爱与思念。

他的信写得很频密，常常是两三天就写一封，有时甚至会一天写两封。盼着朱生豪的信，阅读朱生豪的信，也是宋清如生活中最重要的事情。

她喜欢收到他的信，她常常看着手中的信封，猜测这次他又写了些什么，可除非将信打开，她根本完全猜不出来。这个年轻的男人啊，只要有一支笔，便可以写尽他的念头，可以写尽他玲珑又调皮的心，这常常会令看信的宋清如不自觉地笑起来，露出那两颗朱生豪最喜欢的小兔牙。

谁知道当时在学校中木讷内向的朱生豪，竟然可以把情书写得这样俏皮而深情，写得这样直白又大胆呢？

"我一天一天明白你的平凡，同时却一天一天愈更深切地爱你。你如照镜子，你不会看得见你特别好的所在，但你如走进我的心里来时，你一定能知道自己是怎样好法。"

"这里一切都是丑的，风、雨、太阳都丑，人也丑，我也丑得很。只有你是青天一样可羡。"

"有人说我胖了，我完全不相信，你相信不相信？你现在生得是不是还像我们上次会面时一样？也许你实在是很丑也说不定，但我总觉得你比一切的美都美，我完全找不到你有任何可以反对的地方。我甘心为你发痴。"

"你如不爱我，我一定要哭。你总不肯陪我玩。"

"我想不出说什么话，因为我不愿说'恨不得立刻飞来看你'一类的空话，也不高兴求上帝保佑你，因为第一我不相信上帝，第二如果真有上帝，而他不保佑你，我一定要揍他一顿。"

　　"要是世上只有我们两个人多么好，我一定要把你欺负得哭不出来。"

　　这些信，倒真真出乎宋清如的意料，好像这个男人每天里除了工作，其他时间都用来与她"说话"，通过书信的方式与她说话。又像是在与他自己说话。热烈的，直白而又迂回的，流畅的，调皮又孩子气的，仿佛他只恨一天只有二十四个小时，若是有二十六个小时，想必多出来的那两个小时，他也是会坐在书桌前用笔与她"说话"。

　　他总喜欢在信的末尾说"我待你好"。我待你好，我待你好，他对她说，也请你待我好。

　　他对她的称呼很古怪：宋，清如，澄儿，好友，宋姑娘，好人，亲爱的"英雄"，清如仁姐大人，老姊，二哥，哥哥，小宋，宝贝，好宋……而他给自己的落款更加稀奇：朱，快乐的亨利，Lucifer（撒旦），不说诳的约翰，厌物，你脚下的蚂蚁，小癞痢头，黄天霸，鸭，丑小鸭，蚯蚓，太保阿书……

　　这真是一个可爱又古怪的人啊，跃然于纸上的，分明就是一个未脱稚气的顽皮男孩。

　　相比于宋清如，朱生豪这个爱情中的主动者，更加盼望收到对方的来信，他甚至在信中说："今天中午气得吃了三碗饭，肚子胀得很，放了工还要去狠狠吃东西，谁教宋清如不给信我？"

可宋清如毕竟是女孩儿家，有着与生俱来的羞涩与矜持，在朱生豪两三天一封信，甚至一天两封信的"催促"下，她也是过了好几天才谨慎地回一封信，并且在信中也是端正得很，开头称呼便是"朱先生"。

朱生豪不喜欢，威胁她道："不许你再叫我朱先生，否则我要从字典上查出世界上最肉麻的称呼来称呼你。特此警告。"

宋清如解释说，"先生"是为了表达敬意，你也可以称我为"宋先生"啊，若是有人称我为"先生"，我绝不嫌客气。

朱生豪仿似耍着小滑头般说："我不要向你表敬意，因为我不要和你谈君子之交。如果称'朱先生'是表示敬意，'愿你乖'是不是也算表示敬意？"

"愿你乖"，正是他自己对宋清如说的话啊。

宋清如心中既甜蜜又有些慌乱。甜蜜让她每天都盼着能收到他的信，而慌乱又时时让她告诫自己作为女孩，一定要自持，当然，这份慌乱中，也有着她所不自知的娇嗔。

面对朱生豪信中的爱，她如所有初涉爱河的女孩一样，试探般地说了"自己不配"，甚至让他忘了自己，却不想朱生豪恼了，他对她说：

"心里说不出的恼，难过，真不想你竟这样不了解我。我不知道什么叫作配不配，人间贫富有阶级，地位身份有阶级，才智贤愚有阶级，难道心灵也有阶级吗？……如果我是真心的喜爱你（不懂得配与不配，你配不配被我爱或我配不配爱你），我没有不该待你太好的理由，更懂不得为什么该忘记你。我的快乐即是爱你，我的安慰即是思念你，你愿不愿待我好则非我所愿计及。"

真是傻傻的青年哟，也许那时连宋清如自己都不明白，女孩子之所以会说出这样的话，无非就是在向对方求证，求证他爱自己而已。

八

实在挨不住对宋清如的想念，朱生豪就会回杭州看她，每年都会去个一两次，他甚至趁宋清如放假在常熟老家时跑到常熟去看望她，每次出发，朱生豪心中都会生出极大的欢愉。

1936年春节前，是宋清如在之江大学的最后一个寒假，朱生豪便趁着她还没有回常熟老家跑到杭州去看他。他向书局告假，只是说家中有事，需要回去一趟。当人家关切地问起有什么事时，他却只神秘地笑着，并不回答。天知道此时他心里有多么满足，就像一个小孩子心中怀着一个恶作剧。

收了工朱生豪便跑去火车站乘坐火车，然而到了杭州，已经是漫天大雪。朱生豪往之江大学的方向冒雪前行，深一脚浅一脚地觉得走了好久，一回头，却发现刚刚走出不远。好不容易遇到辆黄包车，总算可以省些脚力，谁知那黄包车车夫也只是在雪中一跌一滑地拖着，走了好久才到。

宋清如简直觉得他傻透了，又傻又可爱，为了看自己竟然可以走上一夜雪路。

只要相聚，朱生豪便从心底里觉得快乐，便会分外珍惜相聚的每一分钟。他珍惜的方式，就是腼腆地笑着，而说不出信上那样动人的话来。

这令朱生豪感到十分懊恼，明明相聚之前心中有千言万语，等真的见到她，却又一句话都说不出来，每次分开，朱生豪都会无比失落与惆怅。

好在有纸笔，每次回到上海，朱生豪都会坐在亭子间把对宋清如说的话洋洋洒洒地写出来。

他甚至在一次返回上海后写了一封七千多字的信，这使得宋清如心中相当震撼，一个寡言男子的深情厚谊，就在这信笺的字句中，就在这字句的一笔一画中。她永远记得他信中的这一段话：

"要是我死了，好友，请你亲手替我写一墓铭，因为我只爱你的那一手'孩子字'，不要写在什么碑版上，请写在你的心上，'这里安眠着一个古怪的孤独的孩子'，你肯吗？我完全不企求'不朽'，不朽是最寂寞的一回事，古今来一定有多少天才，埋没而不名彰的，然而他们远较得到荣誉的天才们更为幸福，因为人死了，名也没了，一切似同一个梦，完全不曾存在，但一个成功的天才的功绩作品，却牵萦着后世人的心。"

敏感的孩子啊，天才的孩子啊，你内心究竟有多少被深埋的忧伤与凄惶，竟然让你的才思与心绪如此绵长深重；古怪而孤独的孩子啊，童年的幸福仿若一场不后退也不再前进的梦，在它的陪伴下，你须挨过多少颠簸坎坷，才能到达梦想中真正惬意的家园？

宋清如没有想到，朱生豪自己也没有想到，这一段话，竟然如同朱生豪自己的写照，一个不朽天才的寂寞，一个成功天才的功绩作品，令后世人的心，久久而深深为之萦绕。

书信背后的朱生豪，是孤独、寂寞与彷徨的。他渊默如处子，是世界书局办公室里最沉默的人，却屡次克服困难，完成《英汉四用辞典》与《英文文法作文两用辞典》的编纂，他实在是希望通过自己的努力，为中华民族的文化事业做出自己的贡献。

然而彼时日本势力的深入与国民党"白色围剿"的动荡局势让他深深失望，原来社会现实与自己在大学时代的想象完全不同，他在信中对宋清如说："浅薄的人、人家的奴役和狗，是世界上最神气的三种动物。"

现实与理想的巨大落差，令朱生豪十分压抑，他不甘平凡卑俗，却又无法摆脱平凡卑俗的生活，尤其是越来越多的社会腐败现象和越来越严重的民族危机，令他深觉报国无门。

在朱生豪看来，最好的人生，便是以梦为现实，以现实为梦。

九

朱生豪翻译莎士比亚著作，源于林语堂的一次放弃。

鲁迅提出"拿来主义"的口号后，率先动手翻译了果戈理的《死魂灵》，希望林语堂能担起翻译莎士比亚作品的工作，但是林语堂拒绝了。

当时世界书局英文部负责人对朱生豪的英文功底有深刻的了解，同时也看出朱生豪思想上的苦闷与经济上的拮据，便建议由朱生豪来翻译。

朱生豪原本就十分喜欢莎士比亚，知道他的作品在世界文学中的地位，因此接受了负责人的建议。

促使他接下这个艰巨任务的，还有一个重要原因。日本人曾因中国没有莎士比亚译本而讥笑中国文化落后，作为一个手无缚鸡之力的文弱书生，朱生豪正苦闷于报国无门，当他知道自己的工作可以为国争光，甚至可以与抵抗日本帝国主义的文化侵略联系起来时，心中就暗暗下了决心，要尽自己的绵薄之力将翻译莎士比亚剧作这项工作做好。

于是朱生豪走进了莎士比亚的世界，直到他生命的最后一刻。

与此同时，宋清如也完成了她在之江大学的学习，大学毕业了。大学毕业以后的宋清如来到了湖洲私立民德简师任教，她一边教书，一边帮助朱生豪代抄译稿。

融入了现实生活的两个人都见识了生活的不易，边工作赚钱边为各自的理想奋斗，但二人的感情从未减淡，书信，这种最早维系他们感情的联系方式，依然在进行。

在书信中，他们探讨朱生豪的译作，整理他们通信中的诗，当然，朱生豪依然会为他孩子般纯真的心俏皮地表达他对宋清如的爱。

在祝贺宋清如开始教学生涯的信中，他说："愿你秋风得意，多收几个得意的好门生，可别教她们作诗，免得把她们弄成了傻子。"

在研究为宋清如诗集命名的信中，他说："虽然你写了这种该打手心的文章，我仍然很爱你。"

若是心中有真情意，未来自然可期，但是在历史洪流的裹挟之下，个人对自己的命运毫无半点掌控之力。

宋清如毕业后一年，日本侵华战争进入了白热化阶段。1937年7月7日，爆发卢沟桥事变。之后，日本向上海发动进攻，朱生豪在炮火震天中仓皇逃出，什么都来不及清理，之前翻译好的莎士比亚剧作手稿已经交给了世界书局，那些译稿，全部在战火中散失。

　　朱生豪从战乱的上海逃到老家嘉兴，上海沦陷后日军直逼南京，嘉兴也面临陷落，朱生豪与大姑妈一家不得不再次四处逃难，直到1938年夏天冒险返回上海。

　　与此同时，宋清如一家饱受漂泊流浪之苦后，逃难到了四川，她受聘到重庆北碚二中、成都女中任教。

　　宋清如一家在四川一待便是四年。在这四年中，有过逃亡经历的朱生豪日臻成熟，真正体会到了国破家亡的切肤之痛，也让他真正体会到了下层百姓生活的艰难，这样的大劫大难一扫之前他思想中的消极悲观，而让他生出了积极的生活态度。之后，朱生豪离开世界书局，到《中美日报》任编辑。

　　在任《中美日报》编辑时，朱生豪工作繁忙，加之环境条件的限制，翻译莎士比亚剧作的工作进行得很慢。但是在这个时期，他发表了大量文章痛斥侵略者和汉奸走狗，鼓励人民团结抗战，争取最后的胜利。

　　在这四年中，宋清如一直在四川的学校任教。那是特殊时期的特殊教育，一批背井离乡的教师带着一群流离失所的学生，在简陋的棚屋里伴着警报声和轰炸声读书学习。

　　是的，没有人愿意当亡国奴，流亡教师如此，流亡学生也是如此。教师认真教，学生认真学，虽处于战乱之中，学校生活与课程却井然有序，环境严酷，爱国思乡之心永固。

　　直到1941年，宋清如与家人终于千辛万苦地踏上了回乡之路。

十

回到常熟后，宋清如经由同学介绍，在上海私立锡金女子中学任教。在四川这四年，宋、朱二人几乎中断了联系，直到宋清如在上海做了老师，才投石问路般写了一封信给朱生豪。收到信的朱生豪欣喜万分，赶到宋清如工作的学校与她相见。

因为久未相见，二人竟然一时语讷，不知道该说些什么，但他们从彼此眼中看出了深深的思念和因为时空相隔后更加深重的情感。这次见面时间很短暂，之后因为人地生疏，时局动荡，特务横行，他们相见的次数并不多。

两个月后，珍珠港事件爆发。中美日报社因为长期声讨敌伪，早已经被日本人视为眼中钉，某天凌晨，日本人荷枪实弹冲进了报社，朱生豪等人就在一步步上楼的日军枪刺旁徒手逃了出去，后来翻译的莎士比亚书稿和宋清如的诗集都没有来得及带走。

听到这个消息后宋清如心急如焚，当她看到朱生豪后，眼泪就流了出来，"人好好的比什么都重要，我只盼着以后再不让你离开我了。"她哭着说。

此后朱生豪躲在大姑妈和表姐租住的亭子间里翻译莎士比亚剧作，废寝忘食，殚精竭虑，三个小时便可译三千多字，效率非常高。

时局越来越动荡，宋清如工作的学校也不得不关闭，凡是有点办法的人都设法去大后方躲避战乱，宋清如也动了回四川的心思。但是无论如何，她都不能扔下朱生豪一个人了。

方便两人一起出行的最好办法就是结婚。

朱生豪和宋清如在1932年相识，如今已经整整十年了。这十年里，他们有过初陷爱情时的甜蜜，有过两地相思的煎熬，更有过战乱之中的颠沛流离，饱尝了战争带来的巨大痛苦，生命早已经被紧紧拴在了一起，彼此成为对方人生中不可或缺的一部分。

1941年5月1日，朱生豪与宋清如在上海青年会礼堂举办了简朴而热闹的婚礼。

朱生豪穿着从包车夫那里借来的长袍，看着眼前的新娘子，眼中满是兴奋和羞怯，看上去甚至比新娘子还要羞怯。

他只会傻乎乎地笑呵呵地看着宋清如，他觉得她好像从来没有这样漂亮过，尽管她身上穿着的旗袍也是跟别人借来的。

不是没想过委屈了她，结婚是人生中最重要的日子，可她连一件自己的新旗袍都无法拥有。可是这有什么呢？她告诉他，只要这辈子拥有你就够了，再新的衣服也会变旧，把这一天应付过去就好了，身外之物又哪里有那么重要呢？

是啊，新衣服会变旧，旧了再换新衣服，人也会变旧吗？也会，那就是人变老了吧，但是只要选对了人，人越老，就能对这份来之不易的爱越珍惜不是吗？国难当头，时局动荡，只要今天我们成了夫妻，从此以后哪怕再颠沛流离，再居无定所，那也是两个人的生活，是两个人共同的命运，从此不离不弃，甘苦同当，只愿相携白首。

那天他们收获了很多祝福，亲人、师长、同学、好友。十年遥望牵念，十年风雨飘摇，终于在这一天成为一家人，未来再苦再难，也相扶相持，永不分开，正如夏承焘为他们写下的八个字：才子佳人，柴米夫妻。

短暂的热闹与庆贺过去后，摆在眼前的现实问题依然严峻，眼下的局势，究竟将何去何从？

本来两个人计划一起到四川工作，却因为道路被日军炸毁而无法成行，最后，他们决定回到宋清如的老家常熟。

十一

回到常熟后，朱生豪便一头扎进了译莎事业中。

这已经是他第三次重新开始翻译了。第一次的译稿丢失于上海战乱中，第二次的译稿被留在了中美日报社，即便之前有一些完成的译稿交给了世界书局，想来也是凶多吉少。朱生豪并没有半分气馁，再一次从头开始。

因为贫穷，朱生豪用纸相当节约，不仅正反面写满了字，连一行也会当成两行去写。在这种情况下，朱生豪每天不是读便是写，从不外出，除了吃饭，跟家人也几乎不作交谈，他将全身心都投入在莎士比亚的世界中。

他不敢浪费时间，更不愿虚度年华，国家遭受日寇铁蹄践踏，只有尽快完成译莎工作，才能有力回击日本的文化侵略。朱生豪自知无法上战场为国家民族流血献身，那么眼下所做的事，就是对国家和民族最大的奉献。

并且，他始终牢牢记得母亲去世前对他说的话："生豪，长大了一定要争气。"

半年过后，朱生豪提出了回到嘉兴老家居住的想法，因为将他抚养成人的大姑妈和表姐依然租住在上海的亭子间，他想将她们一起接回嘉兴。这是他身为男人的责任。

彼时嘉兴同样是沦陷区，街上随处可见飞扬跋扈的日本人，朱生豪便躲在内院中一间小房子的阁楼上工作，夜以继日，废寝忘食。

宋清如这个当家主妇过得很是仔细，虽然朱生豪会有稿酬，可是在飞涨的物价中，每月的稿酬还不够买一石米，好在朱生豪老家宅子租住给别人，因此可有一些租金，但日子依然过得捉襟见肘。

宋清如没有工作，便就着灰暗的油灯光做些针线活以贴补家用。在这种情况下，宋清如把家中的每一笔开支都算了再算，省了再省，但却从不肯在吃上计较。

朱生豪太辛苦了，每日里巨大的工作量消耗着他的体力与精力，如果吃的得不到保证，身体怎么受得了？

都说贫贱夫妻百事哀，朱生豪也感觉到了"哀"，但那并不是悲哀，而是哀伤。

宋清如曾在半夜醒来，看到朱生豪坐在自己身边偷偷落泪，她很是心惊。朱生豪说："清如，让你跟我一起过这样的日子，真的太难为你了。我整日里翻译剧作，带着你受这样的累，却又不知能做些什么，真真心中惭愧。"

宋清如抱着他的胳膊，安慰他道："这世上哪有永远的苦呢？我们所做的一切，无非是为迎接以后的甜做准备，你这样有才华，又如此热爱翻译工作，日子总归会越来越好，戏言里唱'你耕田来我织布'，在我们家，就是'你译莎来我做饭'，日子虽然清苦，但也自有其乐啊。"

在宋清如心里，朱生豪一直是个孩子，敏感的、古怪的、孤独的孩子，他给了她满腔的爱，又将全副身心扑在译莎事业上。夫妻是要携手共度一生的，难一些，苦一些，又有什么关系，正如她自己所说，这世上哪有永远的苦呢？只要他们都在，只要心中永存生之希望，又有什么困难不能克服呢？

生活虽然已经十分贫困，朱生豪仍不失中国文人的骨气。

一位朋友曾提议，可以联系某县一位同样毕业于之江大学的教育局长，托其谋得一份教师职位。朱生豪不肯，他对宋清如说："要我到日本人手下去要饭吃，我宁愿到我妈妈那里去。"

宁死也不会为日本人工作，这是朱生豪铁一般的原则，无论如何，也不会动摇。

十二

这对年轻的夫妻便这样在苦中熬着生活，时间愈久，感情愈坚。

宋清如曾回了趟娘家，在娘家住了二十几日，那些日子，朱生豪仿若失了魂般，每天都去汽车站等妻子，望眼欲穿地盼着她回来。

他用笔写下了对妻子的想念：

"我一点也不怪你，我只是思念你，爱你，因为不见你而痛苦。今天零点多钟便起来望天色，写了这几句话。我一点不乖，希望你回来骂我，受你的打骂，也胜于受别人的抚爱。要是我们现在还不曾结婚，我一定自己也不会知道我爱你是多么的深。"

因为怕信寄出去后会影响宋清如与母亲的团聚，因此宋清如是在回家后才看到这些话的，从此以后她再也不愿独自一人外出，再也舍不得离开丈夫了。

物质生活极度困顿，精神上却如此甘甜丰盛，宋清如觉得这就是幸福，这就是值得。

1943年11月，宋清如和朱生豪的儿子昀昀出生了。昀昀的出生为这个小家庭带来了快乐，当然，也加重了宋清如的负担。生活依然拮据，她每天忙于家务的同时还要带着孩子，这使得原本就清贫不堪的家更是雪上加霜。

朱生豪依然专心于译莎工作，几近痴狂。他一直在与时间赛跑，他太想赢过时间了，他太想早日让译作面世了。可与此同时，他又心疼妻子的辛苦与劳累，他也想帮妻子分担家务，却奈何自己本不擅长家务。而宋清如也不许他插手帮忙，她全心全意支持丈夫的工作，又怎么肯让这样琐碎的事务浪费他的时间？

彼时朱生豪的译莎工作已经有了很大成果，到儿子出生时，已经相继完成了《罗密欧与朱丽叶》《李尔王》《哈姆莱特》等31部剧作的翻译。

任何事情都无法影响他翻译剧作时的投入与专注。由于没有电灯，他整个白天都是埋头伏案，全神贯注，笔耕不辍，当时他手边只有《简明牛津词典》《英汉四用辞典》两本工具书，既无其他可参考的书籍，更无可以探讨商榷的师友，所付劳动之辛苦，所费精力之巨大，可想而知。

长期过度的脑力疲劳，让朱生豪的身体日渐衰弱，之前患了牙痛，他怎么也不肯到医院医治，原因只是穷。虽然后来牙痛病痊愈，身体却元气大伤。

　　1943年底，朱生豪小病频生，经常发热，他也全然不当一回事，不但不肯就医，只要身体一有好转，便又开始翻译起来。就这样，直到1944年夏天，朱生豪突发高热，伴随着肋骨疼痛，手足痉挛，这吓坏了宋清如，到医院检查后方知，朱生豪患了严重的肺结核及并发症。

　　肺结核在当时是极难治好的，但并不是因为没有药，链霉素、青霉素都已经问世，是因为在沦陷区却根本买不到，于是朱生豪只能靠退热剂、钙片、葡萄糖等医治维持，可这些不能称作药的药，如何抵御得了结核的凶险呢？

　　朱生豪卧床不起，只得放下手中正在翻译的《亨利五世》。为此他非常悲痛，甚至对宋清如说："早知一病不起，就算是拼了命，我也要早点译好。"

　　宋清如心中焦急，儿子还未满周岁，丈夫身患恶疾，因为肺结核是烈性传染病而无人敢帮忙，同时还要忙着校对丈夫之前译好的译稿，可谓举步维艰，异常煎熬。

　　但是她必须屏住这口气，坚持下去，为了丈夫的身体，为了丈夫的译莎事业，为了生活，一个柔弱的女子扛下了生活的所有重担。

　　然而迎接她的，却是朱生豪病情的日益恶化。

　　朱生豪意志始终清醒，最令他挂心的，便是还未完成的译莎工作，只要身体情况允许，他便是在研究《亨利五世》，对他来说，哪怕能多完成一句台词的翻译，也是好的啊。在预感自己时日无多之后，他再三叮嘱宋清如转告自己的弟弟，希望由他代替自己将译莎工作完成。

没有人知道宋清如所承受的压力，也没有人知道宋清如心中的悲伤。生活的困顿还未好转，困难还未过去，最爱的男人却即将走到人生的终点。

这一年圣诞节前夕，朱生豪对宋清如说自己大便失禁了。

面对着愧疚的朱生豪，宋清如忙安慰他说没有关系，清理干净就好了，可当她帮丈夫清洗时，才发现他便出的全是鲜血。那一刻宋清如心如刀绞，她强忍悲痛继续清洗，然后偷偷把擦布藏起，笑着对朱生豪说："你看，清洗完后就舒服多了吧？有我在，你什么都不用怕。"

朱生豪依然满心愧疚。自从妻子嫁给自己，节衣缩食，祁寒溽暑，从没过过一天好日子；作为男人，作为丈夫，非但没有为妻子提供良好的生活，反而因为自己的疾病拖累了妻子。如果自己撒手人寰，留下他们母子二人在这世间忍受凄风苦雨，这是自己一生一世的不甘与歉疚，每每念及此，朱生豪都会哀伤到不能自已。

12月26日午后，守在朱生豪身边的宋清如听到丈夫在轻轻唤着自己，她俯下身紧紧握住他的手，朱生豪面色枯槁，他看着宋清如，说："小青青，我要去了。"

宋清如泪如雨下，把丈夫的手握得更紧了，好像只要她再用力些，就能将丈夫从死神身边拉回。

朱生豪已经没有力气了，嘴唇颤动着，涣散的眼神依然想尽力看着妻子。宋清如的手轻轻抚过他的头发、额头、脸颊，轻声安慰着他："生豪，我在这里，生豪，我在这里。"

朱生豪多么想为妻子擦去眼泪，然而他到底是动弹不得，也说不出话来了，他就那样看着妻子的脸、妻子的眼睛，看着妻子的满脸泪水，眼神中的光慢慢消散，直至咽下最后一口气。

宋清如依然紧紧握着丈夫的手，无声痛哭。

这个男人走了，这个将生命中所有纯真与爱都给了自己的男人走了。他带着对妻子和稚子无尽的眷念与牵挂走了，带着没能译完莎士比亚全部剧作的遗憾走了。年仅三十二岁。

十三

朱生豪曾在信中对宋清如说：

"我本来不算生病，人照常好。我想我并不太苦，也许有点大幸福，我想。"

"我说，如果我们是生在不科学的时代，或者可以相信灵魂不灭，而期待着来生，但现在是什么都完结了，我不愿意死，因为我爱你爱得那么厉害。"

"别说冬天容易过，渴望着信来的时候，每一分钟是一个世纪，每一点钟都是一个无穷。然而想着你是幸福的在家里，伫念的心，也总算有了安慰。"

"于是我死去，于你眷旧的恋念和一个最后最大的灵魂安静的祝福里。我将从此继续生活着，在你的灵魂里，直至你也死去，那时我已没有再要求生存的理由了。"

"我仍是幸福的，我永远是幸福的。世间的苦不算什么，你看我的灵魂不曾有一天离开过你。"

"寄给你全宇宙的爱和自太古至永劫的思念。"

"我真爱宋清如。"

尾语

朱生豪去世后，宋清如一度绝望到要随他而去，但她知道自己必须坚强地活着，她此后的人生只做着两件事：抚养刚满周岁的儿子，替亡夫完成莎士比亚的译稿的出版。

宋清如后来还有一段感情，二人并没有结合。此后余生，她对此讳莫如深，甚至于生下了女儿后，也从不谈及女儿的父亲。

看到她的这段经历，我才稍稍安了心，这才是世俗中的烟火

风止于秋水，

我止于你

气，曾经的爱情再纯真，再刻骨，再永生不忘，活着的人，总归要继续在世俗中活着。

此后，宋清如一生从事教育事业，桃李满天下，深受学生爱戴。

1997年6月27日，宋清如去世，享年八十六岁。

许地山&周俟松

自识兰仪，心已默契

··

FENG ZHIYU QIUSHUI,
WO ZHIYU NI

1894年，甲午战争爆发，台南筹防局统领许南英，抗击日寇入侵，无奈最后清政府战败，被迫签订屈辱条约，将台湾割让给日本。许南英被日本人悬赏缉拿，不得已，许南英散尽家财，于悲愤之中携家属迁回大陆，落户于福建龙溪，后定居于福建漳州。

那是1895年。彼时，许南英的第四个儿子许地山刚满两岁。

许地山启蒙很早，四岁便随几个兄长入私塾读书。先生觉得他太小，便随意教他读些《三字经》《百家姓》，许地山心中不高兴，非要读几位兄长读的书，并且每次都是比其他人先背好。

1902年，许南英到广东徐闻县担任知县，不久调三水县。虽然许南英尚有官职，却因正直清廉导致家境贫寒，最后因不满民国初年的政治腐败而辞官。为赚钱养家，许南英经朋友邀请，到印尼苏门答腊岛棉兰市为其写传记。

那时许南英已经六十二岁，孤身一人，飘零南洋。此后又逢第一次世界大战，航船无定期，许南英思念乡里，却无计可施，因此精神沮丧，以诗酒自遣，在六十三岁时孤独客死异乡，被安葬在棉兰华人坟场。

后来许地山曾在《落花生》中这样写道：

"爹爹说：'花生的用处固然很多；但有一样是很可贵的。这小小的豆不像那好看的苹果、桃子、石榴，把它们的果实悬在枝上，鲜红嫩绿的颜色，令人一望而发生羡慕的心。它只把果子埋在地底，等到成熟，才容人把它挖出来。你们偶然看见一棵花生瑟缩地长在地上，不能立刻辨出它有没有果实，非得等到你接触它才能知道。'"

这里的"爹爹"，就是许南英。许南英的际遇跟"落花生"很像，少年参加童子试，青年取秀才，中年中举人，并得授兵部主事。许南英性格耿直清高，纵然有官在身却"不合时宜只合贫"。

许南英一生德爱礼智，才兼文雅，在诗歌创作上颇有成就，他的儿子许地山继承了他横溢的才华，也继承了他的耿直性格。然而许地山自信是有情之人，他说："我自信我是有情人，虽不能知道爱情的神秘，却愿多多地描写爱情生活。我立愿尽此生，能写一篇爱情生活，便写一篇；能写十篇，便写十篇；能写百千亿万篇，便写百千亿万篇。"

许地山说的是真的，他用一生写就了两段爱情生活：一段是为亡妻林月森，写在书中；一段是为妻子周俟松，写在他短暂的一生中。

一

十九岁时，许地山开始自谋生路，担任福建省立第二师范学校的教员。二十岁，赴缅甸仰光，在华侨创办的中华学校、共和学校担任教员。

二十三岁时许地山回国，在长辈的安排下与一个名叫林月森的女孩订婚，此后考入燕京大学文学院，与林月森完婚，毕业后留校任教。

虽然许地山与林月森为长辈介绍，性质上与包办婚姻没有什么不同，但婚后二人感情却十分融洽，这大概得益于林月森的温柔多情和许地山的好脾气。

林月森不会写文章作诗，却爱读诗，许地山擅写散文与小说，不大写诗，于是二人闹矛盾之时林月森总是会罚许地山作诗，这种以诗情化解夫妻矛盾的方法，倒也令许地山乐在其中。

后来二人育有一女，三口之家的生活其乐融融，充满真情深意。

许地山外出几日归后，与妻子并肩坐在小院的紫檀榻上，对妻子说："良人，到底是兰花的香，是你的香？"妻子说："到底是兰花的香，是你的香，让我闻一闻。"说完便亲了许地山一下，这场景看得边上的小女儿偷笑。

他们之间有约法，迟睡的那个得先亲吻早睡的那个后才能睡觉。一次妻子因许地山没陪自己散步，回来后便赌气先上了床，等后上床的许地山亲了她一下后她却赶紧擦了擦嘴表示拒绝接受，许地山甚至因此不敢睡觉，委屈流泪。妻子反倒安慰他："爱就是刑罚，我们都无法免掉。"

这样颇有情调的日子过了几年，便以林月森突染重病离世而告终。

彼时许地山正携家人赴京，途经上海，林月森逝于上海，许地山只好将她安葬于静安寺的坟场。

林月森的离世给许地山带来巨大打击，他将年幼的女儿托付给三哥，独身北上，进入燕京大学神学院学习。因为林月森是佛教徒，许地山也成长在一个佛教氛围颇浓的家庭之中，此后佛教也是许地山学术研究的重要内容。

后来，许地山还出了纪念与林月森夫妻之情的散文集《空山灵雨》，这部散文集便带有明显的佛教思想和宗教色彩，甚至被沈从文称为"妻子文学"。

相亲相敬、相爱相融的妻子已经奔赴极乐，只留许地山一人在这痴情世间。曾经的幸福已如美梦幻灭，活着的人，还要一日一夜地生活下去。

二

1923年，一名女生毕业于燕京大学文学院，她叫谢婉莹，即后来的世纪老人冰心。

许地山对冰心颇有好感，却根本不敢表白。一个是清秀清白的女学生，一个是丧妻带女的男人，在别人看来，这简直是癞蛤蟆想吃天鹅肉。

许地山对自己的暗恋，或许冰心是有觉察的，或许她对他也同样抱有好感，但对于婚姻冰心却有自己的原则，一是不嫁军人，二是不嫁文艺同人，三是不嫁丧偶或离过婚的。因此，她一直把许地山当师长相待。

这年8月，许地山与梁实秋等人到美国纽约哥伦比亚大学哲学系学习，冰心要去美国波士顿留学，他们乘坐同一艘邮轮。

某日，冰心正在甲板上玩扔沙袋，突然想起出发前一个朋友说自己就读于清华的弟弟吴卓与她同船，希望冰心能给予照顾，因为与清华的学生不熟，因此冰心便求助许地山帮她找一下叫吴卓的清华男生。

自己暗恋的女孩有事请自己相助，这让许地山显得非常积极与热情，谁知道这船上有两个姓吴的男生，一个叫吴卓，一个叫吴文藻，也许是许地山一时激动听错了名字，他把吴文藻给冰心找来了。

之后，便没有许地山什么事了。这次阴差阳错，真是实实在在地说明了人生情缘各有定数，情深意重者未必相携白首，心之所属未必是真命之人。

许地山此时还不知道，他的真命爱人，名为周俟松。

三

周俟松是湖南湘潭人，父亲是清末民初诗人周大烈。

周大烈一生育有七女，没有儿子。周俟松排行老六，她与妹妹周铭冼于1916年考入天津直隶第一女子师范学校，并于1919年五四运动中结识了邓颖超。

早在1919年五四运动时，周俟松就听过许地山的名字。彼时许地山是燕京大学的学生代表，他参与集会，上街演讲，手持标语，振臂呼喊，也是一位风云人物。

之后，他们二人并没有交集，各自遵循自己的生活轨迹，周俟松完成自己的大学学业，许地山经历了与林月森短暂的幸福生活，赴美国、英国留学，回国后继续到燕京大学文学院任教。

直到1928年，周俟松到著名戏剧家熊佛西家中做客，恰逢许地山也在。

许地山蓄长发，留山羊胡，一副眼镜后的双眼有神且睿智，经介绍，周俟松知道这就是人称“许真人”的许地山。

“许真人”这个绰号真可谓再适合他不过了。许地山攻读神学，常年茹素，每天写钟鼎文和梵文，只穿自行设计的样式别致的长袍大褂。

许地山的不俗言谈和特立独行立刻引起了周俟松的注意。周俟松本来性格开朗，加之谈吐大方，风姿绰约，也很是令许地山倾心，二人相谈甚欢。熊佛西夫妇见男有情女有意，便留他们吃了顿便饭。

第一次见面之后，许地山便给周俟松写了一封表达爱意的情信：

"六小姐：自识兰仪，心已默契。故每瞻玉度，则愉慰之情甚于饥疗渴止……因是萦回于苦思甜梦间未能解脱丝毫……"

在这封信中，许地山创造了二人第二次见面的机会，邀请周俟松及其妹妹周铭冼一起游园。在两情相悦的交往之下，许地山与周俟松都沉浸在浓得化不开的爱情中。

因为有过失去，许地山对这份感情尤为投入，也尤为珍惜。周俟松也读过被称为"妻子文学"的《空山灵雨》，她不仅没有心生醋意，反而感动于许地山对亡妻林月森的深挚感情。

嫁人就嫁情重者，方能白头到老。经过一年的恋爱，二人开始谈婚论嫁。可他们的婚事却遭到了周俟松的父亲周大烈的反对。

周大烈反对是有原因的。毕竟自己的女儿未曾婚嫁，而许地山已有过一次婚姻，并且还抚有一女。但这并不是周大烈反对的最主要的原因。

第一次见到许地山时，周大烈的心就猛然一颤：他长得太像范源濂了。

周大烈曾在北师大任教，与时任校长范源濂相处友善，但范源濂却寿命不长，刚因疾病逝世不久，仅五十二岁。

而眼前的许地山与范源濂一样，宽额头，微鼓眼，挺鼻厚唇。更要命的是二人的气质，同样儒雅沉稳，许地山举手投足间都是范源濂的影子。

周大烈心中生出不祥之感，纵然许地山学识渊博、才情夺目、待人友善，但若真是天寿不永，可怜的岂不是自己的女儿？

周大烈劝六女儿周俟松说："他的相貌与北师大校长范源濂有些相像，范不幸命短死矣，怕只怕许亦不寿。"

周俟松自然是不会理会这套说辞的，人本不该以貌取人，更何况以相貌来判断寿命长短呢？许地山多才多艺，性格正直温和，且用情深沉，他二人早已认定彼此就是今生伴侣，又怎能因为这种荒唐的说法而分开？

男女在情浓之时，都不会顾及这些看似荒唐的劝说。对周俟松来说，她爱的是许地山的温柔，爱的是许地山的深情，爱的是许地山的才华，枕边人并不难求，难求的是灵魂相契相合之人啊。

见女儿心意已定，周大烈也只能作罢，但他向许地山提出两个要求：一是婚后家政由周俟松全面掌管；二是周家只有七女，若将来生了男孩，则要从母姓周。许地山一一欣然而应。

后来有人以此事打趣许地山，说男子本是家庭中流砥柱，教妻训子方显男儿本色，这也是当时大部分家庭中的现状，许兄却将这天经地义属于男子之权拱手相让，这股谦让精神，实在是令人敬佩。

许地山听后却只是哈哈一笑，"我生平最怕管家事，现在有人代劳，是求之不得的。即使有人改我名为周地山，有何不可？戚友中谁不知我是许地山？"

许地山为人性情随意温厚，对这些本就不是很在意，加之一直潜心研究宗教，对佛教尤为投入，因此谁掌家政，孩子跟谁姓，又有什么争夺之必要？人生一世，只是天地之间的一个旅客，于逆旅之中寄寓短暂一生，实在不值得为这些事计较。

而那些人又怎会知道，在遇到深深刻在骨血与灵魂之中的人时，再威武雄壮的男人也甘心化为绕指柔，更何况许地山这样一个情意深厚的男人呢。

这不是谦让，而是爱。

1929年，有情人终成眷属，许地山与周俟松喜结伉俪。

四

婚后，许地山与周俟松住在燕京大学的宿舍里，彼时周俟松在北京女高师附中做教师。

经过来往，周大烈已经十分接受许地山这个女婿了，许地山会经常陪同岳父与妻子、妻妹外出游玩，游历长城、西山、陶然亭、故宫等地。许地山致力于研究佛学与宗教学，对北京城内外的寺庙情有独钟，岳父也乐于陪他到寺庙去。从一开始反对周俟松许地山二人交往，到后来对女儿的婚事非常满意，主要就是许地山的才华和人品令周大烈很是欣赏。翁婿二人的关系越来越融洽，夫妻之间的感情也越来越深厚。

婚后第二年，周俟松生下一子。许地山没有丝毫犹豫地履行了婚前的诺言，让儿子随了母姓，名为苓仲。直到1933年周俟松生下女儿，许地山才让女儿跟了自己的姓，取名燕吉。

与世间所有结为夫妻的男女一样，许地山与周俟松也经历了婚姻的磨合期。

他们的婚姻模式与中国大部分学者文人家庭一样，周俟松承担了家庭的一切杂务，许地山则倾注精力于学术研究、文学创作和教育工作。

许地山为人幽默诙谐，健谈开朗，这是所有人都公认的优点，缺点就是因为为人随意，常常不修边幅。

按理说许地山曾经留学美国，接触过西方的文化礼仪，对衣着外表应该很注重才对，可他恰恰从不在意，一年四季都是长袍马褂，个人卫生也不是十分讲究。

温文尔雅的周俟松则与他完全相反，不仅十分注重仪表，还将家里打理得井井有条，一尘不染。二人生活得久了，她便越来越看不惯许地山不修边幅和乱放东西的行为，常常试图改变丈夫。然而到底是习惯的力量过于强大，争吵的次数虽多，却是谁也说服不了谁。

1933年秋天，二人又因琐事发生争吵。周俟松生气地说："我再也没法与你生活在一起！"之后便回了娘家，而许地山也远赴印度学习考察去了。

这是婚后二人最大的一次矛盾，而许地山的外出考察，正好给了二人紧张关系的缓冲，这段时间二人都慢慢冷静了下来，尤其是身在异国的许地山，十分想念妻儿。

多少个夜晚许地山都会陷入深深的回忆之中。回忆二人相识之初的甜蜜，回忆妻子不顾父亲的反对义无反顾嫁给自己这个有过一次婚姻的男人，并历尽艰辛为自己生下一对儿女。结婚以后，许地山的生活都是周俟松一手打理，念及共同生活这几年来妻子对自己的照顾，许地山不免心怀愧疚。

一个女人，又要工作，又要照顾儿女，还要打理家务，自己却一而再再而三地让她失望，不仅如此，情急之时还会与她争吵，这实在不是一个真男儿所为。

许地山并没把握以后的生活习惯一定会令妻子满意，在他看来，夫妻二人之间有矛盾并不可怕，可怕的是不能互相理解，不能及时沟通，感情积累起来不容易，而毁掉它，却太容易了。

经过反省的许地山提起笔，推心置腹地给妻子写了一封长信，在这封信中，许地山建议制定一个"爱情公约"：

一、夫妇间，凡事互相忍耐；

二、如意见不合，大声谈话以前，各自离开一会儿；

三、各自以诚相待；

四、每日工作完毕，夫妇当互给肉体和精神的愉快；

五、一方不快时，他方当使之忘却；

六、上床前，当互省日间未了之事及明日当做之事。

爱情或许没有章法可循，但婚姻却必须有，只有夫妻二人互相理解，互相尊重，互相给予，互相鼓励，互相进步，一段婚姻方可温和长久。许地山的"爱情公约"，正是这样的一个"章法"，以理性滋养爱情，以坦诚润泽情缘。

周俟松那边，心中的气也早已慢慢消尽。世间恩爱眷侣最怕分隔两端，却也最不惧分隔两端。

最怕，是因为分开之后的想念，若是争吵之时心中全是对方的不好，那么各居一地之时，心中则全然是对方的好。这样的思念，最是煎熬。

最不惧，是因为有所期盼。相信恩爱久长之人，最是明白分离是暂时的，正因为有暂时的分离，才会有相聚之后无数日夜的甘心相守。

看到丈夫许地山的家书那一刻，周俟松深感婚姻的不易。不是她存心挑剔许地山，也不是许地山故意在生活习惯上与她唱反调。两个生活在不同家庭、有着不同生活习惯和经历的人结为夫妇，相当于两户人家的生活方式融合成为一家，但融合之前，必须要磨合，而一旦开始磨合，夫妇间难免有争执与矛盾。

这根本不是谁对谁错的问题啊，周俟松终于明白，出现问题并不怕，怕的是不去解决问题，甚至回避问题。

当她看到丈夫所立的"爱情公约"后，心中便释然了：这个男人自己没有看错。是，他有自己的追求与理想，他对这追求与理想直接而近乎痴迷，她也没有任何条件地支持他。但对她，对他们之间的感情，对孩子们，对这个家，他一向温厚容让，他是把整个人整颗心都融在这个家中的，因此才会如此理智地提出解决问题，以及以后再出现问题的解决办法。

周俟松把这份"爱情公约"看了一遍又一遍，她的心越来越踏实，对丈夫也越来越想念。

终于，许地山结束了印度的学习考察，当他风尘仆仆回到无比想念和牵挂的家中时，周俟松并没有说话，只是有些神秘地笑笑，将他拉到卧室。

一进卧室，许地山便看到了挂在床头墙上的他所拟的"爱情公约"。

为了表示自己愿意赴夫君这个特殊之"约"，周俟松特意找人将"爱情公约"精心装裱，并挂在了卧室最显眼之处。

许地山心起波澜，太多感情在翻涌。有感动，有感激，有爱，更有携妻之手直至白首的信念。

他望向妻子，妻子只是笑着，许地山也笑了，笑得八字胡往上翘了又翘。他轻轻抱住妻子，将下颌抵在她的头上，周俟松也以环抱来回应丈夫。二人就那样踏实而深深地拥抱着，仿佛此刻便是天长地久。

五

许地山从燕京大学毕业后就留校任教，到1935年，他又回母校燕京大学教书，再续前缘。

在这十五年里，除了教书，许地山就是在研究宗教，他在燕大、美国、英国研究宗教史，在印度研究佛教，之后又研究道教，在这个过程中，许地山的思想也在逐渐成熟，这种成熟直接反映在了许地山的文学创作中，越到后来，许地山越爱憎分明，也不再寄希望于宗教信仰来寻求解脱。

这样的变化，根源于他血液之中的耿直。

想当年他的父亲许南英因正直而导致家境贫寒，最后因不满政界险恶黑暗而辞官，不曾想，1935年，四十二岁的许地山重复了父亲的路。

自20世纪30年代以来，燕京大学内部的派系斗争便越来越激烈，当时作为燕京大学的校长和教务长的司徒雷登为了壮大自己的派系，或拉拢可以拉拢的学者，或排挤无法拉拢的学者，很显然，性情耿直的许地山属于后者，他既不肯听命是从，又不肯委曲求全，甚至还曾为了国学研究经费问题与司徒雷登当面交锋过。

之后学校准备大幅度裁减人员，这遭到了许地山的坚决抵制。许地山明白学校这样做只是为了将那些与校方当局不和者赶出学校。一所大学，必须兼容并蓄方可育才树人，学校管理层面若如此打击排斥理念不同之人，又怎能培养出真正优秀的学生来呢？

许地山的伸张正义，终于成了燕大将之解聘的理由。

周俟松不仅没有责怪丈夫，反而坚定地站在了他这一边。她太了解许地山了。他待朋友宽厚友好，不知拒绝，但他也可以为公众挺身而出，与学校管理层针锋相对，为其他同事伸张正义；他是知识分子，是作家，是学者，却从不盛气凌人，与劳苦大众从无隔阂，凡是有求于他的人，他总会尽力满足。

为了不太切己的公益牺牲个人的切身利益，而这种行为又丝毫不会为自己带来荣耀与名利，在别人看来，许地山是傻，可在周俟松看来，这正是丈夫身上最珍贵的地方。

这是许地山生命的底色，是他的父亲、他的家族留给他的最牢固也最本质的善良与耿直。

"就算不在燕大教书又有什么，"周俟松这样安慰许地山，

"你只管做你的研究，家里还有我。"

恰巧当时香港大学有意聘请胡适主持中文教学的改革，胡适没有接受，而是向香港大学推荐了许地山。

胡适之所以举荐许地山，是有缘由的。香港大学对文学院教授的应聘者要求相当苛刻：既要有深厚的中国文学造诣，又须精通外语和外国文学。许地山早年曾就学于伦敦牛津大学，后又在印度大学从事过专门研究，会讲英语、粤语和普通话，加之许地山本人的综合条件以及社会影响和学术地位，他是香港大学完全可以接受的人物。

许地山与周俟松就此事相商，周俟松尊重他的任何决定，只要对丈夫的事业有利、对家庭有利，无论他去哪儿，她都终生相从。

于是，许地山举家南迁来到香港，出任香港大学建校二十余年来第二位华人系主任教授。

六

来到香港后，许地山一家居住在半山区罗便臣道寓所，周俟松做了全职太太，照顾孩子与治家理财的同时，也负责协助丈夫参加名目众多的社会活动。

许地山是学文出身，擅长著文做学问；周俟松是学理出身，擅长与数字打交道，理财治家是她的长项。夫妇二人术业有专攻，到了香港以后，日子也越来越好。

来到香港的第二年，为了方便丈夫出行，周俟松学了驾驶，并添置了一辆奥斯汀7小汽车，从此以后，无论是许地山出门工作，还是参加集会，哪怕是外出游玩，都由周俟松接送。

毕业于北师大数学系的周俟松太清楚成本和效率之间的关系了，她将家里的事安排得妥妥帖帖，就是为了丈夫节约很多时间，让他专心研究学术。

夫妻之间的感情，就在一个"心甘情愿"。周俟松就心甘情愿地成为许地山的贤内助。

到了港大后的许地山一边忙于香港中文教育的改革，一边依然致力于宗教研究，因此常常工作到凌晨一两点，周俟松安顿好孩子们后便会陪着他，为他整理资料，为他准备夜餐。在妻子的帮助下，许地山先后顺利地完成了不少作品的创作。

许地山也尽量履行一个父亲的职责。每天下班一进家门，两个孩子就像小鸟一样聚到爸爸身边，许地山非常喜欢孩子，周俟松也常嗔怪他"不分大小"，但对于孩子们来说，爸爸带给他们的，却是无边的快乐。

寒暑假时，许地山在家里的时间会多一些。他教儿子周苓仲下棋，给他讲时事；对于年龄尚小的女儿许燕吉则是发明些新玩法哄她开心。

　　他把背心撸上去，光着膀子躺在竹席上，告诉女儿每个疙瘩都是电铃机关，一摁就有反应。女儿便挨个按过去，许地山一会儿发出"叮咚"的声音，一会儿发出另一种声音，有时还会猛地坐起来亲一下女儿。女儿被爸爸的胡子扎得咯咯笑，周俟松则边笑边准备饭食。

　　一次许燕吉吃橘子，不小心咽下去两个橘核，许地山煞有介事地告诉她："明天你肩膀上就会长出两棵橘子树啦。"

　　树要从肩膀上钻出来，得有多疼啊。想到这里，小燕吉便咧了嘴要哭。周俟松见状便"批评"丈夫连小孩子也要糊弄。

　　许地山把女儿抱在怀里，对她说："不疼，不会疼，以后你还可以伸手就到肩膀上摘橘子吃，多好！"小燕吉将信将疑，睡觉时还忍不住地摸着肩膀。

　　这样温馨的家庭，让周俟松别无所求。这是她自己选择的丈夫。这个男人极具艺术天赋，他不仅醉心于学术研究，还会吹笙，会唱闽南戏，写过很多歌词，也自己谱曲。

　　他爱孩子。夏天家人们在顶棚上乘凉，他给孩子们讲故事，讲天文地理，讲古今中外；他教孩子们念唐诗，教孩子们认星宿。

　　他善待学生，常有学生来家中举办"游乐会"，他也会常常带学生们出游。

　　周俟松支持丈夫的一切。她常常把丈夫朋友们的孩子接到家中来，让孩子们疯天疯地地玩儿。徐悲鸿在香港开画展时，就住在许地山家，他想买古画，周俟松就开车送徐悲鸿和许地山去一位法国老太太家。

在香港的这段日子，是许地山的一块净土，是周俟松最为忙碌也最为安心的时光。如果可以，他们也许十分愿意一生都这样过。

七

1937年，七七事变爆发。许地山投入到了当时的抗日救亡活动中，担负起一个中国知识分子应当担负的使命。他走出书斋，奔波于香港岛、九龙等地，在群众集会上发表演讲，帮助流亡青年补习文化课。

同时，他还热情接待由大陆取道香港转往南洋、欧美等地的朋友，为他们安排住宿，筹助粮款，力所能及地为他们解决困难。

彼时陈寅恪携带家眷辗转到达香港，夫人突发疾病，三女儿高烧发热，许地山与周俟松便帮陈寅恪安顿好一家大小，让陈寅恪能够随西南联大迁往昆明。

丈夫的正直、善良、赤诚与古道热肠是周俟松早就知道的，她也会竭尽全力给予丈夫支持与帮助，但她同时也担心丈夫的身体。

许地山心脏一向不好，他却又整天忙忙碌碌，难以保证充分的休息时间。每次周俟松叮嘱他要注意自己的身体时，他都是一副信心满满的样子："我当然会好好生活下去，还有很多工作需要我去做。"

对许地山来说，在香港生活的这段日子使他完成了思想上的蜕变，他从实践中接受真理，真正地改造了自己。昔日他的"生本不乐"变成了"助人为乐"，昔日他作品中流露出来的消极避世的思想，变成了苍劲坚实的写实主义。他越活越清醒，越活越真实，越活越在灵魂深处找到生的理由。

1941年暑假，许地山到新界青山上的寺院居住了一段时间，以便安心写书。回到家里后，因为天气炎热，许地山当晚冲了个冷水澡，结果导致感冒发烧，退烧后他便在家里休养。

8月4日，许地山到饭厅拿了一沓报纸，之后回到卧室。不久后，外出的周俟松回到家中，径直到卧室去拿东西，却发现许地山面色发紫地躺在床上，没有任何反应了。急忙赶来的护士对许地山进行注射抢救，却未能令其起死回生。

儿子周苓仲一下子扑到妈妈的怀里，大哭着："爸爸死了呀！爸爸死了呀！"

彼时的周俟松正因丈夫的猝死置身于晴天霹雳之中，她四肢发麻，大脑一片空白，她不能接受这个事实，也无法接受这个事实，但儿子的哭喊却让她突然清醒而镇定了，她意识到，此时她不仅是个妻子，更是母亲，她必须担负起母亲的责任。她张开双臂搂着儿子说："还有妈妈。"

去世那年，许地山仅四十七岁。

八

丈夫终是没有逃过自己心中隐隐的担忧，周俟松想，也没能逃过当年父亲周大烈的那句谶语："他的相貌与北师大校长范源濂有些相像，范不幸命短死矣，怕只怕许亦不寿。"

望着床头上悬挂的许地山亲手书写的"爱情公约"，周俟松不禁放声悲哭。

只有在人后，她才能如此表达自己的悲痛，才能让泪水肆意流淌。过往种种，不是幻影，此时却犹如幻影，于真实中透露着梦境的缥缈，但那决然不是梦境，不是！

曾经所有的恩爱，所有的欣愉，曾经所有的欢声笑语，所有的依恋，都是真的，都是真的。

周俟松耳边还回荡着许地山对她说过的话：

"泰戈尔是我的知音长者，你是我的知音妻子，我是很幸福的，得一知音可以无恨矣。"

只是许地山，是真的没有恨吗？独留妻子与两个未成年的孩子于这战火纷乱时局动荡的人世间，真的一点恨都没有吗？

然而周俟松没有恨。人后悲哭之后，她以顽强的毅力顶起了天。

从前家里的经济来源都靠许地山，现在他突然离世，家里一下子陷入窘境。在朋友们的联系下，周俟松这个北师大毕业的数学高才生到铜锣湾培正小学做了一名教师。周俟松并不在乎，好歹家里总算是开了源。

除了开源，全家也开始节流。学校免去了孩子们的学费，汽车卖了，小燕吉的钢琴课停了，孩子们的补习也停了。

不管怎样，生活总算是维系了下去。只是一想到丈夫，周俟松就免不了大哭一场，小燕吉甚至一度担心妈妈也突然离去。

一次周俟松患了感冒，发热昏睡在家里，放学的小燕吉在山坡上摘了一朵紫色的小花，回到家推开妈妈的房门，看她还活着，才放下心来，把花轻轻放在妈妈的枕畔。

这样的日子，周俟松和孩子们过了四个月。四个月后，香港沦陷了。

九

太平洋战争爆发后，周俟松不甘心在日寇的铁蹄下生活，毅然选择带着儿女回到了内地故乡。此后，周俟松一直从事教书育人的工作，将两个孩子抚养成人。

其间，她和孩子们在历史的洪流和社会变革中被无情摔打、锤炼，当一切归于平静后，1984年，周俟松收到邓颖超的一封信：

"周俟松学姐，我从《人民日报》看到了你的照片，你的模样除白发已是老人外，其他还是像青年时的面容……我过去在报纸上看到你的丈夫许地山先生在香港去世，发现你是他的夫人，当时我曾想办法与你联系，你在香港我在重庆，一直未果。现在知道你身体健康，坚持教育工作，使我感佩，也极为欣慰。"

此时，许地山已经离世整整四十三年。邓颖超的一封信又把八十三岁的周俟松拉回到过去的时光。

五四运动时，她与邓颖超走在浩浩荡荡的游行队伍里，挥舞小旗，高呼反帝反封建的口号。

那年她到著名戏剧家熊佛西家中做客，第一次见到许地山。他蓄长发，留山羊胡，一副眼镜后的双眼有神且睿智，果真符合绰号"许真人"的形象。

她不顾父亲的反对，与许地山相恋，后得父亲允许，与许地山举行了婚礼，住在燕京大学逼仄的宿舍里。

他们有了儿子，有了女儿，他们有快乐的相守，也有赌气的争吵，许地山亲手写的"爱情公约"，被她装裱好悬挂在床头。

在香港富足而安定的生活，是一家人一生中最美好的时光和最难以磨灭的回忆。

念此种种，周俟松笑了，事到如此，纵然未能共白头，纵然后半生经历了风雨飘摇，在她心中，依然是"心甘情愿"四个字。

1995年，周俟松溘然长逝，享年九十四岁。

尾语

许地山的父亲许南英与他写的"落花生"很相像，一生耿直清高，从不贪慕钱财，因不满政界险恶黑暗而辞官，最后孤独葬身在印尼苏门答腊岛棉兰华人坟场。

许地山与他写的"落花生"很相像，以耿直赤诚为生命底色，一生专注于学术，从不追新逐奇，也不因循苟且，从开始的消极避世走向了宏大的文化救赎。

许地山的女儿许燕吉与他写的"落花生"更为相像，幼时无忧无虑，童年父亲早逝，求学时颠沛流离；青年时被打成反革命，孩子胎死腹中，丈夫与之离婚；中年下嫁不识字的朴实农民魏振德，平反之后她没有抛弃老魏，而是依然履行婚姻契约，与之共度晚年……当然，这是另一个故事了。

徐志摩&陆小曼

我愿意从此跟你往高处飞

FENG ZHIYU QIUSHUI,
WO ZHIYU NI

1903年11月7日，上海孔家弄的陆家喜获千金，取名陆眉。

其父陆定与其母吴曼华，一生育有九个儿女，唯有陆眉长大成人，因此父母对其极为宠爱，后其父取妻名中的"曼"字，为陆眉改名为陆小曼。

陆定毕业于日本早稻田大学，历任司长、参事、赋税司长等职，是国民党员，也是中华储蓄银行的主要创办人。因身居名门，陆定常出入名流社会，府上高朋满座，为显赫一时的豪门望族。

吴曼华是常州白马三司徒中丞第吴籽禾的长女，貌美，自小多才多艺，更擅长一手工笔画。吴曼华古文功底深厚，恪守为妻本分，安于相夫教子。

出生在如此殷实之家，又是父母的掌上明珠，陆小曼在人生的开端，已然是一颗自带璀璨光芒的钻石。

1909年，六岁的陆小曼随母亲吴曼华到北京依父度日。

没有人预料，这个六岁的小女孩将会成为民国历史上一道独特的风景，一道风情袅娜、率真炙热的风景，直至寂然离世。

对于自己的一生，陆小曼不辩不解说，只留下三段离经叛道的感情故事和多舛难测的命运，任后世人咀嚼评说。

一

陆家有女初长成，父母竭尽所能地为爱女提供一切。陆小曼七岁时，父亲送她到北京女子师范大学附属小学读书；十五岁时，父亲不惜重金送她进入北京圣心学堂读书。

圣心学堂由法国人创建，学生主要是在北京工作的外国人的子女，同时也有部分中国高官的子女。在这所贵族学校里，陆小曼接受了纯西方的开放式教育，法文学得精湛，与此同时，父亲还特意为她请了一位英国女教师教授她英文。

未及十八岁，陆小曼便已精通法文和英文，甚至能够独自翻译原版外文小说。

陆小曼的母亲是个聪明的女人。她知道对女儿除了外在的培养，内在的文化熏陶同样重要。于是在陆小曼幼时，她便亲自教授陆小曼丹青笔墨和古文诗书。

陆小曼母亲的所思所虑是正确的。

后来陆小曼为了提高画艺，曾拜国画大师刘海粟为师。刘海粟连连称赞她古文基础好：写旧诗的绝句，清新俏丽，颇有明清诗的特色；文章婉约清丽，美极而无雕琢之气；而她的工笔花卉和淡墨山水，颇见宋人院本的传统。

绘画，也成了陆小曼后半生的精神依托之一。

精通西方语言，擅长东方古典书画，且都颇具造诣，一个女人内在的完美程度，也不过如此了。

但不得不承认的是，有时老天的偏心，真是会让人嫉妒不已。

除了富贵的家庭，陆小曼还偏偏生就了一副婉致如玉的容貌和娉婷袅娜的身段——这分明是一块天然的美玉，不需要任何雕琢就已经非常惊艳。

陆小曼聪慧勤奋，兴趣广泛，少女时代便在各个领域广泛涉猎：天文、地理、科学、钢琴、戏曲样样精通。陆小曼还非常热爱舞蹈，舞池中的她，如同翩翩玉蝶，放眼望去，所有女伴都黯然失色，她总是最吸引人眼球的那一个。

在陆小曼十七岁时，北洋政府外交部长顾维钧要求圣心学堂推荐一名精通英文和法文，并且年轻漂亮的女孩子参加接待外国使节的工作，这份工作，仿佛为陆小曼量身定做。

在外交部的工作中，陆小曼展现出了令人刮目相看的极强个性。

陪同使节检阅仪仗队，陪同外宾观看国粹京剧——这些都是陆小曼需要完成的工作。除展示了自己非凡的外交才能外，陆小曼还以强烈的自尊心和反抗意识来维护国人的尊严。

在陪同外宾欣赏京剧时，洋人们不停地吐槽说看不懂，甚至恶意鄙视批评。陆小曼听了，不卑不亢地说："所谓'国粹'，必是独属于每个国家自己的精品。我非常能够理解各位，如同不是所有人都懂得欣赏法国歌剧一样，各位听不懂我们的京剧，也就情有可原了。"

在一次外交部的节日聚会上，中国孩子们拿着气球正玩得兴高采烈，几个洋人为了取乐，恶作剧地用烟头烫孩子们手中的气球，气球突然的爆炸声吓哭了很多孩子，洋人在一旁笑了起来，说："中国孩子胆子就是小。"

陆小曼见状，立即借了一根点燃的香烟，完全不顾身穿雍容得体的旗袍，冲到洋人小孩子中间猛戳他们的气球。当然，洋人小孩子也被吓哭了。

恢复了优雅温婉的陆小曼擎着烟，轻挑眼眉，对着那几个洋人淡定自若地说："看来，洋娃娃的胆子也不见得有多大。"

事后，面对洋人们的不满，陆小曼对此事丝毫不回避，承认是自己吓哭了洋人小孩子，但因为是洋人恶作剧在先，因此洋人们也并没有指责的权利，外交部官员们虽然表面上谨小慎微，心里却也是暗暗称赞着陆小曼敢作敢为的勇气。

至此，众人方知道，陆小曼集才气、柔气与豪气为一身，个性率真张扬，真真为不可多得的世间美人，此后更受众人追捧，"南唐北陆"的赞誉不胫而走——中国南方有佳人唐瑛，北方有绝色陆小曼。

二

有女如斯，陆定为寻良婿煞费苦心。

虽然陆小曼的追求者甚众，但作为过来人，陆定深知对于一个男人，什么才是最为重要的品质。不仅要有学识，还需有担当；不仅要有能力，还需有潜力。只有凭借自己真本事为自己创造辉煌前途的人，才有资格成为女儿的护花使者。

因缘巧合下，陆定把目光落在了王赓身上。

大陆小曼八岁的王赓，毕业于清华大学，被保送赴美国留学，先后在密歇根大学、哥伦比亚大学、普林斯顿大学就读，后转入美国西点军校攻读军事，此时正在北京大学任教——这样说来，也许更加可以突显王赓的优秀与难得。

王赓挺拔俊朗，身上既有深厚的人文修养，又有军人的雷厉风行，可谓仪表堂堂，文武兼备。

陆定当即认准王赓是爱女伴侣的最佳人选。

当陆定与陆小曼提起此事时，没有过感情经历的陆小曼竟然第一次没有了自己的想法，更何况，父亲各方面的分析陈述，让这个王赓听起来，确实是不可多得的青年才俊。

待见了面之后，陆小曼觉得，王赓内敛英气，沉稳干练，既儒雅又阳刚。而王赓初见之下，便对陆小曼动了心。

他看她目光温柔，待她细心呵护。她便觉得：这就是爱情了吧？

1922年，世人眼中的才子佳人——王赓与陆小曼在"海军联欢社"举行了盛大的婚礼。婚礼轰动了半个北京城，中外来宾数百人，热闹非凡。一时间，北京各大报纸都刊登着同样的一条消息：一代名花落王赓。此时，距陆小曼与王赓相识，仅过去一个月。

两人刚结婚时，关系融洽恩爱。小曼美艳温柔，又不乏少女的活泼。王赓彬彬有礼，待爱妻宽厚体贴。

平凡的日子在百花盛开之后终会归于平凡，不论贵胄王公或布衣平民，千古难逃此律。

随着时间的流逝，陆小曼发现自己开始怀念从前周旋于社交界时的生活，她在那种生活中得到了无限的快乐。流香的衣角，含波的眼角眉梢，碰撞之中发出动人清脆声的透明酒杯，和那个站在舞台中央，在追光灯下接受众人艳羡目光的她……

而王赓恰恰是一个不懂浪漫的丈夫，他对她的爱全部在心里。

对感情的强烈需求是每个女人的本性需要，陆小曼这样珍珠般的人当然更不例外。她希望王赓对她千依百顺，万般宠溺，希望王赓可以与她一起出入社交场合，与她一起游山玩水；她希望王赓与她一起绘画赏戏，共同探讨人生；希望王赓给她风花雪月般的浪漫，让她永远活得像一个真正的公主。

可王赓待她更像是兄长，他的呵护是刻板的，他的关怀是命令似的，这让陆小曼感到深深的失落。看着每天致力于工作的王赓，陆小曼越来越觉得，这并不是自己的灵魂伴侣。

陆小曼越来越难以忍受这种安稳无波的生活，她渴望冲出这牢笼，她要有能够完全展示自己的舞台，拥有众人的艳羡。她下定决心，决不允许为婚姻而牺牲自己曾经的生活。

于是陆小曼依然出入社交界，依然是众多名流太太之中最为耀眼夺目的那一朵美艳的琉璃之花。

三

1924年春天，王赓受同是梁启超弟子的徐志摩邀请，携带爱妻陆小曼来到"新月俱乐部"参加集会。

"新月俱乐部"是徐志摩等新月派诗人筹办的，是当时北京一个鼎盛的俱乐部，每次集会都会有众多社会名流参加，作为北京的社交明星的陆小曼，自然在集会中散发出迷人的光芒。

徐志摩只是一个回头，便被这光芒引得定住了神。

如果说之前令徐志摩苦苦念恋的林徽因如同一弯清新淡雅的新月，那么眼前的陆小曼，就是那轮被薄雾轻笼的满月。这轮月，明明是那样充盈明亮，又为何偏偏迷离恍惚，令人向往而又不舍得揭开那触之即破的薄纱？

徐志摩邀陆小曼跳舞，翩然起舞那一刻，陆小曼便感受出了徐志摩轻盈浪漫的灵魂。游走社交场合多年，陆小曼见过多少绅士与浪荡情子，唯有这一次，她从一个男人的眼波和舞姿里，感受到了自由浪漫的灵魂。

因为徐志摩与王赓同样师从梁启超，加上陆徐二人确实十分聊得来，徐志摩渐渐成了王赓家中的座上客。

每到星期日，徐志摩或与王赓夫妇到西山看红叶，或者喝茶跳舞。交往之中，徐志摩横溢的才华，令陆小曼非常敬仰，本来自己就很喜欢文艺，而徐志摩的出现，无疑为她的生活打开了另一扇门。

王赓勤勉于工作，对徐志摩的邀请只能推脱。若徐志摩来邀，王赓便让陆小曼陪他出游；若陆小曼想出去玩，便让徐志摩陪她出去游玩。

此时陆徐二人对待彼此的感情尚为纯真，直至后来两人合演戏剧《春香闹学》。志摩饰老学究，小曼饰丫环。戏终人散，情苗已在二人心中种下，迎接这情苗的，将是疯狂地生长。

四

　　对陆小曼任性的生活方式，王赓一直大度地包容，大度得甚至
有些愚钝了。

　　婚后第三年，王赓被任命为哈尔滨警察局局长。夫去妇随，这
是自然的。陆小曼随王赓在哈尔滨住了一阵子后，极度不适应那里
的生活，只有北京觥筹交错、灯影变幻的生活才是属于自己的。更
何况那里有着一个同自己一样热爱自由、崇尚浪漫的灵魂。

　　于是陆小曼独自回到了北京，开始与王赓分居两地。

　　对志摩的爱慕，已然在小曼的心中生根发芽；而志摩对她的呵
护，也让她开始感受真正的快乐。

　　他们有着共同的情趣爱好：一起游山玩水，踏青赏花；一起古
楼听戏，吟诗作画。

　　每每新月俱乐部的集会结束后，笙箫散尽，空余寂寞，陆小曼
总会带着酒与吃食来看独居的徐志摩。

　　一炉火温一壶酒，一盏灯对一轮月。二人灯下清谈，谈快意人
生，谈红尘失意。浊世与闲人仿佛都已经消失，这世界只剩他们两
个人。

　　无论如何，这都是美。

陆小曼终于明白：我与志摩，拥有的原来是同一个灵魂。

但显然，徐志摩与陆小曼的交往尺度，在当时北京文化界的各位人士来看，已经是超越礼度了的，因为徐志摩虽然已经与发妻张幼仪离了婚，但他此时迷恋的，是一个有夫之妇。

徐志摩根本没打算回头。因为交往时间越长，他越能敏感地捕捉到这个表面优雅高贵的女人内心的脆弱与苦闷，这使得他对陆小曼更加百般怜爱。

而徐志摩的怜爱与温柔，令陆小曼发现，原来，真正的爱情可以这样优美浪漫，她甚至认为徐志摩的爱，挽救了一直处于蒙昧和自欺中的自己。

在陆小曼心里，徐志摩"简直能真正地了解我，我也明白他，我也认识他是一个纯洁天真的人，他给我的那一片纯洁的爱，使我不能不还给他一个整个的圆满的永没有给过别人的爱的"。

徐志摩的热情已经完全被陆小曼点燃："假如你这番深沉的冤屈，有人写成了小说故事，一定可使千百个同情的读者滴泪……我的乖，你前世作的是什么孽，今生要你来受这样残酷的报应？无端折断一枝花，尚且是残忍的行为，何况这生生地糟蹋一个最美最纯洁最可爱的灵魂。"

体恤的深情，炽热的爱恋，动人的诗篇，完全可以令从未经历过恋爱的陆小曼彻底沦陷。

沦陷的同时，也是觉醒。父母从来没有给自己灌输过恋爱自主的思想，所以才会在父母的包办下嫁给性情完全与自己相反的王赓；社交场合中每一个人看到的都是她的容貌和才华，却看不到她那向往自由的心灵。

"志摩！是你解救了我，是你启蒙了我。这使得我终于敢承认自己内心的感受，勇敢地追求自己真正想要的东西。"她说道。

因为这场苦恋，陆小曼病了又病，徐志摩终于决心打破世俗的枷锁，将陆小曼从父母包办的婚姻中解脱出来，从此与她长相厮守，做一对恩爱幸福的灵魂眷侣。在他看来，这不仅仅是喜欢一个女人的事，更不是夺人之妻，而是一场灵魂之战。

五

徐志摩先是拜访了陆小曼的母亲，本来就对徐陆二人所作所为极度不满的吴曼华毫不客气地说："你不要妨碍别人家庭的生活，让一个幸福的家庭无法过日子。"

尽管难堪，但为了能与心爱之人共度此生，徐志摩又找到了自己的好友刘海粟。

从世俗道德的层面来说，刘海粟是犹豫的，毕竟陆小曼是有夫之妇，而王赓也没有过错，徐志摩夺人所爱的做法，实为不够厚道。但对于徐志摩来说，已经把全部身心交付了出去，又怎能给自

风止于秋水，

我止于你

己留后路？

在他的苦苦哀求下，刘海粟终于决定帮亲不帮疏，在胡适等人的出谋划策下，刘海粟设下了一场"鸿门宴"。

1925年9月，刘海粟在酒店设席，宴请了王赓、陆小曼、徐志摩和其他社会上有声望的名流。

王赓对徐志摩与陆小曼交往过近的传闻早已听说，只是不愿意往最坏的结果设想罢了，但这次赴宴，却让他不得不重新正视三个人的关系。

刘海粟在酒席上说："大家知道，我们正处于一个社会变革的时期，封建余孽正在逐渐被驱除，但有些人的脑中还存在着封建思想。大家都是年轻人，谁不追求幸福？谁不渴望幸福？谁愿意被封建观念束住手脚呢？"

其他名流也随声附和，大谈自由恋爱婚姻自由。王赓虽忠厚谦恭，但并不愚蠢，他听得出大家的弦外之音，是想让自己从这三人的关系中退出来，成全徐志摩和陆小曼。所有传闻已经坐实，一切昭然若揭。

宴会结束后，陆小曼也正式向王赓提出离婚。经过两个月的痛苦挣扎，王赓决定退出，成全自己的朋友和爱妻。

这场情事，引起京城文化界一片哗然，一时间口诛笔伐不断。

爱与阻力是互为反作用的。众人愈是不看好，徐志摩与陆小曼愈是情比金坚。

甚至在与王赓离婚之时，陆小曼发现自己已经怀孕，陆小曼的母亲恳求她留下孩子，但陆小曼毫不迟疑地在一家德国人开的诊所里做了流产手术，以证明自己真爱之心的坚定。这次流产，令陆小曼终生未孕，并且身体受到很大损伤。

　　1926年，徐志摩与陆小曼在北京北海公园举办了隆重的婚礼。

　　夫妇俩怀着虔诚之心请了恩师梁启超来做证婚人，给予自己婚姻祝福。却不料，高朋满座的婚礼上，梁启超的一番话，让徐志摩和陆小曼尴尬得恨不得找条地缝钻进去。

　　梁启超说："徐志摩，你这个人性情浮躁，以至于学无所成，做学问不成，做人更是失败，你离婚再娶就是用情不专的证明；陆小曼，你和徐志摩都是过来人，我希望从今以后你能恪遵妇道，检讨自己的个性和行为。离婚再婚都是你们性格的过失所造成的，希望你们不要一错再错自误误人。但愿这是你们最后一次结婚。"

　　在场的每一个人，都被惊得说不出话来。梁启超一向温润如玉，这番话却不留情面。徐志摩抛弃张幼仪，虽然不是因为陆小曼，但他之前对林徽因的爱恋无人不知；王赓忠厚沉稳，却成为陆徐二人追求所谓自由恋爱的牺牲品。

　　在人生这个宏大而复杂的蓝本上，徐志摩和陆小曼，皆是踩着伤心人的泪，才走到了这场没有被恩师祝福的婚礼上。

　　王赓没有参加二人的婚礼，但准备了一份厚礼，祝福他们白头偕老的同时，王赓还在信中说："我们大家是知识分子，我纵和小曼离了婚，内心并没有什么成见；可是你此后对她务必始终如一，如果你三心二意，给我知道，我定会以激烈的手段相对的。"

从此以后，王赓终生未娶。

六

两人在北京的婚礼结束后，徐志摩于同年11月奉父亲徐申如之命，带着新婚妻子陆小曼回到家乡海宁硖石。

在海宁，陆小曼又重新做了一回新娘，但令她和徐志摩没有想到的是，徐申如对他们的婚姻，依然没有送上祝福。

因为陆小曼之前的婚姻经历，加之她是社交场上的名人，徐父对她很是看不惯，便先行去了上海，然后与妻子一同去北京看望徐志摩的前妻张幼仪。这给了陆小曼很大的打击，一种不被婆家放在眼里的打击。甚至因此患了肺病，经过很长时间才痊愈。

但那一段在硖石的生活，二人每天莳花弄草，确实也是她与徐志摩一生中最为轻松超然的生活。

因为北伐战争的缘故，1927年1月，陆小曼和徐志摩被迫移居上海，后来租了一幢老式洋房居住。这幢洋房，每个月租金要银洋一百元。

因为不被徐父待见，因为婚后的生活不可避免地沦为平淡，陆小曼心中始终郁郁，加之常年患有哮喘和胃病，令她脾气焦躁不堪。每每发病，便疼得无法起床。

徐志摩是爱陆小曼的，为了她的病，他四处寻医，却都无甚疗效。直至偶然经人介绍认识了出身于推拿世家的翁瑞午。

在陆小曼几次疼得昏厥过去后，都是翁瑞午的推拿使之复原清醒。于是在徐志摩的邀请下，翁瑞午会带着女儿翁香光上门为陆小曼做推拿，久而久之，徐志摩与他成为朋友。除了推拿之缘，三人也同好戏曲，三人甚至上台同演过《三堂会审》。

对于这个"交际花"儿媳，徐申如很是看不入眼，在他心中，只有端庄温厚的张幼仪才是自己的儿媳妇，在徐申如眼中，陆小曼不仅生性轻薄，且挥霍无度，一气之下他切断了对儿子的经济供给。

徐志摩与陆小曼的生活开销甚是巨大，除了二人，家里还养着用人、厨师和车夫共十几个家仆。为了补贴家用，徐志摩开始四处兼课。

翁瑞午甚至还对他们进行过资助，不惜变卖家藏的字画，在徐志摩去欧洲的时候，还送他一批古董，让他到那里出售。

1931年4月，徐志摩母亲病逝。陆小曼赶去海宁硖石，却被徐父阻在门外，无奈只能住在硖石的一家旅馆里。但张幼仪却以干女儿的名义参加了徐母的葬礼。

陆小曼一气之下返回上海，尽管徐志摩当即给陆小曼写信，以"我家欺你，即是我欺你"来表明自己的立场，陆小曼依然无法排解心中郁闷。

身体长期的病痛，让陆小曼更加无法排解这份苦楚。针对她这种情况，翁瑞午提议，可以适当用一些鸦片来止痛。之后，陆小曼便愈加依赖鸦片，走上了吸食鸦片的不归路。

1931年11月上旬，徐志摩风尘仆仆地回到上海家中，见到陆小曼捧着烟枪正在吞云吐雾，便开腔相劝，陆小曼因着心中的委屈和烦躁，与徐志摩吵了起来，随手将烟枪扔向徐志摩，徐志摩侧身躲闪，烟枪砸到了金丝眼镜上，镜片碎了一地。

徐志摩一怒之下，负气出走。

此时徐志摩与陆小曼的关系，已经从灵魂落实到生活的泥土中，二人却无论如何没能想到，此后，再无揭去爱情之上的阴影的机会了。

七

1931年11月18日，徐志摩准备去南京，再转机到北京去参加林徽因的演讲会。临行之前，他与翁瑞午有过恳切的交谈。他说："小曼体弱多病，饱受病痛之苦，我此行不知归期，希望你替我好好照护她。"翁瑞午郑重地承诺了。

登机之前，徐志摩给陆小曼发了一封短信："徐州有大雾，头痛不想走了，准备返沪。"但是最终，他还是走了。

11月19日中午，陆小曼如平常一样在家中写字画画，正在专心之时，突然被"咣当"声吓得一惊，回头一看，客厅那个镶有徐志摩照片的相框突然坠落，相架散乱，玻璃的碎片布满徐志摩的照片，这使得照片上徐志摩的脸，都仿佛碎成千片万片一样。陆小曼的心当下一沉。

第二天，便传来徐志摩因飞机失事去世的噩耗，陆小曼目瞪口呆，僵若木石，当即昏厥。

清醒之后，陆小曼号啕大哭。至此她方才明白：所有的不满，所有的阴影，在曾经甜蜜的过往面前，都不值一提。只要他在，只要我的志摩在，再多的委屈，又算得了什么呢？

那浪漫的，温柔而炽热的，自由而才华横溢的志摩，真的就这样被命运生生从我的血肉之中扯断了。

陆小曼直至眼泪哭干，便打起精神，坚持着要到山东党家庄接徐志摩的遗体。朋友和家人拼死相劝，最后派徐志摩与前妻张幼仪所生的儿子徐积锴去山东接回徐志摩的遗体。翁瑞午也随之日夜兼程，赶到空难现场。

见到徐志摩尸体时，在场所有人的眼泪都流了出来。徐志摩双手黑紫斑斑，指甲嵌满了泥血，可见死前经过了痛苦的挣扎。众人悲恸至极，惋惜至极。

徐志摩的遗体从济南运回上海后，翁瑞午交给了陆小曼徐志摩唯一的遗物——陆小曼于1931年春天创作的一幅山水画。画上有胡适、杨铨等人珍贵的题跋，而此次徐志摩将之带在身边，是想到北京再请人加题。

陆小曼接过这幅画，悲泣不止，心中全是徐志摩待她的好。从前两人为爱情冲破世俗禁锢，尽管不被太多人祝福，依然坚持着走到了一起，如今志摩竟真的悄悄地走了，人不永寿，只剩这一幅画。

1932年，徐志摩的追悼会在海宁硖石召开，徐父徐申如阻止陆小曼到场。陆小曼写下一副挽联：

多少前尘成噩梦，五载哀欢，匆匆永诀，天道复奚论，欲死未能因母老；

万千别恨向谁言，一身愁病，渺渺离魂，人间应不久，遗文编就答君心。

徐志摩逝世后，没有人说参加林徽因的演讲会是徐志摩殒命的直接原因；没有人说是因为飞机遇到大雾；也没有人说是因为飞机师王贯一前晚准备女儿婚事忙到很晚而导致飞行状态很差。

只有陆小曼遭受了外界无数的指责与批评，认为正是因为陆小曼不肯跟徐志摩北上，正是因为陆小曼生活奢靡徐志摩不得不四处授课赚钱，才导致了这样的悲剧。于是很多人不再与她来往。

对于这些，陆小曼丝毫没有为自己辩白。徐志摩的死，让她痛悔，让她猛然从童话世界中如梦初醒。从此她视徐志摩留下的自己的那幅画为命中珍宝，决然退出社交舞台，告别所有公众场合。

余生，陆小曼潜心研究徐志摩的遗文，每时每刻都在想着怎样才能将徐志摩的文集流传下去。

同时，陆小曼也开始重拾画笔，潜心作画。她对徐志摩之魂作出如下承诺："我一定做一个你一向希望我所能成的一种人，我决心做人，我决心做一点认真的事业。"

徐志摩死后，陆小曼亲手写下的"天长地久有时尽，此恨绵绵无绝期"，一直压在她书桌的玻璃下。

八

因为身体长期病痛，陆小曼并不能放弃鸦片。而在徐志摩去世后，众人都远离了陆小曼，只有一个男人留了下来，陪伴陆小曼到终老。

这个人，是翁瑞午。

众人在徐志摩在世时，便对翁瑞午与陆小曼的关系做了种种猜测，甚至有人就此事做文章《伍大姐按摩得腻友》，以影射陆小曼与翁瑞午的艳情。

当翁瑞午承担起陆小曼后半生的生活时，众人的指责似乎找到了确凿的证据。对此，陆小曼依然不去辩白。

陆小曼一生任性率真，从不会撒谎，更不会撒更多的谎去粉饰那些质疑。

从红粉知己，到相伴二十余年的不婚同居，翁瑞午给予了陆小曼一切，包容了陆小曼一切。这是陆小曼一生中最后一个男人。

翁瑞午有妻室，直至发妻去世，始终未与之解除婚约。

陆小曼对翁瑞午，依赖大于感情。在同居之初，她对翁瑞午说："我们只有感情，没有爱情。"翁瑞午依然一往情深，坚持全盘负责陆小曼的生活，无论风雨，从不撒手。

陆小曼亦与翁瑞午约定：不能抛弃发妻；不与翁瑞午名正言顺结婚。一则是因为陆小曼对徐志摩终生无法忘怀，二则是因为翁之发妻为老式女子，离异后必无出路。

翁瑞午一边供养着整个家庭，一边对陆小曼的需求尽力满足。在这样沉重的生活负担下，翁瑞午依然精神乐观，哪怕变卖祖上传下来的书画古玩，也不亏待家庭与陆小曼。

1952年，翁瑞午发妻去世，陆小曼成为其续弦，但始终同居不婚。

翁瑞午待陆小曼始终如一，坚守不离，愿做一切，只为她好。

在物资奇缺的年代，为了给陆小曼弄到一包烟、一块肉，翁瑞午不惜冒着酷暑严寒排长队。

翁瑞午一个香港的亲戚，常会为他邮寄些食品，十之八九都被翁瑞午送给了陆小曼。每每陆小曼发病，也是他端汤奉药，不离左右。

而陆小曼余生，只剩画画与整理徐志摩文集两件事。陆小曼整理编辑了徐志摩《爱眉小札》和《志摩日记》两本著作；曾经举办过个人画展，后来受陈毅的帮扶，进入上海文史馆做馆员。在她的履历表上，"家庭成员情况"一栏，写的是翁瑞午的名字。

1961年，翁瑞午去世。之后照顾陆小曼生活的任务，由翁瑞午之女翁香光承担。

虽然翁香光之前对父亲与陆小曼的关系不甚理解，甚至还指责过陆小曼，但后来对陆小曼也很能够理解。

徐家不喜陆小曼，所有婚丧喜事皆不让她参加，翁家也是如此。但陆小曼仍旧顾念翁家。她会让裁缝做新衣服给翁瑞午的五位子女；在翁瑞午发妻去世后，她会让翁瑞午带着子女去她的住处，两人一起做饭给孩子们吃。

也许，他们也自有他们的难处吧。翁香光说。

人世间事，更多的是没有来由，无法解释，却都是自有定数。

翁瑞午去世四年后，1965年4月3日，陆小曼于上海华东医院逝世，时年六十二岁。

去世之前，陆小曼只有一个遗愿：与徐志摩合葬。但徐志摩唯一的儿子徐积锴拒绝了这个请求。

自此，一代名媛陆小曼，在人生的华丽大幕拉开后，终在平静而荒凉的境况下落幕。

我最认同的一个评论是这样说的：众人只看得到林徽因温暖的人间四月天，却忽略了陆小曼如同四季一般的人生，更加彰显人生的底色。

尾语

陆小曼的母亲吴曼华说：

"小曼害了志摩，志摩也害了小曼。"

陆小曼说：

"我和志摩的爱情得不到世人的认可，

我追求的现世的安稳从未有过，

但我从不在意世人如何评价我。

当志摩死后，我人生中灿烂繁盛的所有都不复存在。

······

我把寂寞融进余生哀凉的画卷中，

我想带着那幅山水长卷一同进入云里，

枕着摩的肩膀告诉他：

你的诗篇可以永流于世了，我终于随你来了。"

徐志摩说：

"她一双眼睛也在说话，睛光里荡起，心泉的秘密。"

郁达夫&王映霞

春梦无情

一

1908年1月25日，这一天已经是旧历年底，彼时北方大雪飘扬，万里冰封，江南天气虽然比北方温和许多，却也逃不过冬日的阴郁潮湿，以及那独具特色的蚀骨般的寒冷。

这天，杭州盐商世家金家的人都坐在火炉旁，大家并不说话，似在烤火取暖，又似在挨着时间，尤其是老爷子与夫人，频频望着座钟，他们的儿子金冰逊更是来回踱步，显得焦躁不安。金冰逊的妻子王守如正在内屋生产。

金冰逊与妻子王守如结婚六年才盼来他们的孩子。欣喜、期待、焦急与担忧交杂相错，在这样的心境之下，金冰逊甚至无从辨别此时究竟是冷是暖，只觉屋内众人的期盼与窗外冬雨的冷郁分明就是两个世界，仿佛只有新生命那声蓬勃的啼哭才能将两个世界打通，从而迎来冬尽春来的希望。

终于，内屋传来了响亮的啼哭声，接生婆出来报喜道："恭喜老爷夫人，母女平安。"金冰逊仿佛卸下了千斤重担，内心充满了激动与欣喜，待女儿抱出来后，金冰逊的眼中全是疼爱，这是他的女儿，如珍宝玉石一样的女儿。

只是他并不能预料，这也是他日后有着"杭州第一美人"之称的女儿，是会经历两段婚姻最终受到呵护的女儿，是安度晚年以九十二岁高龄去世的女儿。

祖父为这个小女孩取名为"金宝琴"，小名"金锁"。锁，拆开来就是"金小贝"，因此"金锁"寓意这个女孩是金家的小宝贝。

金家待她真如宝贝，那个年代女孩一般不办满月酒，祖父不仅为孙女办了满月酒，还特意请了京剧班唱堂会。台上红绿相映，曲调咿呀，台下那个刚满月的小姑娘不哭不闹，以清澈的双眸新奇地打量着这个陌生的人间。

然而人间热闹终不长久，小金锁刚刚懂事，祖父祖母便与世长辞，父亲金冰逊也英年早逝。无奈之下，母亲王守如带着小金锁回到了娘家。

小金锁的外公叫王二南，王二南系南社社员，琴棋书画俱精，满腹经纶。因为金家无人，王二南便将小金锁过继到王家，随他姓王，并为小金锁取名王映霞。

二

王映霞自幼承欢王二南膝下，每日浸染在笔墨诗书之中，受到了良好的传统文化熏陶。

王映霞童年在外公开的蒙馆学习《三字经》，后入教会学校弘道女校，1923年考入浙江女子师范学校。

彼时王映霞芳龄十五。随着一天天长大，王映霞出落得越来越清丽俊秀，乌发如云，双眼顾盼神飞，总像掬着一捧清泉。她逢人便笑，姿态大方文雅，颇具大家闺秀之范。王映霞性格开朗，喜欢运动，身体健康丰腴，加之皮肤白皙，不仅被评为校花，甚至被称为"杭州第一美人"。

进入女子师范学校的王映霞如同来到了一个新世界。当时她的班主任是一位刚从北大毕业的文科生，他带来了五四新文学的清风，带来了新文化、新思想。这一切让王映霞求知若渴，她拜读了鲁迅、郭沫若等很多人的文章，尤其是鲁迅先生如刀片般犀利的文字，令她佩叹不已。她庆幸自己生活在一个全新的文化自由的时代，在这个时代，中国产生了许多文学巨匠，而女性对于自己的人生，也开始有了自己的选择权和决定权。

从女子师范学校毕业后，正值青春芳龄的王映霞到温州第十中学附属小学做了一位教师。当时王映霞的外公有一世交好友，名叫孙百刚，也住在温州。想到孙女离开家乡独在外地，必定有许多不便，于是王映霞的外公便写信拜托孙百刚对王映霞多加照顾。

1926年冬天，温州一带局势不稳，孙百刚夫妇便带着王映霞从温州乘船到了上海，租住在马浪路尚贤坊40号。

本来王映霞打算过了新年便回杭州，由于时局关系，外公写信给王映霞，嘱咐她在上海多住些时日，王映霞便继续安心住在孙百刚家。

然而就是多住的这一段时间，改变了王映霞一生的命运。

孙百刚的住宅是上海文化人的聚会之地，常有客人到他家拜访聊天，比如当时的作家章克标、方光焘等。

1927年1月14日，孙百刚家又来了位客人。这位客人是孙百刚日本留学时的同窗，此人个头不高，身材瘦削，身着一袭长衫，戴着窄框眼镜，看上去其貌不扬，倒是文气十足。

王映霞没见过这位客人，便出来打招呼。孙百刚向王映霞介绍，说这位是作家郁达夫。

听到这个名字，王映霞觉得很是耳熟，却又一时半会儿想不起来在哪里见过，她的脑子快速飞转，终于想起来自己阅读过他的作品，并且知道他是创造社的成员之一。

她读过郁达夫的《沉沦》，犹记当时读郁达夫的《沉沦》时自己因为书中大胆的描写颇觉得有些难为情，想到这儿，王映霞不免有些羞涩地笑了。

相见之下，郁达夫完完全全被眼前令人惊艳的女孩吸引住了。郁达夫之心仿佛被一道闪电击中，震动不已，继而荡起层层温柔的涟漪，一时难以平静。

孙百刚向他介绍这是南社社员王二南的孙女，名叫王映霞。

映霞，郁达夫在心中反复咀嚼着这两个字。曹植《洛神赋》

中说："远而望之，皎若太阳升朝霞；迫而察之，灼若芙蕖出绿波。"而眼前之人，一颦一笑，皓质芳泽，不正是诗中所写的美人立于眼前吗？

郁达夫在那一瞬间便坠入了情网，从此不可自拔。

那日郁达夫兴致极高，拒绝了孙百刚的留饭，而是做主叫了一辆小汽车，载着孙百刚夫妇及王映霞到南京路的新雅饭店小酌一番。

老友相见，分外高兴，席间酒菜丰盛，推杯换盏，高谈阔论，好生热闹。席后大家尽兴而归，郁达夫甚至因为喝了不少酒而面带醉意，临别时深深望了王映霞一眼，说道："后会有期。"

对于王映霞来说，这只是一句客套话，文人间相见钱别，无非就是一句"来日方长，后会有期"；对于孙百刚来说，这是老友久别重逢之后的把酒言欢，酒酣兴至的开心之言；而对于郁达夫来说，这是极度渴望与王映霞相见的迫不及待的誓言。

当天回到家中，郁达夫的心便如同有花绽放，那花娉婷袅娜、芬芳迷人，相聚之时形象还分外鲜明，可分开后却无论如何也掌控不了它的影子——它明明就在那里啊，却越想越不甚分明，而越不甚分明他越如同痴狂般地想。

出于文人敏感细腻的感情特质，郁达夫知道，爱情在他毫无准备之下，就这样突然将他袭击了。而他甘愿被袭击，情愿仰身倒在这把爱情的枪下，情愿投身在满是细柔花瓣与炙热思念的爱情之火中。

当晚郁达夫在日记中写道："从光华出来，就上法界尚贤里一位同乡孙君那里。在那里遇见了杭州的王映霞女士，我的心又被她搅乱了，此事当竭力的进行，求得和她做一个永久的朋友。中午我请客，请她们痛饮了一场，我也醉了，醉了，啊啊，可爱的映霞，我在这里想她，不知她可能在那里忆我？"

三

第二天晚上，郁达夫又去了孙百刚家里，再次邀请孙百刚夫妇与王映霞去天韵楼游玩，后到四马路豫丰泰酒馆吃饭饮酒。有了上次的相见作为基础，王映霞也明显更加放得开一些，席间为大家斟茶倒酒，既有风度又有礼节。郁达夫心里开心极了，甚至决定此后天天去看她。

面对郁达夫频繁地来访与邀约，孙百刚终于觉察出他醉翁之意不在酒，而是在王映霞。而聪慧如王映霞，又怎会不知郁达夫之意呢？

彼时王映霞年方十九，虽未到桃李年华，却更具一番青春明媚姿色，对心目中的爱情人选虽然并无确切目标，但也绝不是郁达夫这种。

郁达夫当时已经三十岁，身材瘦削，长相无奇，甚至有些不修边幅，完全不符合王映霞心目中白马王子的形象。如果说心中真有波澜的话，那也是一个少女对一位作家文人的欣赏与钦佩，而无男女之爱。

更为重要的是，郁达夫已有妻子儿女，哪怕未经历过男女之情的王映霞也知道，这份感情，她无法接受。

正在王映霞不知该如何应承之时，孙百刚出面替她解了围，将郁达夫挡住。

既然老友已经知道自己的心思，郁达夫便向老友摊牌，甚至请孙百刚从中撮合。

孙百刚拒绝了，他认为作为已有妻室儿女之人，郁达夫不该再作此念。此后郁达夫再来孙家拜访，孙百刚便托辞王映霞外出，或者是已经回了杭州。

被爱情烈火炙烤的郁达夫甚觉煎熬，为了断绝郁达夫对王映霞的念想，孙百刚告诉郁达夫自己给王映霞介绍了男朋友，那便是也常到孙家做客的章克标。

听到消息后，郁达夫心中非常失落，却又不甘心，于是提笔疾书，给王映霞写了一封信。他在信中说：

"听说你对苕溪君的婚约将成，我也不愿意打散这件喜事，可是王女士，人生只有一次的婚姻，结婚与情爱，有微妙的关系，你但须想想当你结婚年余之后，就不得不日日作家庭主妇，或抱了小孩，袒胸哺乳等情形，我想你必能决定你现在所应走的路。

你情愿做一个家庭的奴隶吗？你还是情愿做一个自由的女王？你的生活，尽可以独立，你的自由，决不应该就这样的轻轻抛去。"

这不啻爱的誓言，我爱你，势必尊你为女王，给你自由，给你幸福，全然不会让你如同普通女人那样过得潦潦草草。这，大概是所有情窦初开的少女的理想未来吧？

可是，尽管人人都希望只有一次婚姻，与相爱之人携手到老，人的婚姻也不一定只有一次啊，写这封信的郁达夫本人，当时不也是在婚姻之中吗？

这情爱之火燃烧得太旺了，令郁达夫甘愿将之前所有情感经历付之一炬。他需要女性的爱，不仅是被爱，更需要自己去爱，这样的爱，是滋养郁达夫敏感惆怅之心的土壤，是治愈他从小便渴望却又无尽缺失的自信的良剂。

四

郁达夫出生在春水摇曳的多情江南的书香门第，到他这一代，已经家道中落。

郁达夫自幼丧父，与母亲和两个哥哥、一个姐姐相依为命，因为生活拮据，从小便受了不少白眼与冷落，甚至因为贫穷与母亲相拥无言痛哭过。这些在郁达夫幼小的心灵上留下了重重的伤痕，令他自卑敏感，孤僻自怜，于是便更加发奋学习，小小年纪便因成绩优异跳级，此后又接触了西方新式教育。

1913年，郁达夫随兄长郁曼陀赴日本留学。之后先后考入日本东京第一高等学校医科部特设预科、日本名古屋第八高等学校和东京帝国大学（现东京大学），在此期间，郁达夫开始尝试小说创作。

郁达夫在日本遭受过冷落，甚至是歧视，在这种情况下，郁达夫时刻关注国内局势，他希望自己的祖国强大，希望自己的祖国有朝一日能令其他国家刮目相看。他曾在给兄长的信中说："欲整理颓政，非改革社会不可。"他也在日记里说："一身尽瘁，为国而死，倘为国死，予之愿也。"

某次中国千人留日学生聚会上，日本赫赫有名的"宪政之神"尾崎行雄在演讲中流露出讽刺中国的言辞，郁达夫起立向他质询，态度磊落，措辞得体，日语流利，声调激昂，不仅博得满场掌声，更迫使尾崎当场道歉。

平日里的学习创作与爱国之志，并无法抵消郁达夫内心深处的苦恼。这苦恼来自根植于骨髓深处的敏感多忧之性情，来自对爱尤其是对来自女性之爱的企盼。

郁达夫幼年丧父，生活都是母亲与姐姐一手照顾，加之郁达夫性情敏感细腻，因此对女性有着一种天然的依赖与情感。

然而之前他却几乎从未真正恋爱过。他曾在日本邂逅两位身着和服赏樱花的扶桑姑娘，交谈之中却因为他是中国人而被嫌弃鄙夷，这令本就自卑的郁达夫更加觉出悲凉与失意。

在日本他也曾出入风月场所，然而这些表面上的纸醉金迷与欢笑嬉乐，无非令本就离群索居的郁达夫更加向往热烈而真切的情感。

郁达夫在这种异国他乡孤凄苦闷的境况中生活了很久。直到1917年，郁达夫接到母亲的来信，召他回家乡富阳订婚。

五

那个姑娘，叫孙兰坡。

孙兰坡字潜媞，比郁达夫小一岁。孙兰坡生于一个颇有资产和地位的书香世家，父亲原本是读书人，却屡试屡败，后来抛开诗书放弃功名，从商振业。他从毛竹生意做起，又办了小造纸厂，收入甚为可观，加之祖业丰厚，在方圆数十里也算得上是富庶之家。

在这样的家庭环境中，孙兰坡幼时便入私塾读书，因为聪慧善学，深得先生赏识。这样的女子在当时可谓是极为出众，家有田产，才华横溢，品行端正，自然会招来不少贵公阔少求亲，欲与之缔结良缘。

孙兰坡却都看不上，富贵自己已有，又何必依附他人之财？因此显而易见，光凭借家世与地位，并不能叩开孙兰坡的心扉。

她所向往的，是郎情妾意的琴瑟相和，是夫君身上可以让她仰视的才华。否则，只是浑浑噩噩日复一日过日子，夫妻却毫无交流，又有什么意思呢？

孙兰坡是打定了这个主意的，没有相得中的，那便不急，直到一个远房亲戚提到了郁达夫。

来人说县城里已故中医郁士贤家的三公子郁达夫正在东洋留学，年逾二十尚未婚配，可以与孙小姐结为百年之好。

为爱女婚姻大事愁眉不展的孙先生听了满心欢喜，但一听到郁达夫家无恒产仅靠寡母摆零摊维持家用时，又不免犯起了犹豫。

为人父者，没有希望女儿过得贫苦的，哪怕不大富大贵，但也最起码与孙家旗鼓相当、门当户对才好，可是郁家为落魄乡绅，岂不是委屈了女儿？

当父亲将郁达夫的情况讲与孙兰坡听时，她竟然心动了。早在之前她便听闻郁达夫才华横溢，此人家境不富，甚至有些贫寒，但在这样的情况下依然能够坚持到东洋求学，势必是有一颗蓬勃向上之心，并且若无才华，则家中也没有必要举全家之力供其留洋读书。

孙兰坡竟然同意了。这不仅出乎她的父亲孙先生意料，也大大出乎了郁达夫的母亲的意料。

郁达夫的母亲也有些犹豫，孙家的家境与孙小姐的品性她有些了解，但毕竟孙小姐不知道自己家的真实情况，也没有与郁达夫见过面，万一她觉得家中贫寒，或是儿子不喜欢，又该怎么办呢？

思来想去，郁达夫的母亲还是觉得应该让孙小姐了解一下自家的情况，莫要将出身这样好的姑娘耽搁才对。

当孙兰坡站在郁达夫家门前时，心中并没有失望。

虽然郁达夫出生时便已家道中落，父亲也英年早逝，但留下了一幢三开间的老式楼房。这座楼房坐落在清波浩渺的富春江边，环境优美，景色宜人，在城市里有如此规模的房屋是不多见的，这甚至是孙兰坡意外的惊喜。

郁达夫的母亲对眼前的姑娘也甚为满意。孙兰坡长相虽不那样出众，却是眼神明亮、气质纯真，言谈举止也十分得体，并且充满诚挚。

就这样，郁达夫的母亲便在心中暗暗做了决定，给远在日本的郁达夫写了一封信，召他回家订婚。

此时的郁达夫正陷在被日本女性一次次冷落与嫌弃的苦闷之中，接到母亲的来信，虽然对这种老式的媒妁之言不赞同，但听说对方并不是粗俗村女，而是江南一带有名的丽姝佳人，便也没有拒绝。

当年暑假，郁达夫回到了家乡富阳。相见之下，郁达夫心中未免有些失望。

因为在日本待得久了，见惯了精致女人，眼前的孙兰坡显得不免有些俗气，她还裹着旧式的小脚，这不禁令一直接受新式教育的郁达夫有些失落。

这大概是当时中国文人面对的共同的"难题"。自身接受的是新式教育，向往自由恋爱，也提倡婚恋自由，可父母的传统思想根深蒂固，依然为儿子包办婚姻。

郁达夫的同学徐志摩如此，胡适如此，鲁迅也是如此。尽管他们都有反抗之心，却因无法忤逆父母之意不得不接受，唯一的区别，只是日后待原配夫人的态度不相同罢了。

郁达夫也是如此。一方面他对孙兰坡不甚满意，另一方面又不忍伤害守寡多年的母亲的心，他从母亲的眼睛里看得出来，她对孙兰坡是相当满意的。

这次郁达夫在家中待了一个多月。令他觉得有些惊喜的是，这位孙家的姑娘虽是旧式传统女性，学识却不浅薄，读书也不少，很是知书达理，每次聊天说话都可以有来有往，虽不似接受了新式教育的女子那般大气端庄，也足慰己心了。

一个月的相处，让两人间生出情愫，也曾谈到婚娶之事，离别之时竟觉得难舍难分，郁达夫留了一首诗给孙兰坡：

许侬赤手拜云英，未嫁罗敷别有情。

解识将离无限恨,阳关只唱第三声。

梦隔蓬山路已通,不须惆怅怨东风。
他年来领湖州牧,会向君王说小红。
……

孙兰坡看着一方素纸,上面所书之诗文采四溢,尽显君意。
他将我比作历史上对爱情执着的云英与罗敷,他不忍远离却只能
在梦中期待相见,他将我们比作姜白石与小红一对有情人。

孙兰坡心中柔情百转,恰如手中之诗悱恻缠绵。她认定眼前人
就是自己要追随一生的少年郎,她生愿做郁家人死愿做郁家鬼,等
他回来娶自己过门。

并且,从此以后她有了新名字。

他说兰坡俗气,他说屈原《离骚》中说“荃不察余之中情
兮”,他说“荃”为香草,清鲜自然,无富贵气,有淡泊心。

因此,她改了名字,叫孙荃。

六

郁达夫回到日本后，两人便开始了书信往来。

在信中二人互相作诗相赠，诉说思念之情，孙荃也更加频繁地与郁家来往，代替郁达夫照顾寡母，也担起了与郁达夫通信的代笔者。

然而也许郁达夫心中对孙荃感到不是十分称心，也许是日本的文化风气与开放的思想更加令他留恋，也许彼时郁达夫正专心进行文学创作和筹办"纯文艺性杂志"，也许是郁达夫想在经济上有了收入再考虑成家之事……从此之后两年，他也未回家与孙荃成婚。

郁达夫大孙荃一岁，到了1920年，郁达夫二十四岁，孙荃二十三岁。

女子年至二十三依然没有出阁，这在当时十分罕见，其父母与家人难免受到他人议论，孙荃父母心中十分焦急，几次催婚。

孙荃心里比父母更急。虽然二人一直书信不断，但是郁达夫不在眼前，而在她一无所知的东洋，若不早点完婚，以后会发生什么，无从得知。她也深信凭借自己的贤淑温柔，成婚之后二人一起生活一段时间，一定会情感深厚，能够得到他的欢心与爱怜。

终于，1920年暑假，郁达夫回到家乡与未婚妻孙荃完婚。

结婚是人生大事，理应隆重热闹一番，但郁达夫坚持"一切均从节省，拜堂等事，均不执行，花轿鼓手，亦皆不用。家中只定酒五席，分二夜办"。

这很是令大家意外，夫妇成婚，哪里有将拜堂、花轿都省了去的？但想到郁达夫毕竟接受的是新式教育，因此形式也不是十分紧要，紧要的是，孙荃的年纪已然不小，早日成婚，早日安心。于是孙家同意了。

1920年7月26日，孙荃坐着一乘小轿来到孙家庭院。没有锣鼓喧天，没有结婚仪式，没有媒人证物，她心甘情愿。

然而郁达夫之心依然迂回。尽管他对孙荃有好感，但那不是爱情，他满腔炽烈的情感和对至高无上的爱情的向往，还没有开始，便已经熄灭了。

是夜，孙荃独坐新房之中，郁达夫坐在庭院之中，泡了一杯藿香叶茶，一抬头，看见满天繁星。

人世苍茫，情爱无由，这般只为成婚而成婚，究竟意义何在？

彼时万籁俱静，夏风清湿，手边茶水渐冷，郁达夫坐于竹椅之上，全无喜意，更无幸福之感。

不知什么时候，母亲来到了郁达夫身边。她知道儿子心中所思所想，轻声劝嘱道："郁家落败，无恒产，亦无恒业，孙家肯把女儿嫁过来，这是我们郁家的福分。若是冷落了，情理难容。"

"再者，"母亲又说，"你常年在外奔波，娘老了，也需要人在身边照护，孙家小姐为人贤惠孝顺，你不在这两年里，多亏她常来常往。"

母亲的话，郁达夫听了进去，心中不免生出一种愧疚之情。这个婚约，于母亲、于屋内的孙荃，都是极为称心的，事已至此，不如从命。

郁达夫起身，走到屋前，掀起帘子，揭开了这个已经成为自己妻子的女人的红盖头。红盖头下的女人却也没有半分新娇娘的模样，而是面容憔悴，唇无血色，身体很虚弱。

原来是孙荃染了疟疾，看到眼前成为自己丈夫的这个男人，孙荃还是笑了，将自己早已经准备好的定情信物——一枚钻戒拿了出来，交给郁达夫。

因为孙荃身体不佳，新婚之夜就这样平静地过去了。

成婚之后的几天，郁达夫与孙荃到宵井岳父家小住了几日。宵井山清水秀，一派自然风光，这让生长在县城之中的郁达夫感到放松与舒适，别有一番欢乐野趣。

那几日里，郁达夫远离了世俗尘嚣、应酬交际与柴米油盐，与岳父、妻兄谈天说地，甚是清闲飘逸，其乐融融。

遗憾的是，成婚之时孙荃感染疟疾，孙荃痊愈之后郁达夫又不幸感染，本该甜蜜的蜜月期就这样稀里糊涂地过去了，这稀释了不少新婚的浓情蜜意，冲淡了新人间的激情欲望，也为二人日后感情不够深厚埋下了伏笔。

之后，郁达夫再次返回日本，后来回国，带着孙荃前往他所供职的安庆、上海、北京等地居住。他们先后育有四个子女，除了其中一子龙儿早夭之外，皆长大成人。

就在孙荃再次怀孕，即将生下他们的第四个孩子时，郁达夫遇到了王映霞，猝不及防地被卷进了爱情的旋涡里。

七

自从第一次见到王映霞，郁达夫便再也无法忘记她，未经世事的王映霞面对这突如其来的炽爱亦有些手足无措，她所寄居人家的主人孙百刚以为王映霞介绍了男朋友为由，试图劝退郁达夫，谁知这非但没能浇灭郁达夫心头的爱火，反而让它愈燃愈烈。

这是郁达夫生而为人第一次真切尝到爱情的滋味。面对王映霞的躲闪和"可以做朋友"的说法，郁达夫内心的爱、期盼、思念与失落互相交织，而他却不肯放弃，坚持写信给王映霞。他在信中说：

"相逢如此，相别又是如此，这一场春梦，未免太无情了。"

"现在我已经知道了，知道你的真意了。人生无不散的筵席，我且留此一粒苦种，聊作他年的回忆吧！"

"我几次对你说，我从没有这样的爱过人，我的爱是无条件的，是可以牺牲一切的，是如猛火电光，非烧尽社会，烧尽己身不可的。内心既感到了这样热烈的爱，你试想想看外面可不可以和你同路人一样，长不相见的？"

"既然是如此，那么映霞，我真是对你不起了，因为我爱你的热度愈高，使你所受的困惑也愈甚，而我现在爱你的热度，已将超过沸点，那么你现在所受的痛苦，也一定是达到了极点了。"

这些信情感炽烈，如同火苗，烧灼着郁达夫本人，也舔舐着王映霞的身心。从小到大，她都是众人眼中的焦点，爱慕的眼光与一厢情愿的暗恋她遇到无数次，却没有一个男人能如郁达夫一样用文字将内心表达得如此真切，仿佛每一个字都是有温度的，是从郁达夫燃烧的胸腔中走出来的。

哪怕是一块冰，在字字烧烤之下也会成为沸水，更何况王映霞本就是情窦初开的少女，对爱情充满着无限期待与向往呢？

是的，再如何期待与向往，对方也不应该是一个有家室的男人。这始终是王映霞最顾忌的地方。

她仰慕郁达夫的才华，被他情真意切的文字打动，可又不愿插足他的婚姻，以免招来外界舆论谴责。

这一点，郁达夫自己又何曾不知。

和同时代同样身陷包办婚姻处境的鲁迅、徐志摩等人相比，郁达夫与孙荃的婚姻从本质上来说，是有区别的。

毕竟孙荃不是一般的乡村俗妇，也小有才华，二人也有些情感基础，在刚刚结识和结婚初期，二人也有惺惺相惜之意与互相欣赏之情，只是从内心深处来说，郁达夫对这桩婚姻始终不是很满意，越在外面奔波得久，越觉得有缺憾。

但郁达夫对他与孙荃的家，依然是负责任的。两地分居时，与孙荃常有书信往来，一发了工资，便马上汇款给孙荃。若是没有王映霞，他们的婚姻也许会像世俗中绝大部分夫妻那样，如涓涓细流，平凡而普通地朝前走着，然后直至终老吧？

只是，若没有王映霞，也会有其他女子的出现打破这份婚姻的平静。

一旦"爱情"出现，无论对方是谁，郁达夫与孙荃的婚姻，都将受到冲击。因为只有"爱情"砸到郁达夫的心上，他方明白他与孙荃虽有感情，却没有爱情。而爱情这个东西，无法在共同生活中培养出来。

中年男人一旦在感情里认真起来，整个世界、整个人生都将被烧尽。只剩下了爱情。

这份爱情，对郁达夫还有更深一层的意义。

在国家动荡不安之时，尽管才华横溢，郁达夫却愈发颓废消极。尤其是在认识王映霞之前，1927年1月，郁达夫因为在广东大学担任文科教授时对革命军不满而发表了《广州事情》一文，揭露了革命队伍"畸形的现象"，此文引起了创造社其他成员的不满，最后郁达夫毅然脱离了创造社，与郭沫若等人断绝来往。

因为这件事，郁达夫遭到不少攻击，鲁迅站出来对郁达夫施以援手，撰文为其主持正义。尽管如此，经受了这一番波折的郁达夫心境还是十分低落，人到中年，事业虚空，生不逢时，这时王映霞的出现，好像是一把火炬、一盏明灯，重新点燃了郁达夫心中的希望之火，给予了他振奋的力量，而这些，孙荃无法给予。

因为此，对王映霞的爱愈炽烈，他愈想告别过去的生活，结束与孙荃的婚姻，投入到他与王映霞的新生活里。

郁达夫向王映霞保证：

"正因为我很热烈地爱你，所以一时一刻都不愿意离开你。又因为我很热烈地爱你，所以我可以丢弃生命，丢家庭，丢名誉，以及一切社会上的地位和金钱。"

少女王映霞心中十分矛盾。

作为女人，尤其是从未经历过男女之情的女人，很难不被这样有才华的男人打动，信中的一字一句如同春雨，如同焰火，时而将她滋养，时而将她烤热，女人在爱情之中享受的是什么？不正是这种被追求的被珍爱的满足感吗？

但郁达夫有妻室这件事，始终是王映霞心中过不去的坎儿。王映霞的母亲自然也不同意他们交往，甚至很是责怪了女儿一番。但是，郁达夫对王映霞的追求，得到了王映霞外公王二南的宽容。

为了他们的问题，郁达夫曾经亲自到杭州拜访王映霞的外公王二南。作为文人，王二南对郁达夫大有欣赏与惜才之意，二人饮酒对酌，谈诗论作，相谈甚欢。

女人都知道对于郁达夫的追求，王映霞接受不得，但是作为男人，也作为文人，王二南对郁达夫有着旧式读书人般的体谅。

外公的宽容让王映霞对郁达夫的追求有了回应，但需要解决的问题，仍然是郁达夫的发妻孙荃。

此时郁达夫还未向孙荃摊牌，而远在北京的孙荃已经有所耳闻，当她第一次听到"王映霞"这三个字时，心中便开始隐隐不安，出于女人的直觉，孙荃便知道大麻烦来了。

在孙荃一而再再而三地催促下，郁达夫不得不暂时与王映霞分别，离开上海回到北京。

八

再不想面对，终是要面对。当郁达夫向孙荃提出离婚时，孙荃如遭晴天霹雳，自己最担心的事，终于发生了。

孙荃坚决不同意离婚，甚至以死相胁。面对如此痛苦的妻子，性格阴柔的郁达夫也心如刀剜，他不是不疼惜妻子的凄楚，不是不顾虑妻子的悲伤，只是事已至此，两相权衡之下，对王映霞的爱火足以将他与孙荃的夫妻情分吞噬。孙荃悲伤至哽咽，哽咽至泣不成声，郁达夫内心亦不停翻涌，旧爱新欢交替出现，直翻得人心烦躁又凄怆，他独自一人走出屋子，来到院子里。

北京冬夜的寒风凛冽，寒冷之中，万籁俱寂，一切事物的安静，仿佛都是为了审视郁达夫杂乱难安的心绪。

他想起与孙荃的新婚之夜，也是一人在院中坐了许久，那是他在不是十分情愿的情况下酝酿走进新房的勇气；而今天，现在，他带着满心的勇气与坚持，要从与孙荃的婚姻中走出去。

降生是人生的开始，成婚是人生的开始，脱离婚姻，又何尝不是人生的开始？

然而，这对孙荃来说是结束，是她付出全部真心与最美好岁月后的结束，她不甘心，不情愿。

这个商榷甚至博弈的过程，对双方都是极为痛苦的。郁达夫对自由与爱的热烈向往战胜了对孙荃以及子女的愧疚，孙荃原想的相守到白头终究换不来男人的心，它执意向着爱情奔去。相持之下，二人开始分居。

之后，孙荃知道郁达夫是终不肯回头的。纵然心有怨恨，心有不甘，纵然心中极痛，也唯有妥协。但她定定地说："不管你跟了谁去，我都要'郁达夫夫人'的头衔。"

然而对于郁达夫来说，首先，"郁达夫夫人"这个头衔并不重要，重要的是，他渴望与自己爱的女人共同生活，长相厮守；其次，他知道，孙荃之所以要保留这个头衔，是为儿女计，无论如何，自己都是孩子的父亲。

他同意了，并提出以后依然可以为子女提供抚养费。

之后，郁达夫便迫不及待地踏上去往上海的火车，以自由人的身份向他最爱的女子王映霞奔去，那里有他爱情浓厚的未来，有可待细细寻味的浓情蜜意，有满身的和暖与春天的阳光。

孙荃枯坐屋中，铺天盖地的悲伤将她覆盖。她哭了又止，止了又哭：也许是祭奠，祭奠往日的夫妻恩情；也许是怨恨，怨恨男人无情无义；也许是怀念，怀念曾经虽然不够相爱，却也算是温馨的家。

结束了，都结束了。开始了，各自的新人生都开始了，只不过是有人欢喜有人悲。从此以后各人各路，各唱各歌，各自有各自的宿命与奔波。

九

爱来，如同摧枯拉朽，如同散尽人生寒冷阴霾，好似辗转半生只为伊人，郁达夫陷入了巨大的幸福之中。

王映霞终于接受了郁达夫的爱。1928年2月，在杭州西湖边上西子湖畔大旅社，郁达夫与王映霞举办了婚礼。那年郁达夫三十二岁，王映霞二十岁。

这次婚礼，惊动了整个杭州文化圈。一个是当代著名才子，一个是杭州第一美人，这二人的结合可谓是珠联璧合，羡煞旁人，诗人柳亚子称二人为"富春江上神仙侣"。

两人婚后的生活十分幸福。每天醒来，眼前便是心上人，郁达夫一生之中都没有这样满足过，因为有了爱情的滋养，他的创作力被大大激发，稿费自然不会少拿。

当时郁达夫每个月给王映霞两百银圆用于生活开销，当时一银圆大概相当于现在的一百元，由此可见他们的生活是富足与宽裕的，郁达夫真正做到了像之前情信里所说的那样，把王映霞当成女王，他愿为她倾其所有。

虽然王映霞是大家闺秀，从小也是被呵护着长大的，但结婚后她也尽量在做一个好妻子，学着洗衣做饭，为郁达夫缝补衣裳。同时，由于金钱宽裕，王映霞的时尚装扮也未减半分，并且因为爱情的滋养更显得丰韵动人。

再相爱的情侣，一旦成为夫妻，也会慢慢在对方眼中失去先前因为爱情所带来的光华；再幸福的婚姻，即便可以缱绻缠绵几个年头，也会被岁月打磨得琐碎而平淡，这似乎是亘古不变的真理。

因为之前郁达夫将二人恋爱细节出版成《日记九种》的缘故，王映霞便引起了外界与文坛的注意，加之姿容出众，擅长交际，因此每到一处都会成为焦点，这着实让郁达夫心中不安，甚至多次限制王映霞外出，这很是令王映霞心中不满。

结婚几年后，王映霞先后为郁达夫生下了两个儿子，家中开支也随之增加不少，同时郁达夫还要每月支付富阳老家孙荃与孩子们的开支，压力在无形之中增大。

当时郁达夫在社会活动上也是不尽如人意。他是中国左翼作家联盟发起人之一，却在不久后退出；担任安徽大学中文系教授，却也仅有四个月。

此种情况下，二人难免会在生活中出现摩擦与争吵，当爱情被油盐酱醋代替，当激情被孩子的啼哭与尿布代替，即便是神仙，最后也会沦为凡人。

在一次争吵之后，郁达夫以回家探望母亲为由，回到了老家富阳。

十

那是1931年3月，江南正是草长莺飞之季，郁达夫回到了富阳江边的老宅子。问候过母亲后，郁达夫见到了孙荃与儿女。

相见之下，二人心头皆涌起百般滋味。孙荃并未说话，只是将三个孩子叫了过来。郁达夫看着眼前的孩子们，抱了又抱，亲了又亲，像是自言自语，又像是对孙荃说："熊儿大头大脑，又健又壮，这双手就像两个粉团。"

郁达夫脸上的表情极为丰富复杂，似喜又悲，似激动又怜惜。

熊儿对他说："爸爸，这次你会住几天？"

郁达夫并没有给出确切日期，而是说："爸爸这次会多住些日子。"

听了这话，孙荃恍惚间觉得时光倒流了，她又回到了与郁达夫分开之前的日子，好像男人只是出了趟时间太久的门，终于回来后一家人团聚在一起，稚子可爱惜懂，男人眼里满是疼爱。

然而她知道这只是错觉罢了。这个男人，再也不是自己的了。

孙荃默默上了楼，在自己与孩子们同住的卧室上贴了写着"卧室重地，闲人莫入"的字条，而后又将楼下西厢房收拾干净，铺好被褥，作为郁达夫的卧房。

郁达夫在富阳老家住了半月有余。这半个月来，孙荃待他极为周到细致，一切都按照郁达夫过去的爱好和口味招待他。

她会特意让人到娘家竹园挖掘未露尖的早笋，因为这是他喜欢吃的；她会采摘刚吐新芽的绿茶，亲手炒制，因为这是他喜欢喝的。

月底，郁达夫乘船返回上海，孙荃带着儿女相送。经过半个月的相处，儿女与爸爸原先的陌生感已被天然的亲情替代，孙荃虽表面上不动声色，心中却也充满了不舍。

此种惜别之情，与从前大不相同了。可有，却不可说。

回到家中后，来到郁达夫居住的西厢房，满心伤感。这是真正的人去楼空。孙荃在泪眼蒙眬中看到郁达夫留在桌上的一张字条：

风止于秋水，一

我止于你

钱牧斋（柳如是之夫）受人之劝，应死而不死，我受人之害不应死而死，使我逢得杨爱（即柳如是）则忠节两全矣！

孙荃顿时痛哭流涕，心中爱恨交加，苍茫十余年，她从少女变成了妇人，曾经以为可以相伴终生的男人另觅良人，这十余年，她得到了什么，又失去了什么？

她付出了自己最好的年华，除了满心伤痛和三个孩子，他什么都没有留。更加令她没有想到的是，这竟是她与郁达夫今生最后一次见面。

十一

郁达夫此次返乡，始终令王映霞心有芥蒂。我们已经成婚生子，老家却留着一个原配，保留着"郁达夫夫人"之头衔，无论在郁家还是其他人看来，她永远是正室，而我只能是一个妾室——这算什么？

这样的待遇，王映霞无论如何都不能接受，以至于每次二人争执时，她都会将此事翻出来理论，郁达夫也分辩已经同孙荃离婚，只有她一位妻子，但这仍然是王映霞的心病，最后郁达夫写了一纸保证，此事方才告终。

平时生活中二人也会经常吵架。王映霞嫌郁达夫身体不好，心情苦闷时却经常酗酒；郁达夫不愿王映霞经常出门社交，甚至出门与女性同学彻夜长谈都会令他恼怒不已。

虽然每次矛盾后都会重归于好，但每一次矛盾也是一道裂缝，为日后感情生变埋下了伏笔。

与此同时，国内局势依然动荡不安，在白色恐怖之下，郁达夫心中苦闷愤慨，忧心国家命运，又愤怒于当局只镇压人民而不抵御日本帝国主义的入侵，因此写下著名的《钓台题壁》：

不是樽前看惜身，佯狂难免假成真。

曾因酒醉鞭名马，生怕多情累美人。

劫数东南天作孽，鸡鸣风雨海扬尘。

悲歌痛哭终何补，义士纷纷说帝秦。

当时郁达夫在文坛上也极为不顺，时不时被人攻击，还有文学青年将他的稿件偷去发表，盗用他的名义借钱。国事、家事、文事种种不顺交织在一起，这样的境况很是令郁达夫灰心短气。

1933年，在王映霞的提议下，二人决定举家从上海搬至杭州。

回到杭州后，郁达夫开始求田问舍，拿出全部家当，并向朋友借了一些钱，在杭州官场弄63号南侧购得一块空地，建造了一个典型的中式平房别墅，取名为"风雨茅庐"。

"风雨茅庐"全部由郁达夫自己设计，院中房间众多，林木参差，环境极为优雅。郁达夫将自己三万多本书籍搬了进去，大有于"西湖之畔嗅书香，清风朗月寄终生"之意。

居于"风雨茅庐"的几年里，郁达夫寄情于山水间，游历全国的名山秀水，写出了《履痕处处》和《达夫游记》等佳作，而王映霞又先后为他生下了三个儿子。

此时王映霞已经成了一个极具风韵的成熟女子，作为"风雨茅庐"的女主人，王映霞凭借自己的美貌和优雅谈吐成为杭州上流社交圈中最为耀眼的人物。

"风雨茅庐"中常常举办各种聚会，来往之人皆为社会名流与政界要员。

王映霞性情活泼，往返于应酬之间，笑靥如花，明媚风雅，因此名气越来越大，甚至有了"天下女子数苏杭，苏杭女子数映霞"之说，可谓一时间风光无限。

然众人只见"风雨茅庐"女主人笑容若隐若现，唯不见男主人露脸。郁达夫本就不喜应酬，虽然心中不满，但为了避免不快，常常借故躲避出去，及至深夜才回家。

1936年，郁达夫受到当时福建省主席陈仪邀请，请他出任福建参议兼公报室主任，在与王映霞谈及此事时，她却不愿跟随他去福州。这本就没有谁对谁错之说，男人为事业、为国家、为民族，更愿施展一番壮志抱负；女人在杭州有了固定的交际圈子，从上海迁往杭州没有几年，难道又要举家迁往福州？

只是他们谁也没能想到，自古以来夫妇之情最易在分居之时产生变故，当年郁达夫与孙荃如此，日后，他与王映霞亦是如此。

郁达夫只身去往福州，以手中之笔与胸中之气号召文化界积极开展抗日救亡活动，王映霞则与孩子们留在了杭州。

国家局势越来越动荡不安。1937年，郁达夫被公推为"福州文化界救亡协会"常务理事，并担任《救亡文艺》主编，眼见山河黯淡，郁达夫甚至在题词中写道："我们这一代，应该为抗战而牺牲。"

另一边，杭州城沦陷，王映霞带着母亲与孩子们到浙江丽水避难，朋友将他们安置在丽水燧昌火柴公司旅馆。

燧昌火柴公司旅馆是城内最风光的建筑，洋楼与平房相间，亭台楼阁一应俱全，花草芳菲，红绿相映，很多省建设厅和教育厅的要员及文化名人都住在这里。

王映霞在丽水的邻居，就是浙江省教育厅厅长许绍棣。

当时许绍棣的夫人已经去世，他独自带着三个女儿住在这里，而王映霞与丈夫分隔两地，自己带着三个儿子，逃难时期的特殊心境让二人惺惺相惜，两家孩子常在一起玩耍，许绍棣也对王映霞照顾有加。

许绍棣是郁达夫的旧日同窗，因此郁达夫之前也并未在意，但孤男寡女比邻而居，又关系甚佳，难免惹出一些风言风语，远在福州的郁达夫听说后，内心焦虑不已，1938年3月，郁达夫一路辗转，也来到了丽水。

当时郁达夫正好受到郭沫若邀请，将到武汉任职，因此他来丽水的目的，是想将家人一同接至武汉。

这只是表面上的目的。根本目的，是郁达夫想借此机会断绝王映霞与许绍棣之间的联系。

若是王映霞同意随他去武汉，也许夫妻感情间的裂痕便不会加深加大，可王映霞不同意："母亲已经年迈，丽水生活尚算平稳，又何苦迁来搬去，徒受颠簸之苦呢？"

此言一出，郁达夫便恼怒不已："坊间关于你们的传言已经不堪入耳，若你不同去武汉，岂不更是坐实了传言？"

王映霞深觉惊诧："国势不安，离难之时，多亏许厅长热情相助，才不至家破人亡，感激之情尚未相报，便使人受此无端指责，岂不太让人寒心？"

但郁达夫坚持，无奈之下，王映霞只得随他举家迁往武汉。

原以为离开了丽水，便能斩断王映霞与许绍棣之间的联系，却不想郁达夫在家中发现许绍棣写给王映霞的三封信，信中并无表情达意之词，但似也有着稍许暧昧，郁达夫愤怒到了极致，将三封书信拍照制版，在朋友之中广为散发，甚至在王映霞所晾晒的衣衫上挥墨写上"下堂妾王氏改嫁前之遗留品"几个大字。

郁达夫这种令王映霞自尊全无的行为大大刺激了她，与许绍棣之间的往来，只是她想为丧偶的许绍棣介绍良人，却被污辱为她品行不端，再联想到之前孙荃依然保留着"郁达夫夫人"的头衔，而郁家只把自己当作郁达夫的姜室，被深深伤透了心的王映霞选择了离家出走。

王映霞的离家出走令郁达夫更加失去了理智，以为她回到丽水投奔了许绍棣，愤怒之下，郁达夫在《大公报》上登了一则寻人启事：

王映霞女士鉴：乱世男女离合，本属寻常，汝与某君之关系，及搬去细软衣饰、现银、款项、契据等，都不成问题，唯汝母及小孩等想念甚殷，乞告以住址。郁达夫谨启。

启事一经刊登，王映霞与郁达夫之私事天下人皆知。

王映霞手里拿着《大公报》，气到浑身颤抖，她最不能理解郁达夫的一点，便是凡是与她有关的隐私之事，他从来不会过问自己的意见便随意出版刊发，当年他追求自己时出版的《日记九种》是如此，现在更是公然宣扬她是一个出轨的不良妇女，全然不顾及她的自尊与颜面。她的心一点点跌至谷底，生出绝望。

其实王映霞并未回到丽水，而是借住在武汉朋友家中，得知这一消息后的郁达夫亦觉自己所做有些过分，便请朋友从中斡旋，请王映霞回家。

经过朋友相劝，王映霞提出了自己回家的条件：你无端在报纸上公然诬蔑诋毁我，若想让我回去，也必须在《大公报》上刊登道歉启事。

冲动过后的郁达夫知道自己做了天大的错事，当然应允，登报向王映霞道歉：

> 郁达夫前以精神失常，语言不合，致逼走妻王映霞女士，并在登报寻找启事中，诬指与某君关系及携去细软等事。事后寻思，复经朋友解说，始知全出于误会。兹特登报声明，并深至歉意。

王映霞回到了家中。表面上此事风波已止，却彻底将二人的感情磨蚀殆尽，婚姻隔阂之裂痕已然无法调解，此后若再有风吹草动，婚姻便是入了坟墓，如人之已死，永远无法起死回生。

十二

1938年4月中旬，台儿庄战役后，郁达夫随同慰劳团前去慰问，正是在此期间，王映霞与特务头子戴笠传出了绯闻。

具体事件后来由郁达夫之友汪静之写文披露，且不论真假，只是汪静之称为了不使郁达夫招致杀身之祸，因此当时并未将此事告诉郁达夫。

想必郁达夫每次外出，对王映霞都是不会彻底放心的，他深爱她，爱到不肯信任，爱到失去理智，一点风吹草动，对于敏感悲观、阴柔善疑的郁达夫来说，都会被构想成狂风暴雨。这巨大的沟壑，终其一生也无法填补。

1938年下半年，应新加坡《星洲日报》邀请，郁达夫携家眷前往新加坡参加抗日宣传工作。

在新加坡期间，许是郁达夫对王映霞始终心存不满，许是他的心魔始终不肯放过自己，1939年3月，在这一期《大风旬刊》周年纪念特大号上，郁达夫竟然将之前与王映霞的种种情感纠葛刊登在上面，名为《毁家诗纪》。

在《毁家诗纪》中，郁达夫痛心疾首地指出他们夫妻二人失和完全是因为王映霞的背叛。

一时间，王映霞的隐私又成了寻常百姓茶余饭后的谈资，不仅如此，世人对王映霞的声讨也齐齐袭来。

王映霞简直对郁达夫失望至极，她将所有的眼泪都流干了。夫妻二人情感之事，哪怕有天大的恩怨，关起门来理论便是，却一定要以她的自尊与颜面为代价，令天下人皆知，这实在不是一个真男儿所为。

这样的难堪与打击令王映霞生不如死，朝夕相处之人就这样把她赤裸裸地曝光于太阳之下，她心里再也盛不下巨大的污辱，于是这次她没有选择隐忍，而是选择了有力回击。

愤怒的王映霞写了《一封长信的开始》和《请看事实》，来回应郁达夫对她的控诉。她在文中写道：

"假如一定要我承认有过失的话，那恐怕只有在十二年前，因为自己的经验没有，眼力不足，致糊糊涂涂地同这位大我十余岁而走惯江湖的浪子结下了婚姻的这件事。这一件一生中的遗憾，在过去，在未来，无论在人们认为怎样欢欣的一种场合中，我都不会遗忘。"

"……我也就因为抱着'家丑不可外扬'的宗旨，即使在母亲面前都没有吐露过丝毫，到今天，才把这事实写在纸上。一个人到了'除死无大难，讨饭不再穷'的境地，只想有话便说，有苦即诉，只希望把自己的痛心事要别人来分担一些，还顾得什么'于己有损，于人无益'？……做人，应该说真话，惯施造谣言的伎俩才真下流卑贱呢。"

"我想天下总也有不少为人丈夫的男子，不知是不是也用这种手段来欺侮女人，压迫诬害女人的？至今痛定思痛，对这种诬告压迫女人的情事，只有仇，只有恨，又岂是在瞥眼余生中，能报复得尽的啊！"

之后，王映霞通过朋友向郁达夫提出了离婚。1940年，郁达夫在《星岛日报》上登出离婚启事。

离婚后，王映霞回到了国内，郁达夫留在了新加坡。

至此，十二年前于西湖风光成婚的才子佳人劳燕分飞，各归其途，此生缘尽，死生不复相见。

十三

王映霞离开新加坡回到国内后，郁达夫意志非常低沉，一直郁郁寡欢，酒喝得更多，诗也写得更好了。

都说人在欢愉之时难写出好文章，因此杜甫说"文章憎命达"，实为真理。所谓极具文才之人，莫不是性情敏感，心绪多变，正因为此，郁达夫对王映霞之爱来得猛烈，占有欲强烈，对于王映霞的种种传闻，确有其事也好，捕风捉影也罢，郁达夫用待文字的方式来待她，只图一时之快，而不顾他人颜面，因此虽然后来郁达夫也曾写诗给王映霞以表达自己的思念，王映霞最终也是没有回复了。

1941年底，太平洋战争爆发，日本出兵进攻新加坡，郁达夫被选为新加坡文化界抗日联合会主席，成为新加坡华侨抗日领袖之一。

1942年，新加坡沦陷，郁达夫与二十八位文化界人士历经重重磨难流亡到印尼。

在滞留荷属望嘉丽岛数日后，郁达夫等人决定转移到苏门答腊。谁知途中乘坐的巴士被一辆日本军车拦住，日本军官跳下车来说个不停，可车上并无人懂日语。日本军官越说越生气，巴士上的人越来越惊慌，甚至有人开始逃跑。日本士兵拉开枪栓，气氛立刻紧张了起来，全车人的生死都在一线之间。

郁达夫本不想暴露，他听得懂日语，日本军官只是在问路，为了避免无辜之人丧生于日本人的刀枪之下，便用日语回答了日本军官。

日本军官没想到在这个穷乡僻壤之地还有人懂得日语，临走之前向郁达夫敬了个军礼。

一场危机化解了之后，巴士平安到达苏门答腊。巴士司机将郁达夫送到旅馆时，偷偷告诉店主这人是日本间谍。于是消息不胫而走，传到日本宪兵耳朵里，于是之后需要翻译时，便请郁达夫过去担任翻译。

在苏门答腊时，郁达夫已经不再叫郁达夫，他化名为赵廉，开了一家"赵豫记"酒厂，身份是一个家境殷实的商人。

为了能够更好地长期隐蔽下去，也为了能有人照料自己的生活，在朋友的劝说下，郁达夫再一次建立了家庭。

郁达夫对这一次婚姻没有任何期待与要求，他全部的激情与爱，都在与王映霞的婚姻中消耗殆尽。

婚姻如此令人疲累，那真是活生生的坟墓，再激烈的爱，再热烈的情，最终都会被消磨殆尽，再无半分甜蜜。

因此他对婚姻唯一的诉求便是找个忠厚本分的女人过下半辈

子，而美与不美，风情与无风情，皆不值一提。

一个叫陈有莲的女子走进了郁达夫的生活。陈有莲还不到二十岁，祖籍广东，生活贫苦，不识字，甚至连中国话都听不懂。

陈有莲相貌相当普通，郁达夫为她取了个中国名字"何丽有"，意为"何丽之有"？但这个女人却务实本分，温柔贤淑，因为饱受过生活苦难，因此很会过日子，将家里打理得井井有条。在她看来，这就是她人生中最幸福的一段时光。

在这段老夫少妻的婚姻中，郁达夫对何丽有很是宽让。

同一年，在中国的王映霞结识了重庆华中航运局的经理钟贤道。钟贤道对王映霞非常体贴，亦十分怜惜。他知道了她所有的过去后，对她说："我懂得怎样把你已经失去的年华找回来，请你相信我。"

1942年4月4日，王映霞与钟贤道在重庆举行了盛大的结婚典礼。这是王映霞生命中的第二次婚礼，婚礼冠盖云集，贺客如云，大办筵席。

也许正如王映霞所说，她想要的是一个安安定定的家，而郁达夫只能做朋友却不能做夫妻。对于婚姻，对于女子的嫁人，那中间的辛酸，她尝够了，她看得比大炮炮弹还来得害怕。她不想要名士，也不想要达官，只希望有一个老老实实、没有家室、身体健康，能以正式原配夫人礼待她的男子。这一切，钟贤道都做到了。

曾经相爱的一对人儿，各自开启了再无交集的新人生。

十四

郁达夫在苏门答腊为日本宪兵做了半年多翻译，人人都说他做了汉奸。人们后来才知道，在为日本人做翻译这半年多来，郁达夫利用这个敏感的职业身份解救了不少华侨和地下党员，保护了大量文化界流亡难友和当地居民。若是日本宪兵部接到暗报，郁达夫也会想办法暗中通知当事人。在他做翻译的这几个月中，日本宪兵没有杀过一个中国人，即便有被拘禁的，经过郁达夫的营救，也被释放了出来。

1944年初，由于汉奸告密，郁达夫的真实身份暴露。后来日本宪兵队军官将郁达夫请到总部，指着郁达夫写过的书问是谁的。郁达夫镇定自若地说道："赵廉为我本名，郁达夫则为笔名。"

因为郁达夫早年在日本留学多年的缘故，他的名气在日本比在中国还要大，日本《人名大辞典中》对郁达夫很早便有了详细的介绍。

军官没有深究，很客气地将郁达夫送走，开始在暗中对他密切监视，针对他的专案侦查工作也全面展开。身处险境的郁达夫为了不打草惊蛇，安排其他文化界人士先行离开。

1945年2月，郁达夫写下了一份遗嘱：

余年已五十四岁，即今死去，亦享中寿。天有不测风云，每年岁首，例作遗言，以防万一。

自改经商以来，时将八载，所得盈余，尽施之友人亲属之贫困者，故积贮无多。统计目前现金，约存二万余盾；家中财产，约值三万余盾。"丹戒宝"有住宅草舍一及地一方，长百二十五米达，宽二十五米达，共一万四千余盾。凡此等产业及现款金银器具等，当统由妻何丽有及子大雅与其弟或妹（尚未所生）分掌。纸厂及"齐家坡"股款等，因未定，故不算。

国内财产，有杭州官场弄住宅一所，藏书五百万卷，经此大乱，殊不知其存否。国内有子三：飞、云、荀，虽无遗产，料已长大成人，地隔数千里，欲问讯亦未由及也。余以笔名录之著作，凡十余种，迄今十余年来，版税一文未取，若有人代为向出版该书之上海北新书局交涉，则三子之在国内者，犹可得数万元。然此乃未知之数。非确定财产，故不必书。

乙酉年元旦

1945年8月15日，日本无条件投降。同年8月29日晚，郁达夫与几位友人商量关闭酒厂重返新加坡，再转国内之事时，有人将郁达夫叫出门，过了一会儿郁达夫回来，对妻子和友人说有些事情必须外出片刻。

郁达夫再也没有回来。据说当晚郁达夫便被日方绑架，于9月

17日被日本宪兵秘密杀害。时年四十九岁。

第二天早上，郁达夫的妻子何丽有生下了他的遗腹女郁美兰。直到有人为何丽有读了郁达夫的遗嘱，她才知道与之生活了这么久的丈夫，她为之生育一双儿女的丈夫，竟然是中国知名作家郁达夫。

十五

直到20世纪40年代末期，孙荃才得知郁达夫已经遇害的消息。孙荃陷入了巨大的悲伤之中，回忆如同潮水一浪又一浪向她涌来。

初识之时你来我往以诗相赠；新婚后在娘家宵井共度闲适时光；初为人母时的激动与欣喜，两地分居时的期盼与思念；1931年他回到富阳时看着孩子们的眼神，和他留在西厢房桌上的纸条……

她从来没有将郁达夫遗忘过，哪怕他不尽为人夫为人父之责，哪怕他给了她一段不幸的婚姻，而后又重新建立家庭，哪怕这么多年来都是她一个人含辛茹苦将几个孩子拉扯大，哪怕他最后连一句道别都没有，她都愿用尽余生怀念他。

余生，再无怨念和憎恨，余生，只有无尽回忆与思念。

郁达夫遇害后，孙荃请回了一尊菩萨，每日守斋念佛，祈望夫君安息。每逢旧历7月15日，她总要向南天遥望，希望夫君魂兮归来。

新中国成立后，孙荃一直致力于整理郁达夫的作品，她唯一的愿望是能够将郁达夫生前五百多万文字结集出版，她坚信郁达夫能够在中国文学史上得到属于他的公允地位。

1978年3月29日，孙荃与世长辞，终年八十一岁。临别之时她说："回忆我的一生，我是会心安理得地升入天堂的。"

孙荃被埋葬在富春江畔郁家祖坟。她的墓碑上，是儿子亲手刻的墓志铭："对丈夫，她是柔顺而识大体的妻子；对儿女，她是严厉又慈祥的母亲。"

墓志铭旁边，则是当年初识时郁达夫寄赠给孙荃的诗："许侬赤手拜云英，未嫁罗敷别有情。解识将离无限恨，阳关只唱第三声。"

十六

王映霞嫁给钟贤道后，二人恩爱情深，他们对彼此关怀备至，不离不弃。

在这段婚姻中，王映霞非常投入，也很幸福，她多次对人说："他是个厚道人，正派人。我们共同生活了三十八年，他给了我许多温暖安慰和幸福。对家庭来说，他实在是一位好丈夫、好父亲、好祖父、好外公。"

1980年，钟贤道先王映霞而去。此后王映霞一直独居在上海复兴中路一条小弄堂里的老宅子里。已经年老的王映霞依然优雅，她喜欢闭目养神地枯坐着，常常一坐便是一两个小时。

往事虽已如烟，却也会突然不设防地缭绕在心魂之间吧。

她会想念钟贤道，一次在布店看到白底红圆点的布，她马上想到钟贤道眼镜片上的闪光点，于是她买了很多这种布，用来做床单和窗帘。

她也会想念郁达夫的吧，毕竟他们相爱过。在新加坡与郁达夫分开前几天，她还亲手为他赶做了几套新衣裤，把家用的余钱，全部留给了他。

她曾在自己的自传里对这两个男人做了中肯的评价："如果没有前一个他（郁达夫），也许没有人知道我的名字，没有人会对我的生活感兴趣；如果没有后一个他（钟贤道），我的后半生也许仍漂泊不定。历史长河的流逝，淌平了我心头的爱和恨，留下的只是深深的怀念。"

2000年，王映霞去世，终年九十二岁，与钟贤道合葬。

所有爱恨情仇皆为云烟，如同一席无情春梦散去，只留一段令人唏嘘的传说在人间。

高君宇&石评梅

你是我灵魂的主宰

FENG ZHIYU QIUSHUI,
WO ZHIYU NI

一

　　1902年，光绪年间。这一年，清廷宣布准许满汉通婚，中俄签订了《交收东三省条约》，山西大学堂成立。

　　也是在这一年，山西省阳泉市平定县石府，一个小女孩儿呱呱坠地，乳名唤为心珠。

　　在乱象横生的清朝末期，作为女孩，石汝璧无疑是幸运的。她的最幸运之处，在于她有一个满眼怜爱、轻唤她为"心珠"的父亲。

　　石汝璧的父亲叫石铭，清末举人，彼时为儒学教官。石铭的祖辈在当地便是声名显赫的大户人家，石汝璧所出生的石府是在雍正年间修筑而成，院中花园树木成荫，幽深雅致，因此石府也被称为"石家花园"。

　　诞生于石家花园的石汝璧是石铭最为钟爱的小女儿，石汝璧到来时石铭已经四十七岁，尽管他与前妻育有一子，但望着眼前这柔软娇嫩的小小婴孩，石铭的心竟然化了，生出一种与第一次做父亲全然不同的感受来，甚至觉得只有倾己所有给怀中婴孩全部宠爱，才算此生无憾。

　　而事实是，石铭确实做到了。他奉女儿为掌上明珠，唤她心珠——心尖尖上的宝贵珍珠；为她取学名汝璧——所谓"石雕成璧"，价值连城，你就是这世间最珍贵的美玉。

他给女儿充分的自由，调皮犯错时从不责罚，所有要求一应满足，因不忍女儿遭受裹脚之苦，而坚决不给女儿裹脚。

他不信什么"女子无才便是德"，而是在女儿小时便亲自教她识字诵诗，每晚坚持不断。家里藏书随女儿任意翻读，先是《三字经》《百家姓》，后是古文经典诗书精华，女儿投入而痴迷，他殷切且欣慰。

他给她自在，许她自由，他任她思想遨游四极，即便后来她因爱梅花之俏丽高洁、慕梅花之孤芳坚贞而自作主张将名字改为石评梅，他也欣然应允。

自由的家庭必定孕育出自由的灵魂与精神，因着父亲的宠爱、母亲的呵护，石评梅从小便古灵精怪、天真无邪。

待女儿到了读书的年龄，石铭也不顾村中他人的异样眼光，把女儿送至学堂读书，每天晚上依然坚持亲自教女儿读《四书》《诗经》。

那是一个新旧交替的时代，封建思想依然在绝大多数人心中根深蒂固，作为清末举人，并为清政府效过力的石铭，思想能够开明到如此地步，目光能够长远至未来变革后的新社会，可谓极具眼识与革新精神。

在他的疼爱与教育下，他的女儿石评梅后来成为"民国四大才女"之一。

二

1911年，辛亥革命爆发，推翻了两千多年的封建帝制。那一年，九岁的石评梅与家人因躲避战乱逃到城外投奔石铭的一个朋友。

那是一个秋日的黄昏，晚霞照着一片柳林，万条金线慵懒地垂到地上，一路上纵横倒卧着兵士们，父亲因惊吓而焦忧的面貌，母亲收拾东西时的匆促慌急——所有这些伴着枪林弹雨牢牢刻在了石评梅幼小的心灵中。

彼时她还不知道她所生活的中国正处于一场巨大的变革之中，尤其某日她惊讶地发现，父亲剪掉了辫子。父亲此举不受乡人待见，但父亲却做得毅然决然，石评梅不由得打心底里敬佩父亲。直到后来，她终于明白他是多么富有革新思想，以剪掉从小蓄起的辫子来表达废除封建恶习之志，哪怕不被乡人理解。

因为石铭热衷新政并支持社会变革，不久后便被邀请到太原任职，于是石铭举家迁往太原，石评梅也进入太原师范附属小学就读。

因为太原是省城，社会风气更加自由开化，这与石评梅无拘无束的天性甚为投和，加之石评梅开蒙较早，读书较多，且聪慧伶俐，天性好学，因此一入学成绩便名列前茅，深得师长喜爱。

石评梅在附小读了三年书，1914年从附小毕业后，石评梅因在升学考试中大胆抨击了"女子无才便是德"而名列榜首，考入太原女子师范学校。

在太原女子师范学校求学期间，石评梅的学识与思想都得到了长足的提升，文学创作也更上一层楼，在学校举办的文章博览会上，她的文章《桃园记》和《介子推》得到评委老师一致认可，被推选为第一名，石评梅"才女"之称也由此在学校中传开。

自在的童年生活带给她自由的思想，自由的思想带给她不拘一格的创作才能，也带给她不同于其他女生的大气风范，这种自由的精神气质让她在学生公共事务上才干尽显，成为太原女子师范学校的瞩目人物。

1919年，五四爱国运动爆发，太原各校学生决定成立太原市大中学校学生联合会，以罢课和示威游行的方式来声援北京学生的爱国运动。

这场爱国运动的烈火早已经在石评梅心中熊熊燃烧起来，她也想参与到学生联合运动中去，但太原女子师范学校实行的是封闭式管理模式，平时学生根本没有走出校门的机会，更不用说参加活动了。

石评梅不甘心，决定带领一些同学偷偷油印一些进步刊物，以提高同学们的思想觉悟，让更多的学生参与到这次运动中来。

可惜的是，这次学校风潮被学校和当局压制了下来，并且贴出告示，声言将公然闹事者石评梅开除学籍。

此告示一出，立即引起学校很多师生的不满。石评梅爽朗正直，极富才学与才干，再说，声援五四，投身于民族解放，已然成为全国学生的一致诉求，在这样的情形下，太原女子师范学校却依然让学生们"两耳不闻窗外事，一心只读圣贤书"，并还要开除进步学生，许多觉醒的师生坚决反对。

彼时五四运动进行得轰轰烈烈，如火如荼，在学生们的推动下，统治当局答应惩办卖国贼，并拒绝在不平等条约上签字。面对这样的形势，山西政府也开始转变态度，安抚学生，加上太原女子师范学校的校长是爱才之人，最后石评梅的学籍得以恢复。

这次风潮，让石评梅得到成长，她不再是那个不知人情世故的小女孩，不再是那个藏在象牙塔的学生，这个从小衣食无忧的姑娘，开始懂得世间的不幸与罪恶，开始向往新的世界、新的文明、新的中国。

1919年，石评梅从太原女子师范学校毕业后，决定继续求学，考入北京女子高等师范学校。

在当时的人们看来，一个女孩子中学毕业就可以了，何必去深造呢？对于女儿的志向，石铭却非常支持，在他眼中，女儿是自由的，是勇敢的，是有着追求自己人生的权利的。

到了北京后，石评梅本来要报考女高师的国文科，但当年女高师文科不招生，于是石评梅考入了体育系。

从山西平定县到省城太原，再从省城太原到北京，石评梅的人生在进步思想的推动下，又迈上了一个新台阶。

三

时逢乱世，女儿的远行，令石铭担心牵念，于是他写信给北京的朋友，希望能委托一个稳妥的人帮忙照应他的女儿。恰巧有一个叫吴天放的青年也在北京，得到信息的他果然到女高师去探望了石评梅。

吴天放是外交部的一个小职员，平时爱好文学，对诗歌、散文也颇有研究，在文坛上颇有些名气。他成了石评梅独在异地的第一个朋友。

吴天放对这个乡中前辈托付给自己的小妹妹非常照顾，无论在生活还是学业方面，他都尽其所能地为石评梅提供帮助。

在石评梅看来，吴天放是成熟的、热情的，也是颇有才华的。因为同为新青年，两个人的精神思想也在同一层次，理所当然地，他们的交往比较频繁。

他们谈时局，谈诗词，谈时代发展，谈个人理想与生活，吴天放的独到见解与精辟论述打动了涉世未深的天真少女，本来石评梅对吴天放就有些依赖，加之交流越来越多，心便越来越贴近他。

吴天放对石评梅这个小妹妹是十分喜欢的。他不曾想到，这个清瘦甚至有些羸弱的短发女孩，竟然有着高远的理想抱负，每每谈及时代与国家，她都侃侃而谈，或慨叹或憧憬，瘦小的身体里仿佛蕴藏着巨大的能量。

然而她又是饱含愁绪的，如四月的梨花，明明正值盛放年华，却总有一种与生俱来的清洁，这清洁中有不可亵玩的高雅，也有令人疼惜的忧伤。

吴天放并没有隐藏自己的喜欢，他常去探望她，带给她一些风味小吃，在她门前留下鲜花，也写诗给她，更是在石评梅第一个远离家乡父母的中秋节特意来到她的学校陪伴她。

少女的心思极为敏感，对于吴天放的心意，石评梅心知肚明。他们相处得自然，来往得自然，从朋友变成恋人，也很自然。

对于独在外地的石评梅来说，吴天放对她的意义是独一无二的。他所给予的陪伴、关怀、温暖与爱，是她在北京这个陌生城市最为依赖也最为需要的，这份感情令她踏实、安心，原来这就是爱情——细心的、体贴的、盼望的、牵念的，又让人心生安全与自信的。

确定恋爱关系后，二人关系很融洽，石评梅的人生仿佛获得了可以被支撑的力量，她对未来的憧憬是美好的，她坚信所有幸福只要有勇气追求，便一定会到来。

她在文章里说：

"从前我是信仰命运天定说的，现在我觉得那都是懒惰懦弱人口中的护符，相信我们的力，我们的力是能一日夜换过一个宇宙的。我们的力是能毁灭一切，而重新铸建的；我们的力是能挽死回生的……我们为了爱情而生，为了生命求美满而生，我们自然不是迎合旧社会旧制度而生，果然，又何故要有革命！"

有了感情的依靠与加持，石评梅在学业上更加尽力尽心，除攻读体育专业课程之外，闲暇时间依然坚持进行文学创作，先后在刊物上发表了很多新诗、散文、小说、话剧等。作为一个体育专业的学生，文学造诣与创作能力竟然超过了很多文科生，很快，石评梅便成为北师大公认的才女。

在文学创作的过程中，石评梅结识了后来与她并称"民国四大才女"的庐隐，后来二人成为无话不谈的好友，成为彼此安慰互相鼓励的生活与精神上的密友。

在学校里，石评梅也结识了陆晶清，后来亦与之成为挚友，与冯沅君、苏雪林等也非常熟识。

对石评梅来说，这似乎是一个异乎完美的少女时代，爱情给予她滋养，友情给予她力量，她如同一朵开在春风里的花，无论日夜晴雨，一切都是暖的，一切都是好的。

1922年，吴天放带石评梅参加了山西同乡会，正是在这次同乡会上，石评梅结识了高君宇。

对于高君宇，石评梅早有耳闻，她的父亲石铭曾是高君宇的老师。知道在北京诗坛上颇有名气的石评梅是恩师的爱女后，高君宇很是高兴，二人相谈甚欢，言谈之间都觉得对方十分亲切。

在这次聚会上，石评梅发现父亲这位叫高君宇的学生竟然是这样优秀。1919年5月4日学生爱国游行时，高君宇是组织和参加的骨干之一，更是北京大学学生会负责人之一。他思想进步，极富革命斗争的勇气，在五四运动遭到反动军阀镇压时，他毅然担任了北京大学驻北京学生联合会的代表，带领青年学生们痛打章宗祥，火烧赵家楼。为了唤醒更多民众，高君宇还加入了平民教育讲演团，并很快成为该团的骨干和领导成员，与邓中夏等人一起在城市、农村、工厂组织讲演。

在这次聚会上，高君宇做了一次反帝反封建的演讲，他的眼睛中闪烁着坚定的光芒，语气铿锵有力，抨击反动军阀的黑暗统治，展望新中国之未来。面对这个思想先进、充满壮志豪情的青年，石评梅被深深感染了，敬仰之心油然而生。

这个青年所表达的一切，也正是石评梅的心声。她在他身上感受到了召唤，作为中国青年，应为理想而活，为光明而战。

同乡会结束后，石评梅直言不讳地对高君宇表达了自己的敬佩之情，希望能够在他的指导下成为跟他一样的新青年。面对恩师爱女的请求，高君宇有几分惊讶，更有几分欣喜，他没有想到，眼前这个瘦弱的女孩竟然有着这样阔大的志气，临别时高君宇送给石评梅几本《新青年》，嘱咐她认真阅读。两人互相留下联系方式，方便日后通过书信交流探讨。

作为一个追求进步的青年，石评梅虽然信念坚定，但思想却是时常苦闷的，很多事情她都无法理解，关于这些问题，石评梅一一在信中说给了高君宇听。

除了日常的学业，高君宇一直活跃在各种爱国活动中，十分繁忙，但即便如此，只要一有时间，他便会认真阅读石评梅的信，并非常郑重地回信。在他的回信中，他帮助石评梅分析问题的深刻根源，开导她，指引她，堪称是石评梅的良师益友。

高君宇绝非一般普通的大学生，这从他在五四运动时带领学生冲进赵家楼时就可见一斑。不仅如此，1920年北京社会主义青年团成立，他被推为第一书记，他更是建党时期的第一批党员，他是引导青年进行革命斗争的先锋。在高君宇的开导、鼓舞与帮助下，石评梅成长很快，很显然，高君宇已经成为她思想上的一盏明灯，坚定而光明，有力而铿锵，这盏明灯渐渐驱散石评梅心头的迷惘，令她对未来充满了无尽的希望。

1922年年初，高君宇到莫斯科参加远东各国共产党及民族革命团体第一次代表大会，后辗转回到国内，得到一段休息时光，他想起石评梅曾多次邀请她到自己的学校来，便与石评梅见了一面。在这次见面中，高君宇依然关切地问起石评梅近期的学习情况与思想状态，依然真诚地为她化解思想上的苦闷，鼓励她勇敢地摆脱束缚，走出属于自己的一片新天地。

在石评梅心中，高君宇无疑已经成为支撑她理想抱负的坚定力量，任何困扰她的问题，只要得到高君宇的指点，受到高君宇的鼓励，她都能生出新的希望和无畏走下去的信念。

此后，他们也曾几次相约于北京南郊的陶然亭，高君宇常会给她带一些进步书刊，给她讲国内与国际的形势，给她讲自己在革命斗争中的亲身经历，在与高君宇的交往中，石评梅的思想日臻成熟。

石评梅无比庆幸自己能得此良师益友，她的大学生涯如此充实，有爱情的滋养，有友情的温暖，还有来自这样优秀的青年的鼓舞，石评梅认为这实在是自己的大幸。

四

不知不觉中，时间来到了1923年。这年春节后石评梅从老家回到北京，令她感到奇怪的是，本来她跟吴天放说好回到北京再见面，可她已经回到北京几天了，吴天放竟然一直没有约她见面。石评梅隐隐有些担心，但更多的是想念，来到北京这三年，她已经习惯生活中有吴天放陪伴，她交付给他的感情也安安稳稳妥妥帖帖地被保护得很好，忽然间没有了吴天放的消息，难免令她心神不安。

石评梅决定亲自去看吴天放。一路上石评梅的心情还是很轻松的，她还在想着见面时要给他一个惊喜，以证明她想念他，她惦记他，她渴望见到他。

所有美好的憧憬，在她推开吴天放住处的门时，都破碎了。吴天放的房间里除了他，还有一个女人和一个孩子，她看着他们，他们也看着她，大家都愣住了，好像时间也因此而不再行走了一样。

不需要吴天放解释，石评梅心里已经明白了一切。正如她所料，女人是吴天放的妻子，他们已经有了孩子，而吴天放竟然整整瞒了她三年。她愤怒地逃也似的离开了吴天放的住处。

回去的路上，石评梅听到了心中那座叫爱情的美丽的琉璃城堡被摧毁的声音，昔日所有关于她与吴天放的美好爱情瞬间瓦解成一片废墟，同时，她的心拉上了一道厚厚的铁门。

此后吴天放多次联系她，试图解释自己的处境，发誓自己对石评梅一如既往，甚至对她的爱比从前更加炽热，更加强烈。吴天放说他会跟石评梅一起生活，而与老家的妻子井水不犯河水。

吴天放越解释越表忠贞，石评梅越觉得他可耻。她最不能原谅的，就是感情上的欺骗。

且不说她根本无法接受与另一个女人共享一个男人，仅仅因为自己的幸福就去破坏一个家庭，去伤害另一个女人，她就做不到。

从此以后，石评梅对吴天放拒而不见。

他是她的初恋，在她的心完全不设防的情况下，在她孤身一人来到北京时，他的温暖和关怀俘虏了她，她又怎会想到，原来一切竟然都是一个巨大的笑话，她只不过是他在外寄托感情之物罢了。原来自始至终，他们的爱情都从来没有过未来，石评梅甚至觉得自己的整个人生都失去了色彩，自己所有纯真的感情，统统因为空付而化成了灰烬。

这次失败的爱情给了石评梅巨大的打击。看似决绝的背后，是石评梅无处诉说的蚀骨悲伤，是石评梅耗尽心力后的无力与孤独。

她大病了一场。与吴天放爱情的结束，也带走了她对爱情的全部信仰。她在日记里写道：

"青年人的养料唯一是爱，然而我第一便怀疑爱……怀疑的结果，我觉得这一套都是骗，自然不仅骗别人连自己的灵魂也在内。宇宙一大骗局。或者也许是为了骗吧，人间才有一时的幸福和刹那的欢欣，而不是永久悲苦和悲惨！"

因为始终深陷低落消沉的心绪之中，石评梅连给高君宇的信都少了。

彼时高君宇正投身于紧张的革命工作中，虽然每天都很繁忙，但他依然意识到石评梅的信写得少了，于是当他闲下来后，便到师大去探望石评梅。

相见之下，眼前的石评梅又瘦了，面色憔悴，连往常清澈的眼睛也少了许多神采，在谈话的过程中，昔日话多的石评梅沉默了许多。高君宇猜测，在这段时间里，石评梅的生活中一定发生了什么变故。

石评梅看似孤傲，却十分柔软，人前她从来都是欢乐快活的，人后却只能空留惆怅，哀伤流泪。她与吴天放初恋决裂的事情，除她的密友庐隐和陆晶清外，无人知晓。

某日，高君宇约石评梅与陆晶清到中央公园的"来今雨轩"吃饭。席间石评梅话很少，虽然尽量压制，但郁郁不乐的神态依然挂在眉眼之间。倒是陆晶清与高君宇相聊甚欢。

问及高君宇个人感情时，高君宇竟然也没有遮掩，而是坦荡地说自己家中已有妻子，只不过这婚姻是父母包办，为了逃避这桩婚姻，他离开了家乡去了太原，之后又考取了北京大学英语系，再也没有回过老家。在此期间，他多次写信给父亲，请求取消婚约。

高君宇的经历令石评梅和陆晶清有些吃惊，没想到这个积极勇进、力求改造新社会的青年在感情上竟然也逃不过被包办，并且无法挣脱。

也许是高君宇的真实与坦诚打动了石评梅，在后来高君宇约她在陶然亭见面时，她将自己与吴天放的事情告诉了高君宇。

高君宇不由得一阵心疼。

他与石评梅长久通信，文字最不会说谎，在字字句句的诉说中，写信人的生命底色尽显。在高君宇看来，石评梅是一个无比纯真的女孩，她的精神世界是现实黑暗的反面，洁净，美好，追求进步与光明，一个本质如此单纯的女孩，感情上又怎么受得了这样残酷的欺骗呢？

高君宇不愿看到石评梅这样消沉下去，便常在不忙时邀约石评梅到陶然亭游玩散步，以消解她的烦愁与哀伤。

五

陶然亭不仅是高君宇为石评梅纾解愁绪的地方，也是仁人志士秘密进行革命活动的地方。在这里，高君宇与众多进步人士商讨爱国游行与工人罢工事宜，高君宇也是冒着一次又一次风险积极组织并领导各项活动，甚至多次遭到反动军阀政府的通缉。

高君宇在反动军阀的通缉追捕下继续进行斗争，这令石评梅的内心极为震动，那个外表看起来儒雅谦和的高君宇，竟然是一个在暴风雨袭来之时依然镇定沉着的战将。石评梅对他越来越敬佩，同时也担心他的安危，常写信叮嘱高君宇在为事业战斗的同时要多加小心。

他在给石评梅的回信中说：

"……评梅，你是受制屈服命运之神呢，还是诉诸你自己的'力'呢？

"愿你相信：你是很有力的，一切的不满意将由你自己的力量去粉碎！过去的我们，很容易彷徨，但我们要往前抢着走，抢上前去迎接未来的文化吧！"

时间就这样在他们的通信中看似从容却毫不留情地流逝着，这一年，石评梅从女高师毕业，到北京师大附中任教。完成由学生到先生的过渡后，石评梅开始了人生的新阶段。

这年11月，石评梅收到了高君宇的一封信。这封信与以往高君宇给石评梅的信不同，只有一枚红叶。

石评梅拿起这枚红叶，发现上面用毛笔写着两行小字：

满山秋色关不住，一片红叶寄相思。

天辛采自西山碧云寺十月二十四日

石评梅愣住了。聪敏如她，只读一遍便知道这是高君宇在向自己表白。她突然心乱如麻。

当然，石评梅是关心惦念高君宇的，她全然把这当成是朋友之间的情谊，对于这个赤诚忠厚的青年，她也是心存好感的，但是她太惧怕爱情了，爱情曾经深深伤透她的心，让她每每想起便心生寒意，曾经所有的美好都抵不过这份对爱情深深的绝望。自从与吴天放决裂后，石评梅便抱定了独身主义的信念。

收到高君宇的表白红叶，石评梅甚至有些沮丧：就这样保持着纯洁亲密的友情不好吗？为何给我我所无法承受也根本不相信的爱情呢？

想到这里，石评梅回到桌前，蘸饱笔墨，在红叶背面写道：

枯萎的花篮不敢承受这片鲜红的叶儿。

高君宇对石评梅的好感，来自她写给他的第一封信。在那封信中，石评梅说了这样一句话："自珍身体，免为朋友所悬念。"

就是这句话，让高君宇心中产生了异常的波动，他捕捉到了石评梅的善良与柔弱、纯真与温暖，这让他产生了想要了解她、接近她的念头，随着以后的交往，石评梅的饱满才学更加打动了她。

高君宇深深喜欢上了石评梅。但彼时石评梅有男友吴天放相伴，他只能将这份感情化为朋友般的情谊，之后石评梅被吴天放欺骗，与之决裂，高君宇又不愿乘人之危，而是选择了纾解与安慰。

如今石评梅已经毕业工作，她与吴天放的感情也已经是过眼云烟，于是才借红叶表达爱意。

谁知石评梅早已决意独身，她拒绝了高君宇的爱。

然而高君宇到底是个胸有山河的坦荡男人，他在给石评梅的回信中说，我如此赤裸大胆地写信，愿你不生一些惊讶，不必当它是一种希求，而只当它是一颗真心。

此后高君宇爱石评梅一如往常，石评梅大病险丧命，高君宇冒着被国民党政府通缉的风险前去探望她，深更半夜为她请大夫，守候在她床边，等待她从昏睡中清醒过来。

石评梅慢慢睁开眼睛时，感受到了滴落在手背上的高君宇的

高君宇 & 石评梅

283

热泪。

1924年，高君宇奉北方区党委和李大钊同志的指示，去山西完成建党的使命，同时筹划建立国共合作统一战线。临行的那个暴风雨之夜，高君宇又冒险特意去与石评梅告别。

他劝她要珍重，给了她买药的药方，念及高君宇前路艰难，石评梅心中难免黯然，只愿挚友此去一路平安，事业成功。

人人都看得出高君宇对石评梅的一颗炽热之心，甚至连石评梅都感受到了高君宇对自己的至诚至爱。然而这个爱情之花初绽便因欺骗而枯萎的敏感少女，再也不敢敞开心扉去爱，抱着独身素志不愿动摇。

其时高君宇在那个与石评梅告别的雨夜还告诉她，这次去山西还有一个任务，那就是处理那桩包办婚姻，给对方和自己真正的自由。

石评梅不是不明白，她知道，高君宇的心一定很苦，包办婚姻把他和不爱的女子绑在一起，一直在风暴中心奔波，又得不到自己的爱，可她始终无法说服自己接受他的爱，那被欺骗所摧毁的爱情之花，又怎能死而复生呢？

六

高君宇名义上的妻子叫李寒心，比高君宇大两岁，祖上为乾隆、嘉庆年间高官，到其父李存祥这一代虽然家族已经没落，但因出身名门，仍为当地知书达礼的人家。

在双方家长的做主下，李寒心早年便许配给高君宇为妻，并在二十岁那年嫁到了高家。

成婚那一天，高君宇坚决不同意，大喊"宁可死，也绝不拜堂，绝不入洞房"，其父高配天被气得急火攻心，倒地昏厥。见此景，高母双眼泪流，苦苦哀求高君宇，高配天本就年迈多病，若真因他不肯成婚而有所闪失，高家从此难以继日。

高君宇仰天长叹，泪如雨下，不得不被他人摆布着换衣，推搡着拜堂，如在梦中。

洞房花烛之夜，高君宇对李寒心实话实说："我常年在外奔走，几年不回家乡，甚至还有杀头牢狱之灾。"

李寒心眼中始终流露出幽怨，这婚，她自己也成得不甘不愿。

在娘家时，李寒心早已有了心上人，她与男孩青梅竹马，然而在那个年代根本没有婚姻自由之说，在封建礼教之下，在父亲的安排之下，她只能嫁与高君宇。谁知过门第一天，自己的"夫君"便说出如此不吉利之话，她看得出来，高君宇的眼里，对自己只有怜悯和同情，而无半分喜爱。

这桩抵抗不成的包办婚姻给高君宇带去了很大的创伤，成婚第二天便猛烈咯血，一病不起，病情好转后，高君宇以换环境静养为由去了太原。到了太原之后，高君宇便几次写信给父亲，要求取消婚约，而高配天坚决不答应。

高君宇也写信给岳父，恳请批准自己与李寒心解除婚约。然而在李存祥的认识中，解除婚约就是自己的女儿被夫家休弃，如此，女儿以后还怎样做人？另外，亲家高配天一直都不同意，自己也不能擅作主张将女儿接回家。

李寒心无疑成了这桩婚姻最大的受害者。她一直在高家过着清心寡欲的生活，如同身囚牢狱。每天与她说话的，只有她门前笼中的灰头鹦鹉。这只鹦鹉极具灵性，在它的陪伴下，李寒心的生活才显得不那么凄清悲惨。

高君宇趁着这次到山西完成革命任务，也秘密潜回了老家。见到一直为他清守至今的李寒心，高君宇非常痛心，他实在不忍心一个女人因为自己抛掷大好年华，孤寂一生。

他对李寒心说："我们离婚吧。离了婚，对你我都有好处。"

李寒心并不知道何为离婚，高君宇解释道："离婚并不是休妻，而是夫妻双方自愿解除婚姻，这些年你已经够苦了，不能再这样下去了。"

李寒心听了后，同意离婚。

完成革命任务后，高君宇又给岳父李存祥写了一封信，这封信写得诚恳真挚，自己已经辜负李寒心许多年，恳求岳父从自己女儿的幸福角度考虑，为其谋划新生命的道路，否则就是葬送了李寒心一生。

李存祥比高配天要通情达理，见高君宇如此开诚布公，言之有理，便不顾世俗偏见与风言风语，用毛驴将女儿接回了家中。

回到娘家后，李寒心当年的心上人早已经娶妻生子，后来，李寒心嫁给了邻村一位姓李的财主，生了一男一女，在四十一岁生第三胎时，难产而死。

七

与李寒心离婚后，高君宇立即给石评梅写了一封信告之，石评梅回信说，与他只做朋友，不谈爱情。

见此信，高君宇内心凄怆，他在给石评梅的回信中说道：

"我是有两个世界的，一个世界一切都是属于你的，我是连灵魂都永禁的俘虏；在另一个世界里，我是不属于你的，更不属于我自己，我只是历史使命的走卒。"

"我何尝不知道：我是南北飘零，生活在风波之中，我何忍使你同入此不安之状态；所以我决定：你的所愿，我将赴汤蹈火以求之，你的所不愿，我将赴汤蹈火以阻之。不能这样，我怎能说是爱你！从此我决心为我的事业奋斗，就这样漂零度此一生，人生数十寒暑，死期忽忽即至，奚必坚执情感以为是。"

石评梅的密友陆晶清劝她，说高君宇是个万里难寻的至诚君子，是真正的多情英雄，你又何必将吴天放带给你的伤害殃及他身上呢？

难道石评梅对高君宇就毫不心动吗？不，她欣赏他，敬佩他，也爱慕她，但那场初恋情殇让她知道，所有恩爱私语，所有誓言承诺，都脆弱得不堪一击，陷入爱情时有多么幸福甜蜜，爱情走时就会有多么令人哀伤痛苦，男女之间，只有不牵扯情爱，才能长久。

她对高君宇亦不隐瞒，将自己的想法与坚持如实相告，愿以这样简单而热烈的情感，做他的挚友。

尽管高君宇认为只要跨越横亘在他与石评梅之间的包办婚姻这座大山，石评梅就会接受自己，尽管石评梅的回复让他非常沮丧与失望，但他愿意理解并尊重，依然与石评梅保持通信，依然一如既往地关心石评梅。

在九死一生中完成在山西的革命任务后，高君宇作为孙中山的秘书，又护送孙中山赴广州工作。在广州，广州商团发起叛乱，高君宇负伤，他不顾个人安危，最终协助孙中山平定了这场叛乱。

在广州，高君宇买了两枚象牙戒指，一枚留给自己，另一枚连同平定商团叛乱时用过的子弹壳邮寄给石评梅，作为送给石评梅的生日礼物。

他在信中说："我愿用象牙的洁白和坚实，来纪念我们自己静寂像枯骨似的生命。"

这是一个坚强的男人，这是一个柔情的男人，他久经战场，九死一生，从来没有动摇过创造新世界的信念；他爱恋石评梅，即便表白被拒，依然对其全心相待，从来没有动摇过爱她的信念。

善感如石评梅，聪慧如石评梅，又怎能不知道高君宇的心。收到戒指后，她郑重地把它戴在了手上。

1924年12月，高君宇随孙中山北上，因为高君宇之前就有咯血的旧疾，又因为南下北上过度劳累，到了天津后便病倒了，于是李大钊派人把高君宇送回北京住进德国医院治疗。

得知消息的石评梅甚至顾不上吃午饭，便匆忙赶到医院探望高君宇。

终于来到病房前，石评梅却停下了脚步。她的心情太复杂了。她想念他，她担心他，她心疼他，她迫不及待地想见他。她站在病房前，轻轻闭上眼睛，深深呼吸，待心绪终于平静下来，才轻轻推开门。

病床上的高君宇正睡着。他的一只手放在床边，手上戴着一枚白色的象牙戒指。他瘦了，面色焦黄，被子下的身形明显消瘦许多，石评梅的眼泪一下子夺眶而出。

人，只有在真正临近艰险决绝之境才能真正面对自己的内心。

之前石评梅大病时，高君宇把对她的爱化为宁愿冒着极大风险也护她平安的行动，石评梅也是在那次真切感受到了高君宇对自己的赤诚之心。现在高君宇重病在身，石评梅也终于知道心中那复杂的感受就是爱——想念，牵挂，疼惜，迫不及待想见到他，这不是爱还能是什么？

石评梅守在高君宇床边，握着他那只戴着象牙戒指的手，默默啜泣。昏睡中的高君宇觉得是在做一个梦，梦中有人轻轻握着自己的手，还有隐约的哭泣声，当他缓缓睁开眼睛，却发现这不是梦，是石评梅，是他即使在最危险时也时时惦念的石评梅。

高君宇试图用另一只手去擦掉石评梅脸上的泪，石评梅却自己抢先抹去泪水，之后握住高君宇抬起来的手。本来满腹的话，石评梅此时却不知如何开口。

"君宇，你是谅解我的吧？"石评梅问道。

高君宇知道她指的是什么，回她道："我谅解你，至死都谅解你，否则，也不会这样一直牵念你。我谅解你，也要让你知道，这个世界上我是最爱你的，至死都是。"

石评梅的心门正在慢慢打开。

此后石评梅经常来医院探望高君宇，有了石评梅的陪伴，高君宇的病好像好转了很多，甚至能够走出病房去迎接看望自己的石评梅。

1925年元旦过后，高君宇的身体终于恢复得差不多了，二人又像以前一样常约在陶然亭谈心聊天，度过了一段美好的时光。

之后石评梅忙于校务，高君宇也离开北京去南方办事，二人又很久没有相见。

这次去南方，高君宇见到神交已久的周恩来，两个年轻人谈理想，也谈到各自的感情。受周恩来委托，高君宇做了周恩来与邓颖超的"红娘"，把周恩来的告白信当成自己的介绍信带到天津，交给了邓颖超。

回到北京后，高君宇先去看了石评梅，石评梅欣喜的同时，却发觉高君宇的面色更差了。

高君宇之所以急着先来看望石评梅，是因为第二天他要参加"国民会议促成会"全国代表大会，怕是以后过于繁忙而抽不出时间见石评梅。

石评梅由衷地心疼高君宇，担忧他的身体是否吃得消，然而她无论如何也没有想到，高君宇的生命已经进入了倒计时。

八

1925年3月4日，石评梅突然接到一个电话，电话里说高君宇患了急性盲肠炎，要她赶紧到医院去。

高君宇这次病得更加严重，面容枯槁，眼眶深陷，剧烈的疼痛让他蜷缩成一团，衣服都被汗水湿透了。

石评梅在高君宇身边陪伴他，她多么希望自己的存在能够减少高君宇的病痛啊。高君宇却打起精神安慰她，开玩笑道："我承认我是个多情的人，不过请放心，我可不是一个会殉情的人。"

与此同时，高君宇的弟弟和朋友为他联系了协和医院，准备把高君宇转到协和医院。

石评梅因为学校要开校务会而不得不离开，她也正想回学校把事情安排一下，然后再安安心心照顾高君宇，于是便先离开了医院。

那天石评梅回到学校后便心神难安，无论做什么事都觉得慌乱，在医院陪护高君宇的朋友打电话给她，建议石评梅过两天再去探望。

那天晚上石评梅做了一个梦。梦里的高君宇是平日的模样，又不似平日的模样。他沉稳又深情，谦和又坚定，立在那里，明明是活生生的人，却仿佛一座雕塑。

石评梅慢慢走上前，面前的高君宇笑了，他伸出那只戴着象牙戒指的手，石评梅犹豫了一下，也伸出了戴有象牙戒指的手，两只手触握在一起，石评梅却感受到了蚀骨的寒意——高君宇的手冰冷冰冷，她抬起头愕然地看着高君宇，却只看到他脸上的两行泪。

石评梅一下子惊醒了，梦中高君宇手上的冰冷触感依然非常真实，她心中生出不好的预感，翻来覆去再也睡不着，天一亮便起了床，给在协和医院陪护高君宇的朋友打了电话。

电话却始终打不通，石评梅更加焦急了，心乱如麻，甚至有了一种从未有过的悲伤与绝望。正在她抓起外套准备去协和医院时，她的密友陆晶清来了。

她带来了一个令石评梅最不能接受却不得不接受的事实：高君宇于凌晨两点半逝于手术台上，时年仅二十九岁。

九

这个晴天霹雳将石评梅的精神击垮了。她哀伤至极，后悔至极，她肝肠搅刺，她哭至无泪。

她已经接受了高君宇啊，在心里已经完完全全接受了他的爱，可是她恨自己，恨自己为什么没能将之说出来，将之亲口告诉高君宇，告诉高君宇她也爱他，她愿意与他结为伴侣，愿意成为他的爱人，愿意与他相伴一生。

可是现在，所有这些话，只能说给高君宇平静的遗容听，他再也听不到了，如果他听到，该是怎样的欢喜与快活啊！可是，可是我为什么不能早些告诉他呢，让他付出满腔爱恋，却没有收获一点爱情，遗憾地离去，君宇，这不仅是你的遗憾，更是我的遗憾啊！你走了，从此不知人间悲伤疼痛，可是作为活着的人，我必将一生心痛如剜骨剔肉，因为我失去了一生中最宝贵的人，而失去的，却永远也追不回来了。

石评梅心如刀绞，从此以后，陪伴她的只有那张她在陶然亭为高君宇拍的照片，和那枚高君宇对她表白的红叶。

高君宇在红叶上写的是："满山秋色关不住，一片红叶寄相思。"

高君宇临终前在照片背后写的是："我是宝剑，我是火花。我愿生如闪电之耀亮，我愿死如彗星之迅忽。"

在石评梅的提议下，高君宇被安葬在陶然亭畔，高君宇的墓碑上，镌刻着石评梅的手书，内容正是：

> 我是宝剑，我是火花。
> 我愿生如闪电之耀亮，
> 我愿死如彗星之迅忽。

十

石评梅经常去陶然亭畔陪伴高君宇。她的脑海里反复出现高君宇住院时说的一句话："我是生于孤零，死于孤零。"

是的，他太孤独了，他孤独地为事业而奋斗，孤独地爱着她，孤独地在凌晨逝去，只有经常陪伴他，石评梅才会减少自己的后悔与对高君宇的愧疚之情。她更加想让他知道，她是爱他的，即便他再也无法听到这句话，但她必须告诉他，告诉他的在天之灵，只有这样，他才会安息啊。

陷于深沉痛苦之中的石评梅作了《墓畔哀歌》来表达对高君宇刻骨的想念之情。

但她也是冷静和清醒的，高君宇活着时对她所有的鼓励与引导，都成为她前进的动力，她为在"三一八"惨案中遇难的刘和珍写了《血尸》与《痛哭和珍》；与陆晶清编辑北京《世界日报》副刊《蔷薇周刊》，并且积极从事文学创作，写了很多诗歌、散文与短篇小说，并发表小说《匹马嘶风录》。

与此同时，她也在整理高君宇的遗作。她将高君宇的遗作全部重抄、誊清，并打算出版。这是他的遗志，亦是她的遗愿。

她依然常去陶然亭畔凭吊高君宇，常常抚着高君宇的墓碑低语，回忆到两个人相处的愉快时光时她就笑了；说到因自己坚持那可悲的"独身主义"而没能够早接受高君宇的爱，并向他表达自己的爱时，她就哭了。

她怕他孤独，她要以这种陪伴来拥抱他，亲吻他，与他相依相偎，与他度过他们不曾度过的甜美生活。

1928年9月18日，石评梅突然剧烈头痛，然而她并没有在意，依然忙于学校事务，直到好友庐隐发现她病情日益加重把她送到日本山本医院，送到医院不久后，石评梅便开始昏迷。

之后石评梅被转到协和医院，被诊断为急性脑膜炎。

9月30日，一代才女石评梅终不治身亡，年仅二十六岁。

尾语

石评梅生前没有遗言。但是庐隐与陆晶清都知道，如果石评梅有遗言，一定是嘱她们将她葬在陶然亭畔高君宇墓旁。

她一定是很安心了，因为她终于并将永远陪伴在高君宇身边，以一颗圣洁之心，以满腔真挚深沉的爱。她为他所流过的所有眼泪，都化成了永世相依相伴的柔情。

一切都过去了，所有遗憾，所有不甘，所有来不及与求之不得，都过去了。而这，正是石评梅与高君宇从此身魂相系永世不离的开始。

庐隐&李唯建

与君努力享受生命之光华

一

　　力姓是个小姓，主要局限于原籍福州某县，就是这样一个小小的家族，竟然在光绪年间出了三位举人，其中一个，便是力钧。

　　力钧是光绪十五年（1889）己丑科举人，后为御医，曾为光绪及慈禧诊过病。力钧的大妹妹叫力玉华，因为力家盛于科举，因此力玉华许配的夫婿黄宝瑛亦为光绪年间举人。

　　郎才女貌，门当户对，力玉华嫁给黄宝瑛后便接连生了三个儿子，黄家可谓家宅如意，枝叶繁盛。

　　1897年秋，力玉华再次怀孕。连生了三个儿子后，力玉华特别希望这次能生个女儿，女儿乖巧伶俐，贴心温暖，也算是做母亲的一生中的半个知己，此时在力玉华看来，重男轻女的习俗倒是最不紧要的了。

　　1898年5月4日，经历了生死劫难的力玉华终于诞下一个女婴，可谓是愿望成真。可生产后的力玉华却连都不愿看一眼这个自己曾经无限盼望的女儿，只是转过头去不停哭泣。原来就在她经受阵痛的折磨时，就在她在鬼门关生死徘徊时，她的母亲去世了。

　　于是这个刚刚来到人世的小女孩儿，就成了这个家里不祥的小生物。

力玉华对这个女儿始终心存芥蒂，认为她就是一个灾星，甚至连喂奶时都会嫌恶地扭过头去不看她。偏偏这女婴又好哭闹，更惹得力玉华不爱，连哥哥们也是对她非常讨厌。

这个从出生便未受过母亲爱抚与怜惜的小女孩儿是跟着奶妈长大的，后来取名黄淑仪，又名黄英，再后来，她为自己取名为庐隐。

两岁那年，小庐隐生了严重的疥疮，因为浑身奇痒，她整日整夜不停号哭，母亲力玉华本就对这个不祥之物不喜，此时更气得恨不得将小庐隐一棒打死。

小庐隐的奶妈看着她着实可怜，便与其母商议，将小庐隐带到乡下老家去养，巴不得这个灾星女儿走得越远越好的黄力氏立刻同意了。

姥姥不疼舅舅不爱的小庐隐就这样跟着奶妈来到了下井乡。乡下空气清新，生活宁静，又有奶妈的悉心照护与关爱，半年后，小庐隐一身的疥疮竟然全好了。

在小庐隐的眼里，奶妈便是自己的娘亲，山清水秀的下井乡就是自己的家。对于孩子来说，被接纳被爱，被善待被宠溺，才是真正的安全感。

然而这样令小庐隐安心的日子仅过了半年，也就是在她三岁时，她的父亲黄宝瑛因要到湖南长沙做知县，她又被接回家中，举家迁往长沙。

彼时庐隐虽小，却也知道奶妈是这个世上对她最好的人，与奶妈的分别令她哭得肝肠寸断，涕泪交流。这边厢小庐隐死死扯住奶妈的衣襟不肯离开，那边厢同样舍不得小庐隐的奶妈也是频频拭泪，却不得不生生将小庐隐的手掰开，将她交与家人。

没有人知道，此一去，庐隐便踏上了高昂且孤寂的人生之路。

二

回到家的小庐隐，没有一天是开心的。母亲对她依然不喜，父亲视她更是若有若无，哥哥们嫌她是个爱哭鬼，也从来不理她。

只有在她想念奶妈忍不住哭泣时，母亲和父亲才会注意到她。"一天到晚哭丧着脸，多少好福气都被你哭走了。"这是那时他们经常对她说的话。

在向长沙驶去的船上，望着脚下滚滚而去的海水，小庐隐感受到了异常落寞的凄凉，这种凄凉是一种剥离，将她与最爱她的奶妈剥离，将她与土地剥离，将她与根剥离。

这令敏感的小庐隐既悲伤又疼痛，既恐惧又无助。她不知道什么是悲伤，什么是恐惧，她只能通过哭来表达。先是郁郁啜泣，后是号啕大哭。

彼时一家人都沉浸在对新生活的向往里，此去一帆风顺，富贵安稳，任谁心里都是漾着充满期待的欢喜。在这种情境里，小庐隐的哭声无疑更加刺耳，更加不吉利。

这哭声扰得小庐隐的父亲黄举人颇为无奈，继而非常烦躁，之后便怒火中烧，他快走到小庐隐身边，一把提起她放在船栏杆上，呵斥道："再哭，再哭就把你扔到海里去！"

年幼的庐隐更加恐惧，更是哭得方寸大乱。一个下人赶忙把小庐隐接过来带到一旁哄着，小庐隐抽噎着，极力忍住哭声，她太害怕了，刚才父亲那像巨人一般的手力，恶煞般狰狞的面孔，让她不敢再大声哭。相比于宣泄心中的痛苦，小庐隐还是更害怕被扔进茫茫大海里。

在她幼小的心灵里，仅有的一点爱是奶妈给予的，还未等爱的土壤将心铺满，她的心又化为一片贫瘠，毫无希望，毫无生机。

唯一幸运的，便是她出生在一个比寻常孩子强很多的官宦家庭里，最起码生活是不愁的。尤其是父亲到长沙有了官职，生活似乎更加从容安稳，尽管依然没有人把她放在眼里。

即便是这种让小庐隐感觉算是"好生活"的生活，也仅仅持续了不到三年。小庐隐六岁时，父亲黄举人突发心脏病，不过十天便一命归西了，留下黄力氏带着五个孩子，其中小庐隐的妹妹黄湘尚在襁褓里。彼时黄力氏还未到四十岁。

眼见孤儿寡母生活陷入绝境，远在北京的黄力氏的哥哥力钧得知消息后，马上发来一封电报，让黄力氏带着孩子们北上。

黄力氏将先夫名下的两万块钱汇到北京哥哥处，一路辗转，历时几个月才到达北京。

彼时力钧正出任农工商部员外郎，同时兼太医院御医，生活条件甚为优渥。再一次经历过人生重大变故后，小庐隐终于在北京安定了下来，但她童年的境遇并未因此有过好转。

按理说，六七岁的孩子应该到学堂启蒙了，但庐隐的母亲不许，只是让自己的妹妹、小庐隐的姨母力婉轩教她些基础知识。

然而作为旧时代的女性，小庐隐的姨母也没上过学，只是懂得一些《三字经》《女四书》罢了。

姨母对小庐隐很是苛刻，在教授中经常疾言厉色地训斥小庐隐。每天早上教给她一些内容后，便锁上房门让小庐隐一个人在房中背诵。

一个好奇心强的孩子，哪里背得下那些枯燥乏味的东西啊。她多想到园子里跟姐妹们一起玩儿，多想能跟哥哥们一起到学堂里学些有趣味的东西，此时的小庐隐最向往的就是自由，而她最缺乏的也是自由。

经常磨洋工般地度过一天后，小庐隐才会紧张起来，因为不久姨母就要来检查，可每次检查小庐隐都背不出，于是责骂、打手心就成了家常便饭，接下来还要被告到母亲那里去，于是责骂、打手心会再来一轮。

一天上午，姨母教了她一些内容后，便锁上门离开了。她把自己的手表忘在房里了。这终于使小庐隐在这囚牢一般的屋子里找到了乐趣，她打开手表壳，把零件一一拆卸下来，又一一装上，除发条被拗断外，其他都组装得一丝不差。

但最后拗断的发条还是被姨母发现了，她揪出躲在花园里的小庐隐，把她带到黄力氏面前。小庐隐受了一顿狠狠的责罚，之后还被关在黑暗的垃圾房里。

可即便紧张，即便害怕，即便要挨骂挨打，小庐隐依然不爱背那些她毫不感兴趣的东西。于是在大人眼里，小庐隐是愚笨且执拗的，加之她长得瘦小干枯，相貌又不清丽，大家对她更加漠不关心了，仿佛这个出生便被视为"不祥的小生物"来到世上，只为能够活着。

没有人知道，小小的庐隐已经开始生出自由意志，她还不知道什么是生活，更不知道什么是人生，但她知道在这样的生活中，她不快乐，非常不快乐，既然这不是她想过的生活，那么她就要创造属于自己的生活。

当然，她也不知道什么是自己该过的生活，更不知道该如何创造属于自己的生活，于是她只有与成人对抗，他们越让她做的事，她越不去做。

这种对自由的向往和为了反抗而反抗的叛逆，成了刻在庐隐骨子里的东西，它伴随了她一生，更是左右了她一生。

只是她并不知道，若是没有根，若是没有受过爱的滋养与呵护，玫瑰花开得再绚丽娇艳，也是飘零茫然的花，枯萎凋败之后，永无再生的希望。

三

在她十岁那一年，小庐隐的舅母在妇婴医院看病，得知医院对面有一所学费很便宜的教会学校——慕贞女校，并且可以住校，学生只在寒暑假才能回家，唯一的条件就是学生要信基督教。

只要学生信基督教，每年只要缴十二元大洋，住、吃、读书便都有了。这对于小庐隐的母亲来说，简直是庐隐最好的去处了——省钱，且半年才回家一次，于是当即决定将小庐隐送到这所慕贞女校。

这所学校进行的是宗教教育，为此，庐隐不得不一度信奉基督教。对于从小便不知母爱父爱为何物的庐隐来说，宗教给了她极大的安慰与精神补偿，使她那颗残破且幼小的心灵没有继续残破。

辛亥革命爆发后，慕贞女校停了学，所有学生遭返家中，这时小庐隐才发现，舅舅一家和母亲及兄妹已经从北京逃到天津租界去了。

小庐隐一个人回到舅舅家，偌大的房子空空荡荡，她又感受到

风止于秋水，

我止于你

了那种剥离感，这剥离感狠狠地向上抽拉着她的心，试图将小小的心脏从她的嘴里抽扯出去。恐惧，无助，悲伤，疼痛——所有这些一齐狞笑着向她袭来，她终于支撑不住坐在地上大哭起来。

母亲待自己疏离也就罢了，这次，竟然将自己抛弃了。

直到三天后，小庐隐才与另外两个无父无母的表妹同路找到天津。

混乱结束后，她又面临着被送到慕贞女校的命运，恰巧这时她的大哥黄勉从福建老家来到北京，小庐隐央求大哥教她做文章，因为她不想再去慕贞女校，她想投考高小。

她一颗热切的求知之心打动了大哥，在大哥的支持与辅导下，小庐隐表现出了惊人的学习能力，她求知若渴，她拼命努力，终于考中了女子师范学校预科，并且还得到了官费的待遇。

这简直令母亲和姨母等人不敢相信，甚至以为她是在说谎，当年那个愚笨执拗的蠢丫头，怎么能考上这样的学校？直到开学前庐隐把行李搬到学校里去住宿，众人才相信。

这一年，小庐隐虚岁十五。她终于告别了令她痛苦难当、残破不堪的童年，进入了新的人生阶段。

四

庐隐的童年，仿佛是她的一场噩梦，但即便从这噩梦中醒来，噩梦中她所受到的呵斥与责打、冷漠与疏离，仍然坚实而又悲凉地在她心中扎下根，除了爱与温暖，没有什么能使这一切被取代。

少女庐隐开始对小说着迷，尤其喜欢那些多愁善感的小说。这些小说里虚构出来的爱情给了庐隐极大的满足。

终其一生，人都是在寻找爱的，母爱父爱求不来，庐隐便将对爱的寻求转向了爱情。

爱对于庐隐来说，是多么缺乏，又是多么令她渴慕，她向往与迷恋的程度，连同学们都不能理解，这个面容刚硬身材瘦小的女生，竟然有着一颗细腻善感的心，竟然这样多情，于是大家为庐隐取了个绰号：小说迷。

小说里对爱情美好的描写和少女庐隐对爱情的向往，让她迎来了人生中的第一次恋爱。

当时有个叫林鸿俊的年轻人是庐隐姨母力婉轩的远房亲戚，林鸿俊本来在日本留学，因父亲病重回国省亲，不料父亲去世，无钱再回日本，于是千里迢迢从黑龙江来到北京投奔庐隐的姨母。

认识庐隐之后，林鸿俊见她这样喜欢读小说，便借书给她，久而久之二人也会聊聊天说说话，得知了林鸿俊丧父丧母的经历后，庐隐想起了自己童年的经历。

出生便被母亲嫌恶，六岁丧父，之后在舅舅家过着如同牢笼般没有自由又受尽冷落的生活，念及这一切，庐隐竟然对林鸿俊生出了惺惺相惜之情。

他们慢慢熟悉起来，成了朋友，又彼此生出一些暧昧的情愫。之后林鸿俊竟然向庐隐提出结婚，庐隐的母亲黄力氏极力反对，林鸿俊没有什么家世背景，日本学业也尚未完成，这怎么能够配得上自己的女儿。

一向支持庐隐读书的大哥也不同意，他认为林鸿俊没有受过足够的教育，将来不会有前途。母亲和哥哥的反对成功地将刻在庐隐骨子里的叛逆激发了出来——你们想让我做的，我偏不做；你们不让我做的，我就一定要做。

她给母亲写了一封信，在信中说："我情愿嫁给他，将来命运如何，我都愿承受。"

当女儿身上又爆发出这种执拗时，黄力氏知道无论如何也拧不过来了，而此时庐隐已经大了，打骂早已不管用，除了答应，别无他法。但黄力氏答应之前提了一个条件，必须得大学毕业之后才能结婚。

庐隐同意了。庐隐当然知道，只要母亲答应了，便是自己赢了。她只要体现自己的自由意志，她只要反抗母亲，其余的都不重要。

如同一根正在拔节的麦子，她只要秀出，她只要分叉，她只要长高，至于麦穗里是否长满了沉甸甸的爱情果实，她根本就不清楚。

五

1916年，庐隐中学毕业。彼时中国没有女子大学，庐隐不再有书可读，她的母亲黄力氏则要求她工作赚钱，因为当时庐隐的哥哥在国外求学，家里有个人赚钱，就会多份收入。

庐隐的母亲与庐隐的表哥们到处周旋，最后为她找了一个在北京一所女子中学教书的工作，主教体操、家事与园艺。

初次踏上讲台的庐隐既紧张又严肃，在她看来，教书育人是最神圣的工作，那么学校就是最神圣的地方，于是她每天兢兢业业备课、上课，结果不多久她就发现，这里与自己想象中的情况简直有天壤之别。校长没什么学问，训育主任对教学一窍不通。

庐隐很快对这份工作失去了兴致，加之她本身对于家事、园艺不感兴趣，也不会，于是一个学期过后，她便悄然辞职了。

恰巧以前在慕贞女校的同学舒婉荪邀请她前往安庆实验小学任

体操教员。

这是庐隐第一次独自出远门。家人不解，在当时，一个女孩子家有份工作就已经很不错了，稳定之后嫁人生子，不才是一条正确的路吗？

可对于庐隐来说，她太想去看看外面的世界了，她也想脱离这个从小禁锢着自己的却没有任何关爱与温暖的"家"，她想闯荡，她想打开人生的新局面，她对人生充满想象与憧憬。

甚至当离开家里时，她也没有一丝一毫的离情别绪，反而带着一种慷慨悲歌之气。

只在安庆待了半年，庐隐的心便又开始不安分了，好像任何安定对她来说都是束缚，主要原因是这种"安定"无法给予她营养，无法让她学习到更多的东西，无论是思想、知识，还是生活体验。

也许这种不安分是她在娘胎里便有的。幼时因为不祥被奶妈带到乡下，后来随父迁至湖南，再到北京投亲，所有这些经历，在她无爱的成长过程中，是唯一能够让她觉得"丰富"的经验，尽管之前的离别与奔波都令幼小的她心里生出悲伤无助的剥离感。

但那是小时候，现在，庐隐认为，我的人生只能由我自己说了算。这个世界如同剧景，我最大的努力，就是怎样使得这剧景来得丰富与多变。

于是在安庆任教了半年后，她又到开封的河南女子师范学校教书。

　　庐隐的这一番奔波是颇具有理想主义幻影的，现实太容易将之击败了。在河南女子师范学校，因为受到老教员的排挤，教了半年后，庐隐便回到了北京。

　　这一番经历让庐隐受到亲戚们的嘲笑，给她取绰号为"一学期先生"。

　　天南海北折腾一圈下来后，庐隐终于知道自己想要的是什么了，她想要继续读书。恰巧当时北京女子高等师范学校国文部招收新生，庐隐想去报考。

　　但母亲不同意，于是庐隐便又工作半年，赚了两百块钱后，重新报考女高师。但当时考期已过，因为她是本校初级师范毕业生，又因为一些老师与同学的周旋，她终于于1919年秋天以旁听生的身份插入了国文部第一届的班级。

六

　　彼时正是五四运动席卷中国知识界的时候，作为在这种新时代气氛中走进大学校门的庐隐，各种新思潮新理念无疑对她有着非常强烈的吸引力。

　　庐隐向往自由，向往热情热烈的活动，于是她的性格变得活泼开朗，在任何场合都能侃侃而谈，每天不是忙于游行示威，就是忙于演讲和请愿。

此时庐隐的文学天赋便已彰显，作文课上先生发下题目时，其他同学无不沉思冥想，组织推敲，只有庐隐一人奋笔疾书，顷刻成书。

在这里，庐隐才找到了真正属于自己的自由的精神天地。

她接触了大量的社会主义书籍，了解了自己的社会责任，决心要做一个社会的人。同时，庐隐还成为文学研究会唯一的女会员，先后在茅盾主编的《小说月报》上发表了三十多篇文章，并且在李大钊的导演之下，改编了古装话剧《孔雀东南飞》，可谓是女高师中的风云人物。

此时，她的未婚夫林鸿俊来信催她完婚。

订完婚以后，发现原来二人的思想观念早已不同，林鸿俊认为一个女人在外奔波是可笑的，女人不需要思想太新，而自己正打算投考高等文官。

这让庐隐蓦然意识到，他们早已经不在同样的人生道路上了。她最痛恨官僚政客，她认为女人同样有接受新思想、有为理想奋斗的权利，她甚至能够想象得到与林鸿俊婚后平庸得可怕的生活。

她思虑再三，毅然与林鸿俊解除了当初自己艰难争取来的婚约。林鸿俊一气之下与一个有钱人家的小姐结了婚，而庐隐，则遇到她感情中的第一个劫难，陷入了一段为世人所不理解的爱情中。

那个男人是北京大学哲学系的高才生郭梦良，他们是在同乡会的学生团体里相识的。郭梦良文气英俊，安静深沉，虽不多言却很擅长写文章，二人经过各种活动的接触和通信，关系渐渐由友人发展为了恋人。

刚与郭梦良接触时，庐隐便知道他在老家是有妻子的。郭梦良与妻子林瑞贞为包办婚姻，婚后一个月外出求学，虽然他与妻子的婚姻是包办，但其实感情还算好。庐隐曾经一度非常痛苦迷茫，爱情如此美丽迷人，如同玫瑰般芬芳绚烂，可是花残之后也免不了被弃置，花木不能躲过时间空间的支配，人类不也是如此吗？

庐隐想过放弃，但郭梦良对她不舍。

这个面容刚硬的瘦小女子，身体里的力量是超乎他的想象的。她用手中一支笔，诉尽女性的脆弱情感，充满着女性对人生意义的探索精神。她炽烈如火，却又敏感深情，这样一位新女性，怎能不令自己倾心？

郭梦良不满足二人只是知己，他们情投意合，他们彼此相爱。一面是使君有妇的现实，一面是灵魂知己的契合；一面是受世人唾弃的插足者，一面是郭梦良的苦苦追求。

就这样，在爱情的矛盾旋涡里，庐隐完成了三年的大学生活。大学毕业第二年，即1923年，庐隐终于下定决心，与郭梦良结婚。

相对于世俗的眼光，庐隐更看重自己对爱情的执着，尽管郭梦良并没有与原配离婚的打算，她依然决定要嫁给他。

她的决定再一次让家人震惊。之前是她，执意要嫁给无家无业的林鸿俊，闹得满城风雨；后来是她，执意要解除与林鸿俊的婚约，又闹得满城风雨；如今又是她，好好一个大户人家的姑娘，偏偏要嫁与有妇之夫做小，这令黄家如何在人前抬得起头？

庐隐的母亲黄力氏气得大病一场，回到了老家福州，不久之后便离世了。

母亲的去世对庐隐是一个很大的打击，尽管从小母亲就将她视为不祥的生物，尽管从小母亲给她的只有冷漠和嫌恶，但是孩子对母亲的爱，是与生俱来的，是无论如何都不会消逝的。

母亲去世后，无依无靠的庐隐只剩下了爱情。她依然坚持自己的决定。

父母都已经不在人世，她也已经不再是当初那个小庐隐了，她的人生从此以后不再归附任何人，她有追求爱情的权利，有追求幸福的权利，任何社会势力和令人难堪的闲言碎语都不能动摇她的决定。

她坚定地对郭梦良说："只要我们有爱情，你有妻子也不要紧。"

郭梦良有妻再娶之事，也没有被郭家人反对。因为当年郭梦良父亲的发妻没有生育，郭父便续娶了"同室"才生男育女，而郭梦良的妻子也没有生育，那么他娶个"同室"续香火也理所应当。

那年秋天，为了逃避世人的目光，庐隐与郭梦良双双南下，在上海一家小旅社里举行了婚礼。

婚礼十分简单，简单到只有新郎新娘两个人，但庐隐认为这不重要，重要的是，她终于为自己的历经波折的爱情争取来了结果。

也是在那一年，《小说月报》开始连载庐隐创作的小说《海滨故人》，这部带有强烈自传色彩的小说在文学界引发了不小的轰动，茅盾甚至说："五四时期的女作家能够注目在革命性的社会题材的，不能不推庐隐是第一人。"

婚后二人一直在上海居住，其间曾回过郭梦良的老家，这次经历对于庐隐来说并不美好。郭梦良的母亲对庐隐很是不屑，甚至对儿子说："找小老婆也不找个漂亮的。"

虽然郭梦良的原配林瑞贞为人还算良善，不会为难庐隐，但她与郭梦良的夫妻情分尚在，这不能不令庐隐感到尴尬与失望——原来实际中的爱情，与理想中的爱情相距甚远，事实就是事实，想象永远无法成为事实。

加之婚姻的甜蜜期过后，便是一地鸡毛的琐碎生活，郭梦良身体又不好，这一切都令庐隐心力交瘁，几乎半年没有进行文学创作。

1925年1月，庐隐在上海生下与郭梦良的女儿。同年10月，还没满二十八岁的郭梦良因肺病逝于上海宝隆医院。

临终前，郭梦良为女儿取名为"惟萱"，寓"唯有萱堂（母亲）"之意，后来庐隐将之改为谐音的"薇萱"。

郭梦良的去世令庐隐悲痛万分。想到二人初识，渐为知己，又互相爱慕，最后历经艰难才结为夫妇，没想到在一起刚刚两年便阴阳相隔了。

望着襁褓中的女儿，庐隐悲从中来，从此以后，世间除了怀中的孩子，已无人可以去爱，无人可以依靠，真真如大河中之浮萍，飘荡伶仃。

庐隐泪流满面地抱紧女儿，这个小小的温软的身体，生下来，便只有母亲，而她，也只有与女儿相依为命了。

想起丈夫去世之前为女儿取名字时，庐隐心情悲切，沁入肝脾，心如刀割。

丈夫自己又怎能不悲凄，又怎能放得下，"惟萱"，唯有萱堂，蕴含了丈夫多少遗恨与不舍，也许这个世界上，没有人再比他更不想离开人间了吧。

庐隐决定带着女儿护送丈夫的灵柩回到他的故乡福州。一路上庐隐舟车劳顿，含辛茹苦，当轮船至故乡海岸时，四周一片寒光，深笼碧水，庐隐不禁悲从中来。

向来，故乡都是令人感到无限温暖的词语，这番回归，却满目肃杀萧瑟，足令人灵魂战栗。

岸上，郭梦良的家人早已经请了许多做法的道士，一张四方木桌上插满了招魂幡旗，这些幡旗随着冷风飘扬，郭梦良的老父揾泪长号，与那招魂的磬钹争激。

船靠岸后，庐隐长抚丈夫的棺柩，说了一声"梦良，我们到家了"，便泪如雨下，一阵凌厉的寒风刮脸而过，似那来自幽冥的风，更使庐隐肝肠俱断。

七

将郭梦良安葬后，庐隐与女儿便住在了郭梦良家中，与郭梦良父母、郭梦良原配林瑞贞共处同一屋檐之下。

婆母对庐隐始终不喜，加之她与儿子结婚没多久儿子便离世，因此心里更加对她不满与嫌恶，平时里常对她苛言虐语；而郭梦良的原配林瑞贞待她还算和气，她非常喜爱薇萱，将她视为己出，每日里悉心照料，陪她玩耍，庐隐这才有时间做自己的事情。

她日夜为亡夫郭梦良编辑论文，整理遗稿与译著，准备出版。同时为了生计，她白天还要到福州女子师范学校教授国文课。

累了，倦了，想念郭梦良了，她就捧着他的遗像，呆呆地望着，一望就是好久。

在这样的生活中，庐隐才明白，苦楚与伤痛是无助的，也是不必与人诉说的，任何对他人同情的希冀都是幻想，与其去幻想他人的共鸣与安慰，还不如紧闭嘴唇坚强承受。

1927年夏天，庐隐到郊外鼓岭三堡垭小住，在那里创作了五十多天。

山村浓郁的苍松翠柏，清澈的小溪泉水，朴实可爱的村民，这一切都让她想起幼年时寄养在奶妈的家里，这样朴素的生活稍稍将庐隐心中的悲伤冲淡了一些，在那里，她创作出了《房东》等十多篇作品。

待她从山上返回郭梦良家中时，终于与婆母明刀明枪地发生了冲突。

因为白日里繁忙，庐隐只能在夜里创作，本来就看不上她的婆母认为一个女人家成天涂涂写写，也不知道能写出什么大名堂，徒徒浪费油灯。

婆母的嫌怨与斥责让庐隐再也忍耐不下去了，与她大吵了一顿后便带着女儿离开了福建。

之后，孤苦伶仃的庐隐母女先后辗转上海、厦门等地，最后回到北京，充任中华平民教育促进会平民读物的文字编辑。

在漂泊的过程中，她结识了当时有名的才女石评梅，二人甚为投契，相见恨晚。

当时的石评梅也陷在痛苦的感情回忆中。因为初恋失败而抱定独身主义，石评梅拒绝了爱恋自己、自己也爱恋的高君宇，谁知高君宇却因病突然离世，石评梅痛苦万分，亦悔恨万分。

这样的经历，让她与庐隐惺惺相惜，成为无话不说的密友。她们经常一同到陶然亭去，面对着累累孤坟痛哭，怀念各自逝去的爱人。

回到北京的庐隐虽然每天都很忙碌——她试图用这样的忙碌来摆脱一直以来愁苦郁闷的心境，然而每到夜深人静，对郭梦良的思念，痛失爱人的伤感，就会如同潮水般将她包围。甚至有时她只能借酒精来麻痹自己，让自己暂时忘掉那些苦难而又甜蜜的经历。

1927年4月，共产主义先驱李大钊被反动军阀杀害。惊闻恩师横尸刑场的庐隐，悲痛万分，陡然生出凛然之气。

她决不能接受恩师尸曝荒野。她冒着生命危险与李大钊的夫人赵纫兰一起去为恩师收尸，并将其掩埋。这个举动甚至让她一度成为反动军阀的重点关注对象。

然而庐隐到底是不惧怕的，她不仅写了为李大钊立传的《壮志长埋》，还在当年6月秋瑾牺牲二十周年的日子里，写了小说《秋风秋雨愁煞人》，矛头直指四一二反革命政变。

她惧怕的是不断失去。她失去了亲密的伴侣，又失去了亲密的朋友。

1928年9月30日，庐隐的密友石评梅因突发脑膜炎而去世，年仅二十六岁。

石评梅住院的日子，庐隐每日都会去探望照护，她看着石评梅喘气，看着她哽咽，看着她咽下最后一口气。抚摸着好友尚有余温的皮肤，庐隐不相信她就这样走了。

然而石评梅到底是走了，她对高君宇的思念深入骨髓，她的悲伤始终如同浓雾将她困住，她短短的一生，在泣血哀吟中结束了。

庐隐与朋友们将石评梅葬于陶然亭高君宇的墓旁，每当感到孤寂时，庐隐就会到陶然亭看望石评梅。

从此以后，这个世界再也没有人会如你一样了解我了。

好友的离去如同一把刺在庐隐心上的利剑，让她觉得人生只有说不尽的酸楚和悲哀，觉得自己是一个再无灵魂伴侣相伴的孤独游魂。

几个月后，当初教她写作文并鼓励她投考的大哥也去世了，庐隐陷入了四顾茫然的状态，那种被狠狠剥离的感觉再次回到了她的心上。

经受了一系列打击的庐隐终于病倒了，连她自己似乎都觉得到了山穷水尽的地步，前方无光，身心俱疲。

当她的病情开始好转时，她终于走到户外见到了久违的太阳。那一刻她深深地吸着清新的空气，做了一个决定：即便不断地失去已经让我遍体鳞伤，但我依然要打起精神，不再理会世俗对我的毁誉，不再为讨别人的喜欢而挣扎。

她决计继续发展自己的写作事业，继续追求个人幸福。

不久之后，最大的转机终于来了。

八

　　早在1928年春天，庐隐便结识了一个比自己小九岁的青年李唯建。

　　李唯建是四川成都人，1925年考入清华大学西洋文学系。李唯建酷爱拜伦、雪莱、布莱克和泰戈尔的诗，1926年他开始用英文写散文诗，以诗表达内心的痛苦和解脱痛苦后的喜悦。

　　作为年轻的诗人，初次见到在文学界很有名气的庐隐，李唯建便很仰慕。

　　庐隐留给他的印象太深了，虽然她面目并不柔和，甚至因为神情倔强严肃而有些令人生畏，但她通身朴素的服饰，豁达的态度，异常大方的举止，不卑不亢的谈吐，毫无修饰的作风，都令李唯建感受到她独具一种其他女人所不具备的美。

　　尤其是二人交谈时，温和的阳光透过嫩绿的柳条射到庐隐线条刚毅的脸上，竟然显出一种异常抑郁的神情，当下李唯建竟然有了一种"无论她多么悲观，我都要从痛苦的深渊中把她救出"的念头。

　　得知李唯建也喜欢文学后，庐隐便将自己的住址等联系方式留给了他。望着便笺上健劲锋利的笔迹，李唯建不禁佩服她的个性与勇气。

二人开始交往。

在信中，他们谈文学，谈人生，人生阅历丰富的庐隐给了李唯建很多指点与安慰，因此被李唯建称为"姐姐""心灵的姐"。

实际上，李唯建也真的一直试图把庐隐从悲观的苦海中捞出，每逢周日，他都会从西郊跑到城里来找她，二人常在月下促膝谈心，李唯建也多次热情地劝说她，鼓励她。

都说言为心声，然而文字更能呈现出一个人灵魂的质地，也更会产生直接的吸引，在书信往来间，李唯建对庐隐从仰慕到爱慕，他对这个比自己大了九岁的女人动心了。

开始庐隐认为他们之间只是纯粹的友谊，被李唯建表白之后，她便拒绝了。

从出生以后，庐隐便不停地活在由幻想到破灭、再幻想到再破灭的轮回里，她将自己武装成快乐坚强的样子，她狂歌，她笑谑，她游戏人间，然而所有这些都只是徒有其表而已，她的心，早已经在经历多次生死离别后伤痕累累。

庐隐的拒绝并没有使这个年轻的诗人退却，他反而愈挫愈勇，一而再再而三地向庐隐发出热情的、诚恳的爱情进攻。

庐隐依然拒绝。

虽然这个经历过订婚、解约、恋爱、结婚、丧夫经历的女人一再劝说自己不要再在意世俗的眼光，但这其实只是她对自己极为敏感性情的掩饰，她深知自己根本没有坚实的壁垒去抵御闲言碎语的侵袭，也不相信自己还有可以捆住这份不可捉摸的纯情的能力。

更何况，她早已经经历过各种不幸和坎坷，而李唯建还太年轻，她在信中劝他说：

"理智与情感永远是冲突的，况且世界上的一切事实往往都穿上理智的衣裳，在这种环境之下，只有你一个人骑着没有羁勒的天马，到处奔驰，结果是到处碰钉子……我希望你以后稍微冷静……世路太险恶，天真的朋友，你要留心荆棘的刺伤呢。"

感情炽烈的李唯建依然执拗地劝说着庐隐，他要她抛弃叹息和眼泪，勇敢地向命运宣战；他要她不去顾及失败与成功，而只要努力去创造好环境，这才是真正的人生。

他在信中对庐隐说：

"同情心太大太深，便变为伟大纯洁的爱了。"

"我俩此后是在苦难的人生道路上互相提携之伴侣。"

"你既然久受创伤，既然真是可怜，我就不当再使你受伤，非特如是，更应消灭你心上的伤痕……我一生都当你的看护，服从的驯静的如形影之不相离。"

这热情直率的一字一句，一点点融化着庐隐早已冰封的内心世界，原本已经如死灰般的心，似乎也在慢慢复燃。

她在信中说：

"我们原是以圣洁的心灵相识，我们应当是超人间的情谊。"

"如果能够在某一人面前率真，那就是幸福。"

"我从来没有遇到过对我人格的尊重和清楚更甚于你的人，换一句话说，我自入世以来只有你是唯一认识我而且同情我的人；因此我愿为你受尽一切的苦恼。"

"我常常为你的了解我而欢喜到流泪，真的，异云，我常常想天使我认识你，一定是叫你来补偿我前此所受的坎坷。"

而李唯建也一直在鼓励着庐隐："我以为你太注意世人的批评。世人的议论只是一种偏见……我们又何必看重他们的浅见呢？"

终于，1930年春天，在他们相识两周年的日子，庐隐在给李唯建的信中写道：

"我从重浊肮脏的躯骸中逃逸了，我看见一朵洁白的云上，托着毫不着迹的灵魂，这时我是一朵花，我是一只鸟，我是一阵清风，我是一颗亮星，但是吾爱！你千万不要忘记这完全是你的赐予啊！"

"我知道宇宙从此绝不再黯淡了……展开你伟大的怀抱，我愿生息在你光明的心胸之下。"

李唯建的出现和带来的热烈的爱，竟然真的令庐隐沉寂躲避的心死而复生了。犹如经历过一段漫长黑暗的隧道之后看到的第一缕光。

之前，庐隐曾对好友陆晶清说："唉，也许是一幕悲剧呢，我知道有许多人会说我的闲语，因为我是个生了孩子的'老'母亲，而他只能做我的小弟弟。但，管他妈的，恋爱是自己的事，怕别人反对干什么？"

确实，一个情感经历丰富的寡妇与一个小自己九岁的未婚男青年相恋，这在当时不啻是一个重磅新闻，人们在茶余饭后为此津津乐道，甚至称李唯建为庐隐的"小情人"。

后来的庐隐已经不在乎这些了，她坦然说道："不固执悲哀了，我要重新建造我的生命，我要换个方向生活，有了这种决心，所有什么礼教、什么社会的忌惮，都从我手里打得粉碎了。"

1930年秋天，庐隐与李唯建结婚，毅然辞去了在北京师大附中的工作，与李唯建东渡日本。

九

一直以来，庐隐都在描绘自己的理想生活图景：在努力写作、工作的同时，与爱人游历各个名胜，以这样的方式度过自己的一生，这就是她人生最大的圆满。

他们在日本的生活就是这样的。

庐隐与李唯建在樱花盛开、山清水秀的环境中漫游、读书、写作、谈古论今，尽情享受着不受俗世干扰的蜜月生活。

在恬静而诗意的生活中，最大的问题就是两个人都不会操持家务。初为主妇的庐隐甚至不知道煮饭该放多少水，炖肉时该放什么佐料，好在他们的日本邻居对他们很是照顾，给予了他们友好的帮助。

在日本生活期间，庐隐也在用作家的眼睛观察着日本的一切，并写了不少散文。

1930年年底，日本物价飞涨，庐隐与李唯建因经济拮据而难以度日，二人便回到国内，寄寓于杭州的西子湖畔。

秀美的西湖是庐隐最喜欢的地方。在风景如画的湖滨，庐隐一边休养一边创作，半年里，产量颇丰，其中就包括以石评梅为原型的讲述石评梅与高君宇爱情故事的《象牙戒指》。

此时的庐隐已经重生，她以这篇小说怀念当年与自己同舟共济的好友，为其留下永久的纪念。

尽管当时庐隐在文坛已经扬名蜚声，李唯建也在拼命写诗、做翻译，但经济收入依然微薄。每天清晨一家人勉强吃上两碗白米粥，于是各写各文，以谋求一日三餐的朴素生活。

即便如此，依然柴米短缺，糊口艰难。为了谋生，他们搬至上海，住在静安寺附近。那是1931年。

到了上海后，生活终于有了些好转。庐隐进入工部局女中教书，因为她名气大，为人善良直爽，对学生们很是慈蔼，因此很受学生欢迎；李唯建则进入中华书局任编辑。

这年，庐隐生下了她与李唯建的女儿李瀛仙。

经历过半生的颠沛流离和艰难困挫，庐隐感受到了人生中的第一次安定。虽然李唯建很少做家务，家中一切都靠庐隐操持，但二人感情依旧很好。

用庐隐的话说，是"你已经照彻我的幽秘，我不再倔强，在你面前我将服帖柔顺如一只羔羊"。

而在朋友眼中，则是每次见她，她必是与李唯建在一起，有朋友在文章中说：

"庐隐的天真，使你疑心'时光'不一定会在每一个人心上走过；喝酒是她爱的，写文章是她爱的，打麻雀是她爱的，唯建是她爱的……她还爱许多旁的东西，可是她从没有想过要有选择。对于她，我相信，一对白板不见得比不上唯建两个眼睛里的光芒。"

庐隐是执拗的，是勤奋的，是活泼的，是率真的，是慈悲的，却是识不破世界之谜的，因为唯有识不破世界之谜，才始终拥有充沛丰富的情感，拥有热烈的兴致与深切的爱恋。

正如温源宁在《黄庐隐女士》中所说：

"真正的明光在这里，不是别的，而只能是爱——爱，不是一种天真的娱乐，不是对于生理本性的满足，而是一种宗教，是生活本身。她为爱牺牲一切：最初是嫁给了一个有妇之夫，后来，在第一个情夫死后，又嫁给了一个比她至少小九岁的男人。她和她的母亲争吵，她被逐出自家家门，都因为对于她来说，爱就是一切。"

十

这个阶段的庐隐，虽然物质生活不富足，但精神世界已经十分安然，十分丰富。她拥有李唯建的爱，拥有两个可爱的女儿，她开始变得乐观，她甚至憧憬道："假如我能活六十岁的话，我未来的生命还有二十六七年呢！……我愿将我全部的生命贡献于文艺，我愿六十岁作自传的时候，我已经有一二本成功的杰作，那么我就在众人的赞叹声中，含笑长逝吧！"

然而庐隐并没有想到，这竟然成了她此生中最后一个"幻想"。

1934年5月，本来满怀期待生下与李唯建第二个孩子的庐隐因难产而在痛苦中挣扎了许久，被请到家里接生的助产士为庐隐手术。然而，庐隐的子宫被助产士的工具刮伤，导致大出血。送到医院后，已经回天无术，庐隐处于弥留之际。

庐隐知道自己短暂的人生即将走到尽头了，可是她还有很多放不下的事，还有很多要说的话啊！

李唯建抱着奄奄一息的庐隐，悲愤至极地要去控告那个害人的庸医，庐隐拉着他的手，微弱地说："算了，不要去告了。告他又有什么用呢？何苦再去造成另一个家庭的不幸呢？"

李唯建失声痛哭，可是他不想就这么失去她啊，他不甘心啊，他愿意用一切换回妻子的生命啊！

庐隐的气息越来越不稳定，她用尽全身力气用双臂抱着李唯建的颈子，一面不受控制地抽气，一面对大女儿说道："宝宝，你好好跟着李先生——以后不再叫李先生，应当叫爸爸！"

又对二女儿说道："囡囡，你长大好好孝顺父亲！"

最后她凝视着丈夫，对他说："唯建，我们的缘分完了，你得努力，你的印象我一起带走。"

说完这句话，庐隐甚至没来得及流出最后一滴眼泪，便闭上眼睛，带着对人间无限的眷恋撒手而去了，年仅三十六岁。

庐隐没有遗产，只有用心血写就的一部部感人至深的作品，那是她毕生最珍贵的财富。

李唯建深深理解妻子的心，在庐隐入殓时，将她生前出版的全部著作放在了她的枕边。从此以后，只有这些著作永远陪伴着庐隐，永远慰藉着她那孤独的灵魂。

后来，庐隐与前夫郭梦良所生的大女儿郭薇萱，由舅舅即庐隐的二哥黄勤带走抚养，庐隐的著作版权归郭薇萱所有；庐隐与李唯建所生的小女儿李瀛仙则跟随父亲。

姐妹两人就此失散于1934年。

尾语

石评梅曾经在《给庐隐》中写道：

"人生是时时在追求挣扎中，虽明知是幻想虚影，然终于不能不前去追求；明知是深渊悬崖，然终于不能不勉强挣扎；你我是这样，许多众生也是这样，然而谁也不能逃此罗网以自救拔。"

而庐隐则说：

"生命是我自己的，我凭我的高兴去处置它，谁管得着？"

林语堂&廖翠凤

和你一起慢慢相爱

FENG ZHIYU QIUSHUI,
WO ZHIYU NI

一

　　1895年10月10日，一个小男孩在福建龙溪（今漳州市平和县）坂仔乡基督教堂的牧师楼上出生，他的父亲林至诚为其取名"和乐"，后改名"玉堂"，再后改名为"语堂"。

　　林至诚是一个乡村牧师，幼时家贫，无钱读书，他便通过自学识了好些字，二十四岁那年他进入神学院学习，成了一名牧师。

　　林语堂是他与妻子的第八个孩子，也是他们最小的儿子。

　　林语堂在山清水秀的闽南山村长大，那里的一山一水是他的生活背景，也是他性格的底色。

　　在清澈的河边捡小石子，在垄间田边蹦跳玩耍，在村边凝视落日余晖，在船上遥望翠林青竹，林语堂与兄弟姐妹们的童年便是这样与自然相融在一起。

　　秀美的山陵与悠荡的河水镌刻在林语堂的骨子里，流淌在他的血液中，最终成为他的真性情，成为他终生未曾泯灭的孩子气。

　　他有一个幸福的家庭。他的父亲林至诚是一个无可救药的乐天派，敏锐热心，富于想象，且幽默诙谐。在成为牧师后，他非常喜欢与村民聊天，乐于助人，在村民中有着极好的口碑。

　　林至诚爱笑，他也教孩子们要笑，告诉他们兄弟姐妹之间不能吵架。然而作为家里最小的孩子，林语堂总是最调皮的那一个，即便如此，林至诚依然对他非常疼爱，非要拿出一些父亲的威严时，也只是装装腔作作势而已。

林语堂的母亲则是一点架子也没有，作为牧师的妻子，她常常与农人和樵夫们开心地聊天说话，有时丈夫将村民请到家里来，她也会十分乐意地为他们煮茶做饭。

作为八个孩子的母亲，林语堂的母亲是十分勤劳也十分辛苦的，但她却从未抱怨半分，每次忙完所有家务后，已经筋疲力尽的她还会陪着孩子们玩乐。

林至诚非常疼爱自己的妻子，吃饭时常常把妻子最爱吃的菜放到她面前；他教儿女们帮母亲分担家务，他给每个孩子都分配了一项劳动，男孩子扫地、挑水、浇园，女孩子们洗衣、摘菜。

当然，妻子待他也十分好，每次他从外面布道回来，她会专门为他做一碗猪肝面补身子。林至诚每次都吃了几口便不吃了，因为他要把面留给他最疼爱的小儿子林语堂。

林语堂年龄虽然不大，却也懂得父亲的辛苦不易，他接过父亲的面，吃了几口，便交还与父亲。他也舍不得吃，他希望父亲能多吃些。

于是母亲便经常笑他们爷俩："吃一碗面的时间总是这样长，你们推来推去，面都凉了。"

因为自己小时贫穷无法读书，林至诚便非常重视儿女们的教育。每当假期，家就会变成学校。当男孩子擦好地板，女孩们洗完早餐的碗碟后，孩子们便会围在餐桌旁，听父亲为他们讲解《诗经》。

从小就生活在充满爱的家庭中的林语堂，自然知道什么是爱，他人生中的第一次爱，就是发生在这片青山绿水中。

二

林语堂的母亲有个教友，这个教友有个与林语堂年纪相仿的女儿，名叫赖柏英。

虽然二人年纪相差不多，可按照辈分来排，赖柏英得称呼林语堂为"五舅"，但是很显然，辈分的差别并没有影响到两个人的感情。

彼时林家住在谷底，赖家住在半山腰，相距六里路左右，因两个母亲关系比较亲近的缘故，林语堂与赖柏英也很亲近，从小就是彼此最好的玩伴。他们一起捉鲹鱼，捉鳌虾，一起在小溪边捉蝴蝶。

赖柏英蹲在那里等着蝴蝶落在她的头发上，等了很久，终于有一只蝴蝶落在了她的发梢上，林语堂赶忙手忙脚乱地暗示她，赖柏英并没有去捉蝴蝶，而是保持头部不动地缓缓起身，再慢慢移动身体。

令林语堂感到惊奇的是，赖柏英轻轻走动时，居然没有把蝴蝶惊走。后来赖柏英告诉他，自己只是想知道能与蝴蝶一起走多远。

每天清晨赖柏英就会在半山腰的家门口唱歌，歌声顺着清风和山势飘荡到林语堂的耳中，再掠过他的心田。

他们也会一起在草地上奔跑。赖柏英最喜赤脚，每当看到她的双脚在草地上轻巧地跳动时，林语堂都会想到《圣经》中的那句话："她的脚在群山之间，是多么美丽！"

山是少年蓬勃的青山，水是少女天真的碧水，那坂仔深情相绕的山水，就是少年与少女明洁纯净的爱。

真，一切都是真。

山水是真，天地是真，花虫是真，草树是真，他看到的是她的真，她还予他的还是真。

宋代唐庚有诗《醉眠》，诗云："山静似太古，日长如小年。"在看似漫长的岁月中，林语堂先是就读于坂仔铭新小学，之后乘篷船至厦门鼓浪屿教会学校读书。他的父亲林至诚自己虽然没有受过正式的教育，但对儿子们却有很高的期望，在当时大家还不知道圣约翰大学时，他便决定将孩子们送到上海接受英文教育。

其实在林语堂之前，林至诚已经为了供大儿子在圣约翰大学读书变卖了在漳州的最后一所小房子。林语堂的二姐也非常聪慧，书读得非常好，她也很想上大学，最终因为经济原因而未能实现，只好与大姐一样，辍学嫁了人。

作为家中最小的儿子，聪颖好学、天赋甚高的林语堂，则得到了这个机会。

1912年，林语堂十七岁，父亲向人借了一百银圆，决定将他也送到上海圣约翰大学就读。林语堂欣喜若狂，踌躇满志。

二姐拿出四毛钱，对林语堂说："和乐，你要去上大学了，家里本就清寒，你务必不要糟蹋了这个好机会。我因为是女孩，没有这种福气。你要用功读书，要做个好人，做个有用的人，做个有名气的人，这是姐姐对你的愿望。"

这番话从想读书却没有机会读书的二姐的嘴里说出来，林语堂心里很不好受，因此这次读书的机会对林语堂来说便显得更加珍贵。

然而最令林语堂放不下的是赖柏英。他心里有着浪漫的期望：待他在上海落下脚来，便可接赖柏英过去，从青梅竹马到天长地久，并不是不能实现的。

当他对赖柏英提出自己的想法时，赖柏英却没有一丝犹豫地拒绝了。林语堂很是愕然。

赖柏英的理由是祖父年事已高，又双目失明，若她再远走，祖父晚年则太凄凉，她要留在他身边照顾他。"并且，"赖柏英说，"我生于坂仔，长于坂仔，这里是我的家，不管哪里，都没有这样的气息。"

是啊，对于她来说，天就是坂仔的天，山就是坂仔的山，水就是坂仔的水，坂仔有新鲜甜美的水果，有鲜活多样的鱼虾，有四季常绿的草树，有一茬接一茬开不败的花，外面的世界哪里有坂仔这样丰富，哪里有坂仔这样浓重的生活气息？

林语堂试图以各种理由说服她，然而她铁了心般只想留在坂仔。

林语堂离开坂仔时，赖柏英如约相送。二人走在童年时奔跑过的山路上，路过那座赖柏英带着落在发梢上的蝴蝶轻轻移动的小桥，脚下的水流仿佛从未流走过似的，依然发出欢畅的淙淙声。

只是走在边上的人，再不是当年的少男少女；只是充溢在他们心中的，不再是欢畅，而是眷恋和不舍。

赖柏英打动林语堂的是那份骨子里的真，而她坚持留在坂仔，也正是因为这份真。

这份真由坂仔的山山水水孕育而成，由坂仔的一草一木滋养而成，她离不开坂仔，因为她早已经根植于此，如同山离不开山，水离不开水。

与赖柏英告别后，林语堂独自一人踏上了前往未知人生的路，而那份与赖柏英的真，始终被他牢牢揣在心中，直至刻进骨中，渗入血中，成为他一生为人和治学的底蕴。

三

　　林语堂虽然家境贫寒，求知欲却非常强烈，每天除学习英文外，还选修音乐作为专门科目学习，一有时间便阅读课外书籍。

　　圣约翰大学完全是西式教育，在校学习期间，西方的为人处世和治学的态度，也深深影响着林语堂。在严谨有条理的教学风气中，林语堂用一年半时间便基本把英文修通了，在大二结束时的典礼上，林语堂上台领了三种个人奖章，并以演讲队队长的身份接受演讲比赛获胜的奖杯。

　　不仅如此，林语堂体育还十分了得，他学打网球，参加校足球队，成为学校划船队的队长，他创造了全校一英里跑步纪录，还代表学校参加了远东运动会，可谓是全面发展的人才，是圣约翰大学里响当当的人物。

　　因为他刻苦用功，成绩优秀，为人幽默乐观，家世显赫的同学们并没有看不起这个乡土气息浓厚的外乡人。出生于鼓浪屿巨富之家的陈希佐和陈希庆两兄弟与林语堂来往就十分密切，也是因为这对兄弟，林语堂结识了他们的妹妹，就读于与圣约翰大学仅一墙之隔的圣玛丽女子学校的陈锦端。

　　初见之下，陈锦端便让林语堂惊艳。一头长发披落在肩上，耳鬓处别着一枚发卡，肤若细瓷，眉如远黛，眼泛秋波，一颦一笑都生动天真，一举一动都温婉鲜活，令人见之忘神，凝之失语。

没错，忘神失语者就是林语堂，这个堂堂圣约翰大学的演讲队长在名叫陈锦端的姑娘面前，竟然语拙到说不出一句话。

奇美无比，奇美无比，林语堂的脑海中翻来覆去只有这一句话。

陈锦端是大家闺秀，又主攻美术，身上自有一种他人比不了的艺术气息，加之容貌极为出众，完全将青年林语堂的心神都摄了去。

他有情，陈锦端也有意。她早从两个哥哥口中听说过这个圣约翰大学的优等生，听说过他的英俊和名声，如今相见之下，才发现这个青年之不凡与卓雅，完全在两个哥哥的形容之上。

这就是一见钟情，一见倾心，一见便心有所属，意有所眷。

林语堂与陈锦端的两个哥哥走得更亲近了，陈锦端的两个哥哥当然明白他心之所想，他们很是喜欢和欣赏林语堂，倒觉得他与妹妹很是般配，于是有意无意总是会为他们制造见面的机会，甚至为他们制造两个人单独相处的机会。

很快，林语堂与陈锦端就陷入了热恋。林语堂那颗心是雀跃的，每次见到陈锦端都有说不完的话；陈锦端的心是甜蜜的，每次看到笑着的林语堂，她都觉得那是天底下最晴朗的笑脸。

"我喜欢作画，画是无声的语言，我愿把我看到的所有美好，所有真和善，都用画笔画下来，让它们全部融入我的画里。"陈锦端说。

"我要写一部名垂青史的作品，让全世界都知道林语堂。"林语堂说。

微风轻抚，水波微漾，初绽的花朵正在酝酿芬芳，不远处的小鸟在婉转啼唱，仿佛世间万物都在听着这对情侣对未来美好的构想。

不能相见的时候，林语堂便写情书给陈锦端，他问她：

"你知道我理想中的女人是什么样子吗？我心中理想的女人是芸娘，她能与沈复促膝畅谈书画；我最崇拜的女子是李香君，崇拜她的憨性，爱她的爱美。"

陈锦端与他畅谈书画，陈锦端天真爱美，在林语堂看来，她实在是兼具了芸娘与李香君的优点，因此他最后说："当然，我最爱的女孩就是眼前的你。"

此言千真万确，从坂仔走出来的林语堂，真与自然是他生命的底色，正因为此，他才能一眼看到陈锦端身上的真与自然，她的毫不矫饰，她的天真烂漫，正是他最为迷恋她的地方。

陈锦端又何尝不爱林语堂呢？她自小接触的都是富家子弟，他们身上的骄奢与浮夸且不用说，单是幽默与可爱，他们就从没有过，而林语堂正富于幽默和可爱。

相处自在，无话不说，灵魂高度契合，大概就是最好的伴侣模式了。

沉浸在爱河中的青年与少女全然只顾在甜蜜的河中徜徉，却不知道作为现实中的人，他们终将要回到满是泥土的岸上。

四

因为林语堂曾以找陈锦端哥哥的理由去过陈锦端家里，因此陈锦端的父亲陈天恩对他也算认识，到底是过来人，很快，陈天恩便知道林语堂醉翁之意不在酒，他来家里的目的是自己的女儿。

当意识到这一点后，陈天恩立刻先行斩断了女儿与这位青年的感情希望，他是绝对不会同意女儿嫁与他的。

陈天恩是什么人物？他早年追随过孙中山，参加过"二次革命"，讨袁失败后一度逃亡菲律宾。回国后，一心发展教育事业，同时创办了榕城福建造纸厂、厦门电力厂、淘化大同公司、福泉汽车公司。同时他还是一名非常有名望的医生，并且是基督教竹树堂会长老。

陈锦端便是成长在这样的家境之中，物质丰盛，生活优渥，可谓是陈天恩的掌上明珠。他不同意他们交往，并不是不认可林语堂的才华，他也非常欣赏林语堂的为人，他是不想让女儿跟着穷牧师的儿子吃苦，林语堂学业虽优秀，却不足以依靠。

以门当户对的标准来看，自己未来的女婿即便不是富甲一方，名望也必须与陈家相当。

还有一个原因是，同样是基督教的教徒，陈天恩认为林语堂对基督教的信仰不够坚定。

这是因为林语堂曾在大学假期回家乡登坛讲道，他称应将旧约《圣经》看作文学作品，比如《约伯记》是犹太戏剧，《列王纪》是犹太历史，《雅歌》是情歌，而《创世纪》《出埃及记》则是有趣的神话和传说，他的这番解读着实把他的牧师父亲吓得惊慌失措。

综合以上两点，陈天恩无论如何都不会让林语堂做自己的女婿的。

某日，林语堂又以找陈锦端的哥哥为由来到陈家，每次都会出来与他说话的陈锦端此次却没露面，正在林语堂感到奇怪与失落时，陈天恩的一句话让他如同五雷轰顶。陈天恩对他说："小女锦端已经定亲。"

林语堂一时语塞，只觉神魂分离，所立之处已经不是真实的人间，他哪里知道，躺在自己房间里的陈锦端，此时也是难过万分，暗自垂泪。

尴尬至极又难过至极的林语堂一路恍惚地回到家中，立刻扑到矮床上，只觉心中痛苦难耐，四肢瘫软，浑身再无一点力气。家中姐妹都看出林语堂不对劲，却无人敢问。

半夜里，林语堂的母亲提着马灯来到林语堂房间，问他是不是有什么心事。一瞬间林语堂悲从中来，既委屈又悲愤地失声大哭了起来。

这一切被回娘家的大姐看在眼里，得知事情原委之后，大姐骂他道："和乐你简直太笨，怎么能爱上陈天恩的女儿？陈天恩是厦门巨富，你用什么养他的女儿？这岂不是癞蛤蟆想吃天鹅肉吗！"

听大姐这样一说，林语堂更是知道他与陈锦端真真再无可能了，眼泪更是停不住了。

此次陈家一趟，简直让林语堂从天堂落入了地狱，曾经两个人一起憧憬的美好未来皆成虚幻。

不过陈天恩一来确实欣赏林语堂，二来也知道这样会伤他不轻，于是便又担起了媒人，将林语堂介绍给了自己的邻居、鼓浪屿首富、钱庄老板廖悦发的二女儿廖翠凤。

林语堂的一颗心本就跌到了谷底，听说让自己与不认识的廖翠凤交往，他的心底更是裂出了一个窟窿。

其实也不能说不认识，只是不熟悉，或者是从前从没留意过。廖翠凤倒是认识他的。

廖翠凤是廖家的二小姐，她的哥哥们与林语堂也很有交情。林语堂曾应邀去廖家吃饭，那日席间，廖翠凤一直偷偷看着林语堂，与其说她是在数着他到底吃了几碗饭，不如说那时对林语堂就已经有所倾心。

毕竟林语堂是圣约翰大学响当当的高才生，大二结束时连续四次上台领奖的事一直被人们津津乐道，试问，面对这样一个英俊儒雅的青年才俊，哪个少女不动心呢？

廖翠凤的容貌与陈锦端分属不同的类型。陈锦端明媚，廖翠凤端庄；陈锦端天真，廖翠凤大气；陈锦端眉目如画，廖翠凤眼神沉稳；陈锦端袅娜，廖翠凤富态。

也许这样比较是最无意义的，毕竟有些人的好，不长期相处，是无法体会得到的。

受到感情重创的林语堂回到家后，沮丧地将陈父把他介绍给廖家二小姐的事告诉了母亲，他原本指望母亲能够安慰自己一番，却不承想母亲非常欣喜，极力劝说林语堂与廖翠凤交往。

林语堂的大姐更是支持弟弟与廖翠凤交往，因为她在毓德女中读书时就认识廖翠凤，她很喜欢廖翠凤。她语重心长地对林语堂说："廖家二小姐曾与我同窗，她为人端端正正，落落大方，很是具有大家闺秀的风范，将来一定是贤妻良母，若不相处，又怎能真正了解她呢？"

也许是不忍违背母亲和大姐的意愿，于是他开始与廖翠凤交往。

这次正儿八经地谈恋爱，与林语堂前两次浪漫的爱情全然不同，不再有花前月下，不再有纯然憧憬，也许是林语堂心中那份少年和青年的爱恋已经用尽，也许是他终于意识到再浪漫的爱情，最终也需要脚踏实地，融入人间烟火。

廖翠凤对林语堂是十分喜欢的，当提及定亲事宜时，她的母亲无不忧心地对她说："和乐为人无可挑剔，只是出生于牧师的家庭里，太贫穷了。"

母亲的言外之意，是不忍心女儿将来嫁过去过贫寒的日子，毕竟自己的女儿出生于富庶人家，是父母的掌上明珠。

廖翠凤则毫不犹豫地说："贫穷算不了什么，我喜欢的是他这个人。"

相比于陈锦端，廖翠凤在自己终身大事这件事上，是有着十足的勇气的。她太清楚自己选择伴侣的标准了。自己的父亲有钱，但是脾气暴躁，重男轻女，这种不快乐的家庭，不是她想要的。她看中的就是林语堂的才气，是林语堂的温和，是林语堂在治学上的专注认真。

她坚定地只选才，而不选财。

这句话传到林语堂耳中时，他竟然心中一动。作为生于富有之家的廖翠凤，从小衣食无忧，如今却不嫌弃自己贫穷，不怕嫁与自己吃苦受累，也只有这样的女子，才能与自己风雨与共，无论何时都会把家庭放在第一位。

于是林语堂便默认了二人的婚事，不久，双方家长为他们举办了订婚仪式。

之后林语堂继续在圣约翰大学求学，1916年毕业后到清华学校任教，按照惯例，他可于三年后在清华申请官费到美国留学，于是廖翠凤又苦等了林语堂三年。

彼时廖翠凤已经二十三四岁了，身边同龄女子早就做了母亲，可她的婚事依然没有音讯，她心中焦急，天天在心里暗暗问林语堂：三年已经满了，你怎么还不回来娶我？

终于，1919年，林语堂即将前往美国哈佛大学留学，行前，他回到家乡与廖翠凤完婚。

五

林语堂婚事在即，最开心的莫过于他的父亲林至诚。因为自己从小没有受过正式教育，他一直梦想着自己的儿子们能够进入世界顶级大学学习，如今林语堂替他实现了这个梦想，并且还有一个称心的儿媳同去，堪称双喜临门。

他吩咐安排婚事的人们："新娘的花轿要大顶的，新娘子是胖胖的哟！"

婚期定在1919年1月9日，前一天晚上，林语堂向母亲提出请求，想与母亲同床而眠。

对于自己的婚事，父亲是开心的，廖翠凤是开心的，而林语堂自己，却有一种说不出的失落，这种失落是一种告别，也是一种离别。

因为林语堂是家中最小的孩子，因此母亲喂他母乳的时间很长，从小他就喜欢玩捏母亲的乳房，直到十岁才改掉这个毛病。曾在母亲怀中安然入睡的无数个夜晚，是林语堂最为安全最为温暖的时光，如今儿子已经长大成人，即将拥有自己的小家庭，从此以后，他再也不能与母亲同床睡觉，不能再陪伴母亲了。

他想最后陪伴母亲一夜。这是他与自己过去生活的告别。

婚礼当日，林语堂去廖家迎亲。廖家人无不欢喜地打量着眼前的新郎官儿，看着他把象征吉祥的龙眼茶喝掉，看着他把龙眼吃光，看着他把蒙着红盖头的新娘子引入花轿，看着他骑上高头大马将新娘迎娶至家中，廖母不禁泪湿了眼眶，从小在自己身边长大的娇女儿，如今就要为人妻，这既是喜事，也是离别。

林语堂的婚事热热闹闹地结束后，乡亲们都走了，宅中四下静谧，新房里只有一对新人和一对闪烁跳跃的红烛。

林语堂掀开廖翠凤的红盖头，终于嫁给心上人的廖翠凤竟然红了脸，不敢抬头看夫君。

这就是自己的妻子，林语堂定定地看着她，从此以后二人将携手并进，甘苦共担，开启新家庭的生活。

林语堂转身而去，正在廖翠凤纳闷之际，林语堂又回来了，手里拿着那张签订了他们终身的婚书。

他对廖翠凤说："你我已为夫妻，唯愿白首终老，而这婚书，也无留存的必要了。"

廖翠凤有些诧异，这婚书是二人缔结婚约的明证，重要性不言而喻，而此时夫君竟然要将它销毁了。

林语堂好像读懂了廖翠凤的心似的，笑着对她说："结婚证书只有离婚才用得上。"说罢，便将婚书放在喜烛上点燃，任它烧为灰烬。

廖翠凤这才明白，原来夫君此举是为了向自己证明从此二人便是永永远远的一家人，在他们的婚姻之中，永远没有离婚这一说。

廖翠凤心中不禁一阵感动，她知道，这个她亲眼相中，亲手挑选的男人，是值得她依靠，值得她追随的。

当下她便在心中决定，从此以后，自己要做个海葵，牢牢地跟着夫君，与他永远不分离，他就是她的命，他到哪里她就跟到哪里，她要为他建立一个家。

"结婚证书只有离婚才用得上"这一句话，顶过多少写满甜言蜜语的情书，纵使他曾经对陈锦端说，他心中最理想的女人是芸娘，他最喜欢的是她，但婚姻毕竟不是甜言蜜语，不是由口入耳的感动，更不是几封情信虚构出来的幻影。

爱情是水中月，是天边云，而婚姻却是尘埃落定，是脚踏实地，是相互扶持，是抛却一切虚无的承诺与美好的幻想，抛却一切甜言软语的话语与字句，是两厢厮守，白首不离。

从此以后，海可枯，石可烂，但二人的婚姻，则比金坚。

婚后，林语堂的父亲林至诚将他们送至上海，两天后，小夫妻俩带着廖翠凤带过来的一千元嫁妆，远渡重洋，前往美国哈佛大学了。

而被林语堂深藏在心中一隅的陈锦端，早在得知林语堂与廖翠凤订婚之后便伤心欲绝，她没有嫁与父亲为她觅寻的富家阔少，而是独自一人远涉重洋去美国留学了。

六

在去美国的游轮上，本应该在度蜜月的小夫妻却遇到了婚后的第一个困难，廖翠凤突发盲肠炎，疼得生不如死，如果这时下船做手术，恐怕她用来资助林语堂留学的一千元将所剩无几。好在已经快到美国了，廖翠凤的疼痛也有所减轻，于是直至到了美国才做了盲肠切除手术。

在美国的生活是快乐的，也是清苦的。

林语堂每天早上到哈佛去上课，没有课便泡在图书馆；廖翠凤则在家买菜、烧饭、洗衣，精打细算地用好每一分钱。

每天不管林语堂何时归家，总归有热茶热饭，有夫人在等待他，这样的家庭生活，林语堂是依恋而又喜欢的。

她给了他家的安定，为他提供了物质与精神保障，让他能够专心学习。除此之外，林语堂闲暇之余还陪同妻子一起上英文课，二人同进同出，亲密无间，既是夫妻，又像是兄妹，很是惹人羡慕。

在哈佛学习一年后，林语堂每门功课的成绩都是甲等，但助学金却因被留学生主管挪用而停了，此时恰逢美国基督教青年会招募华工去法国乐库索城，他前往应征，与廖翠凤一起去了法国。

之后夫妻二人又辗转至德国，在这个过程中，因为花费多收入少，经济最困难时廖翠凤只能变卖首饰以维持生计。

每次廖翠凤去典当首饰时都十分心疼，因为外国人根本不懂得欣赏中国的玉器，出价总是非常低廉。每当此时，林语堂便安慰妻子："凤啊，以后我挣了钱，一定再买给你。"

都说贫贱夫妻百事哀，但在林语堂和廖翠凤看来，穷，并不等于苦。再穷困的日子，只要两个人在一起，只要两颗心在一起，那就是负负得正，就是苦苦得甜。

对于林语堂和廖翠凤来说，就是这样。

当然，有才又英俊的林语堂也曾被美色勾引过。彼时他们租住在郊外，房东是一个离婚的寂寞妇人，每天都靠酒精打发时日，时间久了，她便对林语堂动了心思。

某日她掐准时间，在林语堂经过自家门口时突然假装晕倒，她的本意是林语堂将她扶进屋内，之后便可以以色服人了。谁知林语堂并不上钩，而是将妻子喊了出来，还没等他与妻子将女房东扶起来，女房东便自己清醒了。林语堂与廖翠凤相视一笑，彼此心知肚明。

就这样，这对小夫妻在异国他乡以爱、以对彼此的尊重和信任互相扶持，多次辗转几个国家，过着清苦却幸福的生活，这是他们婚姻的雏形，也是他们婚姻的底色。

七

四年后，廖翠凤才敢怀孕，彼时林语堂正在准备博士考试，若是一切顺利，他们便回到国内生产。

林语堂为人读书一向轻松，从没把考试当过一回事，廖翠凤却非常紧张，挺着大肚子焦急地等在答辩房间外。

直至中午，才把林语堂盼出来，廖翠凤忐忑地询问，林语堂依然轻松地说："合格了。"廖翠凤开心极了，在大街上给了林语堂一个吻。

林语堂的学生时代结束了，他获得了莱比锡大学的语言学博士学位。

此后，他们回到上海，购置了花园洋房，并且有了三个可爱的女儿。同时，林语堂也践行了自己的诺言，总会带着廖翠凤去买首饰买鞋，廖翠凤挑选时，他与女儿则在边上等。

林语堂与廖翠凤的家庭生活十分幸福，这一方面源于林语堂小时候父母恩爱姐弟姐妹和气的家庭氛围，另一方面也是因为他的幽默和廖翠凤的大气。

他们不仅从不吵嘴，甚至当着女儿们的面，也会互相表达爱意。

廖翠凤在烧菜，林语堂站在一旁观看，说："看呀！一定要用左手拿铲子，炒出来的菜才会香。"

廖翠凤则说："堂呀，不要站在这里啰唆，走开吧！"

林语堂对朋友说："我像个氢气球，要不是风拉住，我不知道要飘到哪里去！"

廖翠凤也点头说："要不是我拉住，他不知道要飘到哪里去！"

林语堂的生活习惯与廖翠凤完全不同，经常邋里邋遢，还会在床上吸烟。廖翠凤从来没有发过脾气，只是说："堂呀，你有眼屎了；堂呀，你的鼻毛该剪了；堂呀，你的牙齿给香烟熏黑了，要多用牙膏刷刷；堂呀，你今天下午要去理发了。"说完廖翠凤自己就会哈哈大笑。

三个女儿的学习成绩都很优异，廖翠凤就说："语堂呀，你的种子好。这三个孩子是真米正咸（不是假货），都聪明！"

林语堂在廖翠凤面前天真得像个孩子，经常与她玩些幼稚的把戏，他会故意把烟斗藏起来，然后假装着急地喊："凤啊，我的烟斗不见了。"廖翠凤便会赶忙过来帮他找，看着妻子手忙脚乱的样子，站在一边的林语堂则不紧不慢地拿出烟斗来抽，边抽边看着妻子笑。

在这样家庭中长大的女儿们都觉得父母很是有趣，过日子就像是在说相声，其实她们哪里知道，她们的父亲呀，认定她们的母亲是天底下最好的妻子，她无条件地支持他、包容他、照顾他，又为他生了三个可爱的女儿，他怎能不疼她不爱她，不与她欢乐地过日子呢？

廖翠凤也有过担忧。随着林语堂的名气越来越大，她担心他像其他文化名人一样为了追逐所谓的爱情而抛弃旧式婚姻中的妻子，她试探着问他，为什么不找一个时髦有才华的女学生呢？

林语堂当然知道妻子担心的是什么，便笑着对她说："凤啊，你放心，我才不要什么才女，我要的是贤妻良母，你就是。"

廖翠凤可以担心一些完全不存在的对丈夫有吸引力的"时髦有才华的女学生"，却完全不担心现实中存在的"情敌"，那就是林语堂昔日的恋人，陈锦端。

八

当年因为父亲棒打鸳鸯，深受情伤的陈锦端远赴美国学习，多年后回国，在上海有名的中西女校任教。

既然大家都在上海，又都是厦门老乡，自然免不了聚会相见。陈锦端第一次去林语堂家做客时，林语堂非常紧张，廖翠凤却非常大方，待陈锦端热情又周到，她做了很多厦门特色菜招待陈锦端，心中完全没有芥蒂。她与陈锦端也很聊得来，俨然如同老友。

连女儿们都看出来爸爸不太自然，廖翠凤则爽朗地笑道："你们的父亲是爱过锦端姨的。"

她太了解自己的丈夫了。自从与她结婚，他便再也没有提起过陈锦端，但是廖翠凤知道，并不是他已经忘了她，而是把她放在心里的某个特殊的位置珍藏了起来。

陈锦端对林语堂而言，就如一幅画，他曾经深切地爱过画中人，如今时过境迁，各自早已走上了不同的人生之路，但曾经的那份情是真的，于是时不时地，他会在心中轻轻展开那幅画，追忆也好，缅怀也好，毕竟那是一段令他刻骨难忘的深情。

廖翠凤非常理解丈夫，同时也有十足的自信。陈锦端不是自己的情敌，在她身上，凝结着丈夫一段真诚的过去，人活在世，谁还没有令自己终生难忘的人？她坚信丈夫对自己的忠诚，她尊重丈夫内心的隐秘角落。

夫妻之间，没有什么比理解更加重要了，即便"爱情"，也不及理解重要。

因此对于林语堂和廖翠凤来说，陈锦端是林家最重要的客人。连女儿们都知道，每次锦端姨来，都是家里的一件大事。

林语堂已经是闻名全国的人物，廖翠凤真诚坦然，贤惠和善，他们住在花园洋房里，生活无忧，父慈母爱，其乐融融。

这样的场景让陈锦端既安慰，又心酸。安慰的是，曾经的恋人如今生活稳定，家庭幸福；心酸的是自己至今孤身一人，如果当年自己再勇敢一些呢？

陈锦端一直不乏有人追求，但都被她一一拒绝了，直到三十二岁，她才与厦门大学化学系教授方锡畴结婚，从此长住风光如画的厦门岛。

陈锦端终生未育，后抱养了一儿一女。

九

林语堂曾在《生活的艺术》中这样写道："等到亚当第四次走来说没有了那个女伴不能生活时，上帝虽允了他的请求，但要他答应以后绝不改变心肠，不论甘苦，以后都和她永远过下去，尽他俩的智力在这个世上共度生活。"

林语堂与廖翠凤的婚姻正是如此，虽然不是始于爱情，却在共同的生活中生出比爱情更加深厚的感情。

林语堂的女儿说，这世上再也找不出比父母更不相像的人了，但即便如此，却丝毫不影响林语堂与廖翠凤互助互爱，用林语堂自己的话来说："我把一个老式的婚姻变成了美好的爱情。"

1966年，林语堂定居台北。他在阳明山的房屋是按照自己的意愿设计而成的：白色的围墙中间开着一扇漆红大门；院子里有草木鱼池，一个大大的阳台，面对着青山。他与廖翠凤一起进城吃厦门小吃，一起跟小孩子玩儿。

多年来，林语堂身上的那份天真，从来没有失去过，这份天真来自坂仔的青山绿水，来自坂仔的一草一花，来自坂仔的诗意自然。

他说："人生在世，年事越长，心思计虑越繁，反乎自然的行为越多……大人不要失其赤子之心，应该留点温情，使心窝处有个暖处。"

正是他心窝中的这个"暖处"，令他与妻子几十年来一直和和乐乐。

在与廖翠凤结婚五十周年的金婚庆典上，林语堂当众亲吻了妻子，并送给妻子一枚金质胸针，上面铸了"金玉缘"三字。

在这枚胸针上，还刻着詹姆斯·惠特坎·李莱的不朽名诗，林语堂将其翻译成中文五言诗：

> 同心相牵挂，一缕情依依；
> 岁月如梭逝，银丝鬓已稀。
> 幽冥倘异路，仙府应凄凄；
> 若欲开口笑，除非相见时。

在这次庆典上，很多人发现，林语堂与廖翠凤的面相已经极为相似了。

八十二岁那年，林语堂住在香港女儿家。彼时他已经行动不便，只能坐在轮椅上。

某日，陈锦端的嫂子来做客，当他得知陈锦端依然住在鼓浪屿时，双手扶轮椅想站起来，高兴地说："你告诉她，我要去看她。"

廖翠凤笑着说："语堂，你不要发疯，你不会走路，怎么还想去厦门？"

在那一刻，林语堂浑浊的双眼放射出清澈的光芒。

在廖翠凤和女儿的眼中，这个耄耋老人又成了当年那个天真的青年人。

几个月后，林语堂去世，灵柩运回台北，埋葬于阳明山麓林家庭院后园，廖翠凤依然日夜与他相伴，直到1987年廖翠凤去世，享年九十岁。

尾语

林语堂说："婚姻生活，如渡大海。"

他在1919年1月9日迎娶妻子廖翠凤时，将结婚证书烧掉，他对廖翠凤说："结婚证书只有离婚才用得上。"

在婚姻这片明暗交错、礁石遍布的大海中，这真是胜过无数甜言蜜语和万千情书的一句话。